世界文學
經典名作

主教殺人事件

THE BISHOP MURDER CASE

S. S. VAN DINE

范・達因 著
夜暗黑 譯

范達因的作品中處處都閃現著智慧的靈光和科學之美，是驚悚與懸疑完美結合的最佳典範。

——美國《出版者周刊》

在美國，不失公允地說，偵探小說家只有兩位——范達因和埃勒里·奎因。

——世界文學大師〈阿根廷〉博爾赫斯

我覺得開創了歐美偵探文學黃金時代的主要是范達因和奎因，范達因在推理小說結構的建設方面貢獻尤大。

——日本推理之神 島田庄司

在范達因的小說中，主人公菲洛·萬斯是一位富有的藝術鑑賞家，他生活悠閑，但卻喜歡協助檢察官偵破一個個複雜的謀殺案。跌宕起伏的情節設置，引人入勝的案情發展，無疑都使他的作品成為驚悚懸疑類小說的經典之作。

——亞馬遜網站

本書簡介

第一位死者被人用箭射穿心臟，第二位死者被槍射穿頭部，第三位死者從高牆上摔死……署名「主教」的殘酷凶手不斷地刻意提供線索，一連串令人不寒而慄的離奇命案，竟然與一首家喻戶曉的古老童謠完全吻合！

——是誰殺了小知更鳥？

「是我。」麻雀回答。

「我用弓和箭射死了小知更鳥！」

陰暗、幽沉的童謠宛如惡魔譜下的追魂曲一般，預示著一幕幕血腥的慘劇，死亡的陰影霎時籠罩了整個紐約……誰是藏在幕後的黑色主教？他為什麼製造謀殺又提供線索，如幽靈般若隱若現？一切究竟隱藏著什麼天大的陰謀？

最離奇、最驚悚、最令人髮指的殺人命案。

幽暗的童謠宛如惡魔譜下的追魂曲，

彷彿召喚躲在一旁的死神。
陰沉的聲音令人不寒而慄，
血腥遊戲不斷升級，
主教的魔爪又在伸向誰？

作者范達因S.S. Van Dine，美國推理文學界大師級人物。早年擔任著名雜誌《智者》的主編，中年以後開始從事文學創作。先後出版了《班森謀殺案》《主教殺人事件》《金絲雀殺人事件》等一系列偵探小說，作品一經問世便引起巨大轟動，創下了二十世紀世界圖書銷售的新紀錄，成為美國新聞出版業的奇蹟，由此開啟了美國推理偵探文學創作的黃金時代。以范達因的小說改編而成的電影，是同時代最具票房價值的好萊塢電影，布魯斯威利、鮑威爾等影壇巨星，都以出演其片中的主角而名揚天下。

范達因在他的小說中塑造的貴族紳士菲洛．萬斯，身兼藝術鑑賞家和業餘偵探的雙重身分。他將心理學的分析方法運用到案件調查中，視犯罪事件為一件藝術品，把整個破案過程當作一場心智遊戲的演練，努力研判其涉及到的各種心理因素，並藉此推理出凶手的真實面目。菲洛．萬斯由此被譽為「美國的黃金神探」，成為美國文學史上的三大名偵探之一。

CONTENTS・目錄

小知更鳥之死

四月二日
星期六
中午

格林家血案是菲洛．萬斯以非正式檢察官身分參與調查的刑事案件中，最讓人感到驚悚、離奇和難以理解的案件。這樁發生在格林豪宅內的凶殺案，直至十二月才宣告破案，出人意料的結局，令人為之扼腕！

這下子，萬斯終於閒了下來，有了這段空檔，他穿上休閒服到瑞士去度他的萬聖節了。二月底，他回到紐約，開始專心於他的文學翻譯工作——本世紀從古埃及經典文學中發現的梅蘭．托勒斯的著作殘片引起了他濃厚的興趣。這項枯燥乏味的翻譯工程，萬斯竟津津有味地研究了一個多月。

這段時間，萬斯過得很平靜，沒有受到任何干擾。儘管萬斯一直熱中於文化研究，但對這份翻譯工作並沒有十足的把握。他那份對知性世界的冒險精神、追究根源的執著勁往往與研究學問必須的淡定與耐心產生衝突。據我所知，萬斯早在幾年前就已著手寫作贊諾芬的傳記——大學時期初讀的《希臘遠征波斯記》和《蘇格拉底回憶錄》給了他這樣的靈感——然而，在寫到贊諾芬戰敗，帶領一萬人馬渡海逃亡的時候，他就不再對贊諾芬感興趣了。鑒於上次的經驗，這一次著手做的翻譯工作，也很快在四月份擱淺。此後的幾個星期，外界一直充斥著某種邪惡的氣氛，又一樁離奇的謀殺事件，進入了公眾的視野當中。

在這起謀殺事件的調查取證中，萬斯充當了紐約州地方檢察官約翰．馬克漢的法庭助理。不久之後，案件便以「主教謀殺案」的名號轟動一時。

從某種意義上來看，這樣的說法——基於那些新聞從業者的本能而被賦予的——並不確切。事實上，這起血腥殘忍、泯滅人性的暴行和神聖的主教大人，一點瓜葛也沒有，不過是借用那本《鵝媽媽童謠》增加人們恐怖的想像罷了；但是從另一個角度來分析，這一名號也很恰當——兇手基於他那殘忍的殺人陰謀，使用了「主教」這樣的代稱。但也恰恰是這個讓人匪夷所思的稱號，給萬斯提供了一條關鍵的線索，使他最終偵破了這起歷史上最慘無人道的案件，揭露了出人意料的殘酷真相。

毫無頭緒的案情現場，讓人毛骨悚然的殺人手法，足以讓梅蘭．托勒斯和古希臘的一行詩從萬斯的心中消失得無影無蹤。凶案發生於四月二日的早上，距離格林豪宅發生的朱利亞與契斯特遭槍殺的案件不足五個月。

此時恰逢初春時節，和煦的陽光照耀著紐約，是個讓人神清氣爽的春日。萬斯正在自家公寓的屋頂花園內享受豐盛的早餐——儘管已經快到正午時分了。有時，時間對於萬斯來說，並不具有任何的約束意義。工作經常持續到半夜，閱讀書籍直到拂曉時分，然後再回去睡覺。

溫暖的陽光曬得人懶洋洋的，萬斯脫下睡袍，攤開四肢躺在安樂椅上，以他那一貫的桀驁不馴，又略帶慵懶的眼神瞥著花園裡的樹梢枝頭。旁邊的矮几上放著早餐。我知道，萬斯又在想事情了。每到春天，他都會去一趟法國。就像喬治．摩爾那樣，在他的腦海中，巴黎和五月早已融為一體了。然而戰後，蜂擁至法國的那些美國暴發戶們，完全破壞了每年的這一好興致，他終於在昨天作出決定，取消今年的法國巡禮活動，整個夏天都留在紐約。

我——范達因，作為萬斯的朋友兼法律顧問，早在幾年前，就辭掉了在父親的律師事務所裡的工作，一心一意為萬斯做事——和那些正襟危坐，氣氛嚴肅的律師事務所裡的工作相比，我更喜歡現在的職業。我在西岸旅館有一間單人房，不過我在萬斯公寓裡度過的時間，遠比在旅館裡消磨的時日多得多。

這天早晨，當我到達公寓的時候，萬斯還沒有起床。將這個月的帳目全部處理完畢之後，我就坐在一旁抽著煙。此時，萬斯正吃著他的早餐。

「老范，」萬斯用他那慣有的滿不在乎的口氣對我說，「不管是春天，還是夏天，紐約簡直都沒勁兒透了，一點兒也不浪漫。每天這麼無所事事，真是無聊啊！不過話又說回來，總比到歐洲和一群鄉巴佬似的觀光客，擠在一起要好得多……那簡直太令人掃興了。」

恐怕萬斯做夢也沒想到接下來的幾個星期所發生的事情。浪漫的巴黎和這些比起來——

即使是在戰前——簡直不值一提。對於一顆熱中於探祕的心靈來說，對複雜怪異問題的解答才是慰藉他的精神食糧。

當他在向我不停地抱怨的時候，命運之神已安排好了一切——一起史無前例、震驚全國、驚悚至極的案情謎題，正等著他來解答。

萬斯正在品嚐著他的第二杯咖啡的時候，來自英國的老管家柯瑞出現在門口，手裡捧著一部可移動電話。

「是馬克漢先生打來的。」老管家略帶歉意地說，「聽他的口氣好像很著急，我就自作主張地告訴他您在家。」柯瑞托著電話線，將話筒放到了矮幾上。

「沒事兒，柯瑞！」萬斯拿起話筒，向他擠擠眼睛，「我正好閒著沒事做，如果真有什麼事，我倒是樂得其所呢！」

隨後通過電話，他開始和馬克漢攀談起來，「嘿！你這傢伙！這麼久都不聯繫我，是不是已經把我這個美男子給忘了？我正在吃早點呢！要不要過來一起享用？還是只想聽聽我這美妙的男高音？……」

剛說到這兒，萬斯調侃的話語突然打住了。原本瘦削的臉部輪廓變得更加深刻起來。他有著一張典型的北歐人瘦長的面孔，表情豐富多變；細挺的鼻梁兩側，是一雙灰色的眼眸；薄唇緊閉著，下面是橢圓形的下頜，顯得剛毅而幹練；但他不時流露出的嘲諷神情使他看起來又和南歐人很相像。從外貌上來看，萬斯並不算個美男子，不過全身上下充滿著堅毅果敢的個性魅力；這使他看起來更像個睿智的思想家或是深藏不露的隱者。此種嚴肅的觀感——透著一股學究氣息——使他與那些同事形成了巨大的反差。

儘管萬斯一向頭腦冷靜、不易衝動，但當他從電話裡聽到馬克漢所說的話時，他頓時變得興趣盎然。這表現得非常明顯：他的眉毛輕輕一皺，眼神中流露出他內心的驚異，偶爾不自覺地應聲說出「真讓人吃驚」、「這、這是」、「太令人不可思議了」等感嘆的話來，在即將結束與馬克漢的通話時，他那激動的情緒完全表現了出來。

「不管怎樣，」萬斯的眼睛閃亮，「他絕對不會成為我們的漏網之魚，就像梅蘭．托勒斯喜劇中的情節一樣……我這就準備去……一會兒見！」

剛放下話筒，他立即按鈴召喚柯瑞。

「幫我把那件灰色的呢子外衣拿過來。」他吩咐道，「還有一條素色的領帶以及一頂黑色的禮帽。」說完後，他又繼續吃他那份早餐，其間還不時地抬頭看看我。

「老范，你對箭術了解嗎？」他突然問我，帶著一股嘲弄味兒。

「我只知道應該將箭射到箭靶上。」我如實說。

「算我沒問。」他無精打采地說，同時點上了一根香煙。

「我認為，這件案子一定跟箭術有點聯繫。雖然在箭術方面，我還稱不上是權威，不過在牛津的時候，我還是玩過一點射箭遊戲的。事實上，我覺得這項活動並不能讓人感到有多麼刺激好玩——高爾夫或許還比它有趣一點。」萬斯像在夢遊似的自言自語，嘴裡不停地吐著煙圈。這樣一直持續了很長時間。

「老范，麻煩你去一趟圖書室，把那本有關箭術的、艾爾瑪博士寫的書拿過來——這裡面可有不少好玩的東西。」

在我把書拿來後，萬斯差不多看了一個半小時，一直在研究箭術協會、競技大賽以及比賽實況等幾章的內容，還特意查看了美國賽事的記錄。當他再度靠向椅背時，我知道，此時的他，正在思考著某件令人感到困惑的事情——他的心思全都寫在臉上；但他那無人能敵的嗅覺正發揮著作用。

「這是個瘋狂的世界，老范。」萬斯神情黯然，「在紐約這種現代化的城市中，竟然發生了中世紀時期的慘案。我們就好比那些套著長筒靴、穿著皮大衣的歷史劇演員——噢，上帝啊！」他突然站起身來。

「瞧，我多傻！都是馬克漢害的，搞得我的腦子都不正常了……」萬斯把手邊的咖啡連灌了好幾口。從他的表情上可以看出，儘管他嘴上在反省，但實際上他仍然無法擺脫馬克漢那番話，對他產生的干擾。

「老范，我還有一件事需要麻煩你。」安靜了片刻之後，他又開口說，「能不能幫我把德語字典，還有巴頓．史蒂文的《家庭詩歌集》一起拿來？」

我按照他的指示拿來了他所需要的東西。他只查了一個字，然後就把字典放在了一邊。

「和我想的一樣，這真是個不祥的預兆——這傢伙事先就知道了。」

隨後他打開那本搖籃曲與童謠的詩歌集。

過了一會兒，他合上書，再度靠向椅背，不時吐出一陣煙霧。

「不，這絕不可能。」萬斯彷彿在為自己申辯，「這太殘忍，也太沒有邏輯性了；簡直就是一部血腥童話……畢竟地球是圓的，它怎麼可以如此錯綜顛倒，毫無合理性呢？——真讓人難以置信，不可理喻。就好像惡魔玩弄的一種邪術，簡直就是一個瘋子！」

他看了一下錶，站了起來，把還在一旁為他的話感到迷惑不解的我，晾在一邊，自顧自地回房去了。什麼箭術論文、童謠選集、德語字典——萬斯這一番胡言亂語，到底有著怎樣的脈絡關聯？我試圖從它們之間找出共通點，但最終還是沒有成功——在當時的情況下，這是理所當然的啦。幾個星期之後，當我明白了所有真相時，才知道這起超乎想像、邪惡異常的案情並非常人所能探尋到緣由的。

我還未從懵懂中醒悟過來，萬斯又回來了。

他已經換好了衣服，準備外出。但馬克漢遲遲未到，這使他有些急躁不安。

「嘿，老夥計！如你所料，我一直期待著有件令我感興趣的事出現，比如——極端刺激又充滿神祕感的凶殺案。」隨後萬斯又解釋道，「但……我發誓，我可不希望這是一場可怕的惡夢。如果馬克漢不懂這點內情的話，我將要懷疑他有『請君入甕』的意圖了。」

過了幾分鐘，馬克漢總算現身了，一眼望去，就知道他現在的心情有多麼沈重。他神情黯然，似乎已被困擾很久了，比起往日的爽朗，今天打招呼的方式顯得敷衍而草率。

十五年來，馬克漢和萬斯一直是情誼深厚的好朋友。前者熱情衝動，做事爽快，對工作勤勤懇懇；後者則總是一副對一切都滿不在乎的樣子，喜歡嘲弄世俗，快樂恬淡，自由自在——總而言之，彼此都被對方所獨有而自身所缺乏的特質深深吸引著。正是這層微妙的吸引力，使他們維持著多年老友的好交情。

馬克漢有著紐約州地方檢察官的身分。在過去的十六個月當中，每當發生一起重大的刑事案件，萬斯都會被他請去協助調查；而萬斯那超乎常人的判斷力從來都沒有令馬克漢失望過。實事求是地說，馬克漢在任的這四年間，每起重大案件的破獲幾乎可以說都有萬斯的功勞。他對人性的研究透徹深刻，本身又博學多才，他那非凡的觀察力，從不輕易被包裹在真相表面的那層假象所蒙蔽。正是這些與生俱來的卓越品質，使得萬斯通過非正式的身分加入到馬克漢管轄區內發生的刑事案的偵破當中。

據我所知，萬斯最先加入調查的案件，應該是那起艾文・班森的謀殺案；接下來就是鬧得滿城風雨的瑪格麗特・歐黛兒致死案，要是按照警察常規調查案件的方式來辦案的話，這一定是個不解之謎；再後來，就是發生在去年晚秋時節轟動一時的格林家血案，如果不是萬斯臨門一腳，破壞了兇手最後的毒辣殘忍的計畫，恐怕格林家族真的就滅絕了。

所以這次發生的主教謀殺案，馬克漢同樣需要萬斯的協助。儘管馬克漢蒐集罪證的功力並不低，但是很多地方仍需要仰仗萬斯的能力。憑藉他那非凡的洞察力和對人性的深刻剖析，來揭露那些最凶殘冷血、黑暗神祕的人類罪惡。

「或許只是一樁無聊的案子，」馬克漢說道，顯得很不自信，「不過，如果你有時間的話，不妨和我一同去看看現場的情況。」

「我有的是時間，難道不是嗎？」萬斯朝著馬克漢微笑，扮了個鬼臉，「別那麼性急嘛，先告訴我一個大概的情況，如何？屍體還會跑了不成？我想在到現場之前，最好先理出一定的頭緒。比如，照目前的情況看，有哪些人物可能與此有關；警察局為何會在被害人死亡不到一小時內就斷定此案是謀殺案？你剛才在電話裡所說的話，讓人有些摸不著頭腦。」

坐在椅子上的馬克漢凝視著手裡的香煙，神色凝重。

「好吧，老夥計，那我再重新告訴你一遍。這起案件——假定死者真是他殺的話，被謀殺的痕跡很明顯。兇手所使用的殺人手法實在特別，絕非等閒之輩。這段時間十分流行射箭運動，風靡全國，各個階層都有喜好弓箭的人。」

「的確如此。不過如果弓箭專門被用來射殺一個名叫『羅賓』（「羅賓」的發音與「知更鳥」相同）的人，這就讓人感到十分蹊蹺了。」

馬克漢瞇縫著眼睛，目不轉睛地看著萬斯。「你也這麼認為嗎？」

「你明白我在說什麼嗎？在我聽到你說出被害人的姓名的時候，我的腦海裡就直接想到了這一點。」萬斯慢慢吐出煙圈，沈思了片刻，「『是誰殺了小知更鳥』？並且，『是誰拿了弓和箭』？……每個人小時候都學過這首兒歌，真是奇妙。那麼這位不幸的羅賓先生，他叫什麼名字？」

「好像叫約瑟夫吧！」

「可能這並不是關鍵的部分——他是否有中間名？」

「夠了，萬斯！」馬克漢不耐煩地擺擺手，突然站起身來，「難道他中間的名字會和整個案件有關係嗎？」

「別發火嘛，老夥計。我的神經還是比較正常的。如果我們真的想被逼瘋的話，繼續研究這個案子就能如願以償了。」

隨後萬斯按鈴叫管家去拿電話簿。此時馬克漢雖然怨氣滿腹，但萬斯卻裝作沒事人一樣，認真翻閱著他的電話簿。

「被害人是住在緊鄰河邊的大道上嗎？」不一會兒，萬斯指著電話簿上的姓名問。

「沒錯。」

「這就好辦了！」萬斯帶著勝利者的姿態朝著這位檢察官擠眉弄眼，迅速合上了電話簿。隨後他又不慌不忙地說，「馬克漢，這上面只有一個約瑟夫．羅賓，並且也住在河岸大道。而他的中間名是——寇克。」

「你到底想說什麼？」馬克漢憤憤地說，「就算那名死者真的叫寇克，這個名字和他的死又有什麼聯繫，你幹嗎一直強調這個？」

「你好好想想，我可不會無緣無故地進行調查。」萬斯無奈地聳了一下肩，接著說，「我只是想把與案件相關的兩三項內容聯繫起來。直到現在，我們只知道約瑟夫．寇克．羅賓

——也就是與知更鳥同音的男人被箭射殺了。難道你還沒有意識到這其中的古怪關連嗎？」

「當然沒有！」馬克漢理直氣壯地回敬萬斯，「我認為這名被害人的名字並沒有什麼特別的地方。更何況射箭運動在全國這麼流行，有人因此受傷也是常有的事，因而羅賓的死，或許只是個意外。」

「不是這樣的。」萬斯無奈地搖搖頭，「即便事情真的如你所說的那樣，對案情的偵破也毫無意義，不過徒增一種令人難以想像的偶然效果罷了。你想想，在全國上萬熱中於箭術運動的人中，有一個名叫寇克．羅賓的人，有一天突然被箭射死了。這樣的事情真的有可能發生嗎？假如這就是事實的話，我敢說背後一定有魔鬼在耍把戲。」

「如果這真的是偶然性事件，我想神學家們或許會對此作出解釋的。」

「你在電話裡曾說過，在被害人死前，有個叫史柏林的人是最後和他在一起的人。是這樣嗎？」萬斯沒有理會馬克漢的諷刺，又問了另外一個問題。

「是又怎麼樣？」

「我想，你應該很清楚『史柏林』的發音在德語中的意思。」萬斯不客氣地說道。

「你以為我還是個高中生嗎？」馬克漢回敬道。眼神不再那麼憤怒，但身體頓時變得緊張起來。

一本德文字典推到了馬克漢面前。

「你也來查查吧。為了確保萬無一失。雖然我已經查過這個字了——但願這只是我個人的一種幻覺而已，字典上應該不會錯。」

馬克漢翻開了德文字典。很快他的眼睛就盯在了一處字上，好像被雷電擊中似的，頓時挺直了身子。

「『史柏林』就是『麻雀』──連小學生都知道這個，但這又和案子有什麼關聯呢？」

「我早就說過的，」萬斯無精打采地重新點上一根煙，「《知更鳥之死與葬禮》這首古老的歌謠，任何一個小學生都知道。」

萬斯目不轉睛地看著變得焦躁不安的馬克漢。明媚的陽光正好照在他那張驚異的臉上。

「看來你已經記不清這首童謠了，沒關係，讓我來喚起你兒時的記憶吧！」

萬斯用他那渾厚的男中音開始朗誦這首家喻戶曉的兒歌，彷彿正在召喚躲在一旁的魔鬼，他的聲音令我不住地打冷顫。

──是誰殺了小知更鳥？

「是我。」麻雀回答。

「我用弓和箭射死了小知更鳥！」

致命弓箭

四月二日
星期六
中午十二時三十分

馬克漢緩緩抬起頭，用一種驚異的眼神看著萬斯。

「簡直是瘋了！」他激動地說，難以掩飾內心的恐懼感。

「不，不是這樣。」萬斯擺著手說，「從一開始我就想到了，是完完全全地抄襲照搬。」

他故作一副很輕鬆的樣子，我知道此刻的他正在壓抑著內心的混亂思緒，「此時此刻，一定有人在哀悼不幸的羅賓。你還記得這首童謠的另一部分吧？」

——悼者是誰呢？
「是我，」鴿子回答。
「我哀嘆逝去的戀歌，
因而我成了悼者。」

馬克漢的面部抽搐了一下，手指不停地敲著桌面。

「原來那就是靶心，萬斯。這起案件中一定隱藏著一個女人，或許就是爭風吃醋引發的矛盾。」

「越來越有意思了。整起案件如同一幕由大人扮演的兒童話劇，這下我們可有好玩的事情做了。現在我們要做的是，找出那隻蒼蠅。」

「什麼，蒼蠅？」

「這麼快你就忘了嗎？童謠的下一句就是——

『——誰看到牠死去？

『是我。』蒼蠅回答。

『我用我細小的眼睛，

看到了牠的死亡。』」

「別這麼疑神疑鬼的，」馬克漢不耐煩地說，「這又不是小孩子在玩辦家家酒，別搞笑了，嚴肅點！」

「有時候，小孩子玩的辦家家酒，也被視為人生的重要組成部分。」

萬斯的話，讓人感到莫名其妙。「這起案子讓我覺得興趣盎然，案情充滿了童話般的色彩。一個已經上了年紀的、天生患有精神病的老孩子——完全是精神病的症狀。」他猛地深吸一口煙，毫不掩飾自己的嫌惡之情。「把詳細情形告訴我吧！在這樣一個渾渾噩噩、支離破碎的社會，我如何看清真實的情況呢？」

馬克漢再次坐了下來。「實際上，現場的情況我也不太清楚。在電話裡我已經把我所知道的一切都告訴你了。在這之前，迪拉特教授約我過去——」

「迪拉特？你是說那位有名的巴托藍特．迪拉特教授？」

「正是他。案件就發生在他家裡。你認識教授？」

「不，我只知道他是科學界的一名泰斗，最有名的數學物理學家之一。我收藏了他的很多本著作。言歸正傳，迪拉特教授叫你過去做什麼？」

「我已經和他相交有二十年了。他以前在哥倫比亞學習數學。為了當上教授，又從事了幾年法律工作。教授發現了羅賓的屍體後就立即通知了我，大概在十一點半的時候。我把案子委託給謀殺科的希茲警官，隨後就出門了。然後就打電話告訴你。希茲警官他們現在應該已經到教授家了。」

「那麼教授的家庭狀況如何？」

「或許你也知道一些。大概在十年前，迪拉特教授就已經退休了。在靠近河岸大道的西七十五號街區有一棟房子，並領養了一名他兄弟的女兒，當時只有十五歲，他們一直住在一起。如今，這名女孩已經二十五歲了；我大學時代的同學席加特．亞乃遜是個數學天才，教授在他大學三年級的時候收他為養子。現在他大概有四十歲了，在哥倫比亞大學當數學講師。他曾經三次從挪威輾轉到這裡，他的父母於五年前去世了，教授非常器重他，認為他將會成為一名偉大的物理學家，因而才收他為養子。」

「我對此也略有所聞。」萬斯點頭說，「就在最近這段時間，亞乃遜發表了一篇修正動體電氣力學理論的論文。這麼說，教授和亞乃遜以及那名女孩是住在一起的了？」

「此外還有兩名僕人。教授的收入好像挺不錯，他又是個引人矚目的角色。他家中經常聚集著當代的一批數學家，就像個大本營一樣。他的姪女蓓兒非常喜歡戶外活動，有著自己的一個小型社交圈子。我曾經到他家去做過幾次客，每一次都是賓朋滿座——幾個學理論科學的學生在樓上用功，而樓下的客廳也圍了一群熱鬧的年輕人。」

「那名死者又是什麼身分呢？」

「那個羅賓是蓓兒．迪拉特交際圈裡的追求者之一——已獲得了幾項箭術比賽的冠軍，同時也是一位熱中於交際的年輕人。」

「對此，我已經從剛剛翻閱的一本關於箭術的書裡看到過他的名字。在最近的幾次箭術大賽上，這位J．C．羅賓都創出了佳績。此外，那個名叫史柏林的人也參加了一些大型的箭術比賽，成績僅次於羅賓。教授的姪女也會射箭吧？」

「沒錯，她非常喜歡弓箭，而且是河岸箭術俱樂部的始創者。俱樂部的常規射箭場就位於史柏林的住宅院內，他住在史卡斯提爾。而迪拉特小姐在房子的側院內也闢出了一塊射箭場。羅賓的屍體就是在那兒被發現的。」

「如此看來，史柏林應該就是最後一個和羅賓在一起的人。那麼，這隻小麻雀現在飛到哪兒去了？」

「還不清楚。在案發前，他的確是和被害人在一起的，可是等到屍體被發現時，他已經不知去向了。對於這條線索，希茲那邊或許會有更多的相關信息。」

「剛才你說，這起案件或許會有爭風吃醋的矛盾存在其中，你的根據是什麼？」萬斯慢慢垂下眼瞼，自顧自地抽起煙來。看似一副心不在焉的神情，實際上他所問的問題都存在一定的條理性——當然，這些也都是他非常感興趣的內容。

「迪拉特教授曾經告訴我，羅賓和他的姪女正在交往。所以我又問他，那個史柏林在他們之間又是什麼角色身分。教授才又告訴我，他也是蓓兒的追求者之一。在電話裡不好深入這樣的話題。但我從這番話裡得到的最深刻的印象就是，在追求迪拉特小姐這點上，史柏林顯然處於劣勢。」

「只因為這樣，麻雀就把情敵寇克．羅賓殺了？」萬斯搖搖頭，繼續說，「事情絕對不會這麼簡單。實際上那首童謠也只給我們提供了一些模糊不清的內容，並沒有交代出事情的真相。我能感覺到，這起案件應該另有隱情——讓人無法想像的殘酷陰謀。那麼，羅賓的屍體是被誰發現的？」

「是迪拉特教授。他在自家樓裡的小陽台上曬太陽時，看到羅賓倒在射箭場上，被人射穿了心臟，於是他就馬上下了樓——你知道患有痛風症的老人是無法快跑的，否則會有骨折的危險——當他到達射箭場時，羅賓已經死了，於是他就給我打了電話——從常規的做法來看，這是合情合理的舉動。」

「儘管現在還沒有捕捉到十分明確的線索，但冥冥之中，我似乎已受到了某種暗示。」萬斯站起身，「馬克漢，真相遠比你推想的複雜得多。普通練習用的箭是軟木做的，前面裝有小箭頭，如果使用中等型號的弓，可以輕而易舉地穿透衣服和護胸板。現在，我們應當放棄麻雀在偶然的情況下用弓箭射死了知更鳥這一假設。實際上，這樣做也是破獲這起案件的關鍵所在。」隨後，萬斯走向門口，他招呼道，「我們走吧。到現場去看看有沒有什麼有價值的線索！」

很快，我們就坐上馬克漢的車子進了城。穿過了第五街的中央公園，從第七十二街的路口出來。幾分鐘之後，我們就到了西區，駛入了第七十五街。右首邊——391號就是迪拉特教授的家，房子與河岸大道之間有一幢十五層的公寓樓。在這個龐大的建築物的掩映下，教授的家猶如一隻受到保護的鳥籠。

這是一棟灰色的老式建築，從已經變形的石灰岩材料可以看出，這棟房子的歷史一定很久遠了。從宅基正面看，約有三十五英尺寬，房子本身的寬度約有二十五英尺，其餘的地方都是空地。有一道約十英尺高的石牆，隔在教授家和那棟公寓之間，正中間留了一扇鐵門。

整棟建築保留了英國殖民時期的樣式。入口處向路邊延伸出一小段樓梯。用紅瓦鋪就的入口處，裝飾著四根白色的哥林多式門柱。佔據著整棟房子正面的，是二樓並排鑲有矩形玻璃的窗格，後來我才知道，這是書房的窗子。從總體上來看，整棟房子充滿了復古的味道，給人一種踏實且厚重的感覺。在如此風景迷人的地方，很難讓人把它和凶殺案現場聯繫到一塊。兩輛警車停在房子的入口處，路邊聚集了十幾個看熱鬧的人。一名巡警靠在門邊的一根白柱子上，以一種百無聊賴的眼神掃視著面前的人群。

一位年邁的管家接待了我們，把我們引到走廊左側的客廳裡。厄尼·希茲警官和他的兩名手下正在那兒等我們。希茲警官站在中央大桌的旁邊，夾著一根香煙。當他看到馬克漢時，馬上張開手臂迎上前來。

「終於把你盼來了，長官！」希茲警官興奮地說，他那原本焦灼的神情，現在似乎緩和了不少，「這起案件實在太蹊蹺了，存在著許多讓人想不透的疑點。」

警官此時才看到站在馬克漢身後的萬斯。他那輪廓分明的臉上，露出了欣喜的表情。

「久違了，萬斯先生。我就知道你一定會被這件案子吸引到這兒來的，看來我的猜測非常準確！這段時間以來，你都在忙些什麼？」

聽到警官這種誠懇的話語，不禁使我想到以前的情形。警官最初見到萬斯時的那種敵視態度，如今產生了根本性的轉變。當然了，從兩人初次見面至今，陸陸續續發生了不少案件。在萬斯與希茲警官相處的這段時間，彼此都對對方坦率直白的作風與辦事效率，產生了敬佩之情，男人的友情也在對方內心深處慢慢滋生。

萬斯友好地伸出手，嘴角掛著微笑。「實際上，希茲警官，我最近正在調查亞特蘭大人梅蘭．托勒斯失去名譽的真相，怎麼樣，非常奇特吧？」

希茲警官低聲說：「無論做什麼事，都以找出兇手的嚴謹態度來對待工作，我想陪審團的人一定不會為難你吧？」

我第一次聽到有警官對萬斯說出這樣一番恭維的話。這不僅體現了警官對萬斯的敬佩之意，同時也可以看出這是一起相當棘手的案子。

顯然，馬克漢也已經覺察到希茲警官的不安情緒，他突然問：「那麼，案件到底有哪些讓人頭痛的地方？」

「並不像你想的那樣複雜，長官。」希茲答道，「我認為，兇手一定已被我們劃入涉嫌人員的範疇內。但我還是不能放下心來，好像總有某些讓人起疑的角落——他媽的真讓人心煩！總而言之，長官，這絕對不是一起簡單的殺人案件。」

「我明白你的意思，警官。」馬克漢略帶試探性地注視著希茲。

「你認為，史柏林就是真凶嗎？」

「除了他，還能有誰呢？」希茲說著，語氣十分肯定，「可讓我放不下心的根本不是這件事。老實說，死者的名字讓人感到很可疑，而且他竟然又是被箭射死的！」警官的表情頓時又變得有些靦腆，猶豫了好一會兒，才又說道，「長官，你不認為這件案子很古怪嗎？」

馬克漢對此也表示贊同，點了點頭。

「這麼說來，你也想起那首歌謠囉？」希茲憋了半天，才吐出這麼一句話。

萬斯朝著希茲眨眨眼睛，表情很滑稽。

「你剛才說的那個『史柏林』，就是鳥的意思。這是毋庸置疑的。此外，如果用德語的發音來衡量的話，就是麻雀的意思。這樣說來，麻雀用箭殺死了小知更鳥——很有意思的推論——是不是？」

希茲警官瞪大了眼睛，拖長了下巴，眼睛直直地看著萬斯，顯得很興奮。

「案子的血腥味真夠濃的！」

「這件案子一定跟鳥有關。」

「真讓人弄不明白。」希茲表情困惑地又重複了一遍。通常當別人告訴他另有隱情時，他都會惱羞成怒。

馬克漢見狀，連忙說：「警官，說說這裡詳細的情形吧！教授家裡的人都傳訊得差不多了吧？」

「只是隨便問了問而已，長官。」希茲把一隻腳伸到擺在中央桌子的桌角上，將滅掉的煙重新點燃，「我正等著你們過來呢，因為知道你跟樓上的那位老先生很熟，而我對整個案情也不是很了解。我已經安排好一個兄弟在入口處守著，在法醫德瑞摩斯未到達之前，誰都別想接近死者。法醫說一吃完午飯，馬上就趕過來。我從警局出來前，也已經聯繫好指紋科的人了，他們也應該很快到這兒的。除了安排好這些，其他的我還沒想到。」

「射死受害人的那支弓是什麼樣的？」萬斯插嘴問道。

「那可是案件的重要證物。根據迪拉特教授的說法，他是在巷子裡發現這把弓的，並且把它撿了回來。雖然上面還有指紋，但已經很難辨識了。」

「你怎麼安排史柏林那邊？」這次是馬克漢問話。

「我們很容易就查到了他的地址，這個傢伙在西卻斯大道有一幢別墅。我已經叫了兩個兄弟把他帶到這兒來。我在這兒審問了兩個僕人——就是剛才領你們進來的那位老管家，還有他的女兒——現在正在廚房裡忙個不停的中年婦女。但沒問出什麼名堂，他們對此都一問三不知。我想他們很有可能有意隱瞞了真相。嗯——隨後我就和教授的姪女談了一小會兒。」警官無奈地聳了聳肩膀，「真是個可憐的小姑娘，一副驚慌失措的樣子，總是哭個不停。我想，你們不必指望從她那兒得到更多的線索。那兩個——」希茲一邊說著，一邊豎起大拇指，朝前面窗戶邊上的兩名警察指了指，「就是史尼金和波克，兩人已經搜查了地下室、小巷子以及後院，可是沒有發現任何線索。以上向你彙報的，就是我所知道的全部內容了。噢，德瑞摩斯法醫和指紋科的人都到齊了，等會兒再審問一下那個史柏林，從他那兒應該會得到更多的信息。」

萬斯誇張地大聲嘆了一口氣：「警官，你未免太樂觀了點吧！那首童謠可不是平白無故出現的，一定有什麼特殊的含義。如果我的直覺還算靈敏的話，躲藏在暗處的那個魔鬼一定正在拍手稱快呢！」

「誰知道呢！」希茲無精打采地看了萬斯一眼，回了一句，同樣感到沮喪。顯然他也同意萬斯的說法。

「警官，你可不要被萬斯的話嚇著了呀！」馬克漢轉到希茲的後面，拍拍他的肩膀，「萬斯的腦子裡總是裝著一些稀奇古怪的想法。」隨後擺出一副「自以為是」的姿態朝門口走去。

「在那些前來支援的人還未到達之前，一定要把現場保護好。現在，我要去和迪拉特教授，還有他家裡的人好好談一談。警官，剛才好像沒聽你提到過亞乃遜這個人。他不在這兒嗎？」

「這個人還在學校呢，不過應該快回來了。」

馬克漢滿意地點點頭，由希茲警官領著，來到大廳的走廊處。當他將要通過鋪著厚毯的走廊，進入後院時，從樓梯口處突然傳來奇怪的聲響。陰暗的上方，好像有一個女人在輕聲地抽泣。

「是你嗎，馬克漢先生？我叔叔知道你會過來，所以他正在書房裡等你。」

「請等一等，我馬上過去。」馬克漢連忙回應著，話語中充滿安慰與同情，「你也和他一起在書房等我吧，可以嗎？我也想和你談談。」

女孩輕聲答應著，隨即轉身上了樓。

穿過大廳，通過後院的一扇小門，我們面前出現了一道窄窄的巷子，前面有一節木梯，直通地下室。下了樓梯，我們進入了一間矮天花板的房間，裡面很寬敞。入口處是一片空地，在房屋的西側。大門被虛掩著。旁邊站著一位希茲派來看守屍體的警察。

這間屋子顯然是用來堆放雜物的，不過已經被改裝過了，外表被粉刷一新，成為箭術俱樂部的一部分。地面上鋪著厚厚的地毯，一面的牆壁上，畫著各個時期射箭高手的肖像。左邊掛著一面長方形的鏡子，鏡眉上題著「芬席貝利射箭隊的射箭場——倫敦一五九四年」幾行字，後面畫著一幅畫，以大型射箭場為背景，一角畫著布拉第大廈，中間是西明司塔會館，最前面則是威爾修會館。有一架鋼琴和唱機擺在房間角落處；裡面還有許多把舒適的藤椅。一張鑲有花紋的長椅上，散放著幾本體育雜誌。一張藤製的大桌擺在屋子的中央，旁邊有一個小型的書架，塞滿了各種有關箭術的書籍；有幾個箭靶靠在另一邊的角落裡，箭靶上金色的圓板、彩色的圓圈，被從兩扇窗戶裡射進的陽光照得閃閃發光。門後的一面牆壁上，掛著各種樣式的長弓，牆角處一個古典收藏櫃佔據了很大的一塊面積。櫃子的上方懸著一個小型的壁櫥，裡面塞滿了護腕、射擊手套、箭頭、弓弦等射箭用具。門到西面的窗口間掛著一塊很大的木鏡，鏡板上裝飾著珍貴的箭頭。我還是第一次看到這樣精緻的箭頭。

萬斯對這面鏡板感到非常好奇，他拿出單片眼鏡觀察了好一陣兒，隨後才慢慢靠近。

「看得出來，這些箭頭是在狩獵或工作時用的，」萬斯對這些箭頭進行著說明，「十分稀有——咦，真是奇怪，怎麼少了一件戰利品？連用來固定的小黃銅釘都被拽彎了，可見一定是被匆匆忙忙拿掉的！」

地上擺著很多個箭壺，上面插滿了射箭用的箭頭。萬斯彎下腰從箭壺上拔出一個，遞給馬克漢。

「真看不出來，這麼一個小箭頭會射穿人的心臟；不過這種箭頭確實能夠將站在八十碼開外的鹿射死。但從鏡板上取下的狩獵箭頭為何會不見了呢？這一點十分可疑。」

馬克漢緊閉著嘴巴，緊鎖眉頭。他明白，此刻遇到的這起案件又是十分讓人頭痛的。檢察官將箭扔到椅子上，大步走向門外。「去看看現場和屍體的情況吧！」

春日的陽光，暖暖地照在我們身上。可是總有一種莫名的孤獨感襲上我的心頭。當我們站在一塊狹窄的、用碎石鋪就而成的空地上時，彷彿被圍困在四面是懸崖峭壁的低谷裡一樣。前面是一棟公寓內壁，慘白的顏色，連一扇窗戶也沒有，高聳在一旁。教授的房子只有四層樓而已，但以現在的建築標準來衡量的話，差不多是六層樓的高度。儘管我們所站立的地段位於紐約市的中心地帶，可除了從教授家那扇朝向七十六街的突出的窗戶外，誰都無法看到我們。

後來我們才知道，這間射箭室本來是屬於德拉卡夫人的。這個女人在這起案件中，充當了一個悲劇性的角色。房子後窗的良好視線被幾棵高大的柳樹擋住了。即便從前面提到的側面突出的窗口處觀察，也只能看到我們所在空地的一部分。

顯然，萬斯也很快注意到了那扇凸形窗口。在他一邊觀察那扇窗口的時候，臉上顯出耐人尋味的表情。直到那天午後，我才推敲出到底是什麼令萬斯又開始思考。

從七十五街教授家的石牆到七十六街德拉卡家的同一面石牆這一塊都屬於射箭場的範

圍，有一塊場地上包捆著枯草，就築在德拉卡家石塘邊的淺沙場旁邊。兩道牆的間隔大約有二百英尺。除了男子特殊射擊項目以外，各式常規的弓箭比賽都可以在這塊場地上舉行。

教授家的房子佔地深約一百三十五英尺，而德拉卡家的佔地深約六十五英尺。由於作為兩家界線的鐵柵欄妨礙了射箭場上的練習，所以拆除了劃為射箭場的部分。射箭場的對面也有一條分界線，背朝德拉卡家，現在那裡坐落著一棟公寓房，佔據著七十六街與河岸大道的一角。在這兩座龐然大物之間是一條狹窄的巷道，直通射箭場。不過高高的圍場成為隔離射箭場的分界，巷道的盡頭也被上了鎖的小門所阻。

為了便於案件的記述，我特意對這些建築的分布進行了詳細的說明。由於建築上的細部排列和所處地形對案件的偵破有著不同尋常的意義，在此我特別提出幾點值得讀者注意的細節：首先是射箭場和迪拉特家房後二樓的陽台；其次是從德拉卡家二樓的凸形窗口向七十五街的方向眺望，可以俯瞰整個射箭場；再次就是兩棟公寓間，從河岸大道通向迪拉特家內院的那條窄巷。

射箭室的門外就是死者羅賓被發現的地方。他仰躺著，雙臂伸開，雙腳向上縮，頭側向射箭場朝向第七十六街的方向。死者大約三十五歲，中等身材，稍稍有些發福。圓臉，留著棕色的鬍鬚，鬢角剃得很潔淨。身著灰色法蘭絨運動套裝，內有一件淡藍色綢衫；腳上穿著一雙暗紅色的牛津鞋。腳邊有一頂象牙色的呢帽。

屍體旁流出一攤血漬，早已乾涸。然而真正讓我們感到寒毛倒豎的是從屍體的左胸筆直伸出的細小箭頭。刺出體外的箭頭約有二十英寸。傷口四周浸濕了一片黑色的血跡。

裝飾在箭桿上的那根漂亮的羽毛已被血染紅。箭的周邊有兩道藍色的線條，可以看出這是那種專門在喜慶場合使用的漂亮箭身，這和血腥的謀殺場面顯得格格不入。我如同置身於一場兒童鬧劇當中，對於眼前發生的血案，沒有一點現場感。

萬斯瞇縫著眼睛，把手插進上衣口袋裡，從上方俯視著屍體。表面上看來他似乎十分輕鬆自在，然而我知道，此時此刻他的大腦正在集中眼前所看到的景象進行著飛速的思考。

「這支箭好像很奇怪。箭是用來射殺人型獵物的——唔，一定是從剛才看到的民俗館裡拿來的。而且是一擊命中——準確地插入了肋骨之間，毫不遲疑。真是可怕……馬克漢，能達到這種箭術水平的人絕非凡人。雖然存在兇手偶然命中的可能性，但要取這麼一位壯漢的性命，也絕非易事。顯而易見，這起案件一定是事先謀劃好的，這根狩獵用的箭頭，一定是從那間屋裡的鏡板上弄下來的——」正說著，萬斯突然彎下身子來探查屍體。

「唔——真是有意思！你瞧，箭尾竟然是壞的——這樣一來，這根箭根本不可能是從弓上射出去的。」萬斯轉過身對著希茲說，「警官，那把弓——迪拉特教授是在哪裡發現的？離那個俱樂部的窗口應該很近吧？」

希茲直了直身子，回答道：「沒錯，教授是在窗外發現了那把弓。我正等著指紋科的人過來檢查，那把弓現在暫時放在鋼琴上。」

「我猜想，上面可能只有教授的指紋。」萬斯掏出了煙盒，從中抽出一根香煙，繼續說著，「我們可能連指紋都看不到。」他定定地看著希茲，眼中充滿疑惑的神色。

「你是怎麼知道那把弓會在離窗口不遠的地方被人發現，萬斯先生？」警官對此十分不解地問道。

「從理論上講，根據死者屍體的位置來判斷，應該會在那兒發現那把弓的。」

「這麼說，兇手是從近距離射出箭的嗎？」

「並不是這樣的。」萬斯搖了搖頭，說道，「我的意思是，羅賓的屍體腳朝向地下室的門口，而手臂伸長，腳朝上縮著，這一切都表明他是因心臟被射中而致死的。」

希茲還在努力消化著萬斯分析出的種種跡象。

「嗯，是這樣的。」他對萬斯的說法表示贊同，「假如經過一番掙扎的話，死者身體應該縮成一團才合理。即便沒有出現這種情況，頭部也應該是向上仰的，腿伸得直直的，手腕往回縮才對。」

「沒錯，就像你說的那樣。我們再來說說那頂帽子，如果死者是向後倒下的話，帽子應該會掉到屍體的後面，而並非在腳邊。」

「咳——萬斯，」馬克漢的聲音十分尖銳，「你的腦子裡到底在想些什麼？」

「唔——什麼零碎的東西都有。不過假如將這些細節從頭到尾捋一遍，我發現其中有諸多的疑點。也就是說，我的思路告訴我，這位先生的死，並不是弓箭所造成的。」

「怎麼可能?!你胡說些什麼——」馬克漢大聲嚷起來。

「馬克漢，我也說不清自己為什麼會這樣想。怎麼說呢？也許是這起案件給了我許多不祥的預感。」

正當萬斯說著話時，地下室的門突然被打開了。在波克警官的引領下，神采奕奕的德瑞摩斯醫生走了過來。他和我們每一個人熱情地握手打招呼，之後就一直盯著希茲警官，眼神裡充滿了不滿。

「我說——希茲警官！」醫生拉下了自己的帽子，像個醉漢似地嘮叨個不停，「一天二十四小時中，我只用三小時來吃飯。可你倒好，每次都在我享受這段寶貴的時間的時候把我叫過來驗屍。因為你的『體貼入微』，我遲早會得胃病的。」在發了一通牢騷後，醫生才開始著手檢查羅賓的屍體，看過之後，他誇張地吹出一聲口哨，「這種殺人手段真是罕見。」

隨後醫生屈身蹲下來，熟練地翻檢著屍體的全身。

站在一旁的馬克漢看了一陣子後，轉身對希茲說：「警官，在醫生驗屍的這段時間，我要到二樓迪拉特教授那兒和他談談。」隨即他又對醫生說道，「醫生，在你驗完屍回去之前，請通知我一聲。」

「唔——知道了！」醫生隨即應著，頭也沒抬起來。他順手翻過屍體的側面，檢查著頭蓋骨的部分。

咒怨

四月二日
星期六
下午一時三十分

正當我們走到外廊客廳時，指紋科的杜柏士和貝拉米警官剛好抵達這裡。等在門外的史尼金很快將他們二人帶往地下室。同時，馬克漢、萬斯和我則到了樓上。

二樓書房的寬度至少有二十英尺，幾乎是房子正面的全部寬度，應該說是一個非常寬敞而又稍微有點浪費空間的房間。房間兩側擺滿了高至天花板的大型書架，西側牆面兩扇窗戶中間夾著一個銅製的拿破侖時代樣式的壁爐。門口有一扇精緻小巧的裝飾性窗架，正對著朝向七十五街的窗戶。窗戶旁邊擺放著一張精雕細琢的大桌，上面堆放著很多書籍和小冊子，看上去顯得有些散亂。除此之外，房間裡還陳列著許多彌足珍貴的古董。壁爐旁邊的鏡板上也裝點著許多小掛件，高掛在牆壁上的兩幅杜勒的畫作正俯視著我們。素色的皮椅從視覺上看起來和整間屋子非常和諧。

坐在桌子前面的老人正是迪拉特教授。他的姪女蜷縮在窗邊的靠背椅上，看起來是個活潑靚麗、穿著時髦的年輕姑娘。當我們走進書房的時候，老教授並未站起來，這完全可以理解，原因是他好像覺察到我們已經知道他腿腳不方便。檢察官馬克漢向教授簡要介紹了萬斯和我的身分。

「馬克漢，」迪拉特教授等我們坐好之後，開口說道，「發生這樣的悲劇真讓人理不清頭緒，很遺憾，我們會在這樣的情況下再次見面，而以前我們的見面我都是深感高興的。你來這兒大概是為了調查清楚事件的經過吧？好吧，想問什麼就問吧！」

巴托藍特．迪拉特教授已年過花甲，或許由於長期坐著研究工作的緣故，背部有些微駝。面頰修得乾淨清爽，頭髮已經全白了。雖然眼睛不大，但目光犀利，直指人心。嘴角兩邊有些皺紋，一眼便能看出這是一位長期勤奮鑽研學問的學者。面部表情十分固執堅定；從他的面部特徵來看，更像位堅定不移的夢想家抑或是科學家。正如大眾所熟知的那樣，他是一位將夢想付諸實踐的數學家。就算在那個時候，教授的外貌也能讓看到他的人感受到其內心的抽象作用，或許羅賓的死又觸動了他那顆敏感的心吧！

馬克漢躊躇了一會兒，隨後帶著非常禮貌的語氣開始詢問起來。

「迪拉特教授，請就您所知道的，原原本本地將這起悲劇的詳細情況講給我們聽吧。在此之後，針對您所說的幾個重要部分，我們會進行進一步的問話，這樣可以嗎？」

教授擺出一種舒適的坐姿，取來放在旁邊的煙斗，裝好了煙絲，點上火。

「我已經將所知道的一切在電話裡全部稟告過了。今天早上大約十點，羅賓和史柏林到的這兒。當時蓓兒剛好出去打網球了，於是他們兩個人就坐在樓下的客廳等她。我一直能聽到他們的談話聲，這樣大概持續了三十分鐘左右。後來他們就到位於地下室的俱樂部裡去了。我在這兒大概看了一小時的書，因為天氣不錯，我就到後面的陽台上曬太陽。可能過了五分鐘的時間，我朝四處張望了一下，結果就發現了可怕的一幕：羅賓仰躺在地上，胸口正插著一支箭。你知道，因為患有痛風症，我行動不方便，不過我還是盡快下了樓，想過去救他。可為時已晚，他已經死了。隨後我就立刻給你們打了電話。當時家裡只有管家派因和我兩個人。女僕到市場買菜去了，亞乃遜早在九點鐘的時候就去學校了，蓓兒到外面打網球還沒回來。我就叫管家去找史柏林，不過怎麼也找不見他。所以我只好回到書房等你們。在警方到達之前，蓓兒才回到家裡，女僕稍候也回來了。而亞乃遜恐怕要到下午兩點的時候，才能回到家裡。」

「除了以上這些情況外，今天早上還有沒有其他人來過這兒呢？比如陌生人或者別的客人？」馬克漢問道。

教授搖了搖頭。

「只有德拉卡來過——你也曾見過他的——他家就在這棟房子的後面，經常過來玩。實際上，很多時候他都是來找亞乃遜的。他們之間有很多的共同點，德拉卡曾寫過一本名叫《多次持續下的世界線》的書。他確實是一個天才，他的著作在科學研究上非常有價值。但是亞乃遜當時不在家，他就來我這兒坐了一會兒，談了談王室天文學會遠征巴西的事，隨後就回去了。」

「他大概什麼時候來的？」

「大概是九點半吧。當羅賓和史柏林來時，德拉卡已經不在這兒了。」

「這不是很有意思嗎，教授？」萬斯忍不住插了句嘴，「週末一早就出門，亞乃遜會去哪裡呢？」

教授那銳利的目光馬上射向萬斯，他稍稍猶豫了一會兒，回答說：「這沒什麼好說的。亞乃遜通常星期六都會待在家裡，不過今早我讓他到校圖書館幫我查些資料。亞乃遜——」他停頓了一下，「正和我一起研究下一部著作的課題。」

在靜默了幾分鐘後，馬克漢繼續問了一句。

「您今天早上曾在電話裡告訴我，羅賓和史柏林都曾向您的姪女求過婚……」

「噢，叔叔！」一直縮在椅子上的女孩突然站起來，生氣地看著教授，「您怎麼可以這麼說呢！」

「孩子，可這是事實啊！」教授說著，語氣十分的溫柔。

「雖然是事實，但從某種角度上來講——」蓓兒憤憤地說，「您完全沒必要說出這件事情來。雖然確有其事，不過您也很清楚找一直把他們當成好朋友——只是這樣而已。並且我在昨晚就已經很明確地告訴了他們：只要我們三人在一起，就一定不要提什麼結婚的事情。一直以來他們都是我最最要好的朋友啊！可是現在，其中一個卻死了……啊，可憐的小知更鳥。」看得出來，女孩正儘量克制著自己的激動情緒，憤慨地為自己的友誼辯解著。

萬斯向前傾著身子，揚起一邊眉毛。

「你叫他小知更鳥？」

「是的！我們大家都這麼稱呼他。只是鬧著玩，我們才這樣叫他的。」

「難怪你們會給他起這樣的綽號。」萬斯擺出一副很是同情的樣子，「不過這樣的稱號難道不好嗎？知更鳥一向受人們的喜愛，死後也會有許多人想他的。」萬斯雖然嘴裡說個不停，可眼睛一直定定地盯著蓓兒。

「我當然也知道這個。」蓓兒傷心地說，「我也曾告訴過他。羅賓實在是個好人。」

萬斯聽完她的話，又坐回原來的位置。馬克漢則繼續著他的問話：「教授，你說過你曾聽到羅賓和史柏林在客廳裡的對話。那麼聽到了些什麼內容呢？」

老人偷偷朝姪女瞥了一眼。

「馬克漢，這些談話內容難道也很重要嗎？」教授躊躇了一陣，問道。

「這會對案件的偵破起到極其重要的作用。」

「或許是吧！」教授沈默了片刻，把煙斗拿在手上，「可我又怕自己的話，會誤導你們作出錯誤的判斷，給活著的人平添煩惱。」

「關於這一點您盡可放心，請相信我們，好嗎？」馬克漢十分慎重地說。

又是一陣長時間的沈默，最終迪拉特小姐先開了口：「有什麼不能說的呢，叔叔？您為什麼不盡快告訴馬克漢先生呢？」

「這全是為了你呀，蓓兒！」教授溫柔地說，「或許，你說得對，我不該有什麼好隱瞞的。」教授意味深長地慢慢抬起頭來，「事情是這樣的，馬克漢。當時羅賓和史柏林兩人發生了一陣爭吵，好像是為了蓓兒的事。我當時只隱約聽到一點內容，他們好像約定要用某種公平的方式好好較量一番，一爭高下……」

「啊，不！他們一定不會有這樣的想法。」迪拉特小姐連忙解釋說，「雖然平時他們喜歡爭執，彼此也不喜歡對方，都有嫉妒心，但這都並非為了我。實際上，雷蒙——也就是史柏林，他的射箭技術要比約瑟夫的好，只是去年的賽會他輸給了約瑟夫，因此約瑟夫代表我們俱樂部參加了大賽。」

「所以，」馬克漢接著蓓兒的話說，「他就對你心存不滿？」

「當然不是！」蓓兒高聲反駁道。

「好了，孩子。最好還是聽從馬克漢先生的判斷吧。」教授出聲調解道，隨後他再次轉向馬克漢，「你還有什麼要問的嗎？」

「有關羅賓和史柏林的事，您能不能儘量描述得再詳盡一些，比如兩人的家庭背景、交際狀況、與你們家交往的開端，等等？」

「就這些問題，我想蓓兒會比我清楚。兩人都是她的朋友，我只是偶爾才看到他們。」

馬克漢又將專注的目光投向蓓兒。

「早在幾年前，我就認識他們兩個了。」蓓兒很快說道，「約瑟夫比雷蒙大八歲或十歲左右。五年前，他父母尚未去世時，他住在英格蘭。後來才搬到美國來，一直住在單身公寓裡，就在河岸大道那邊。約瑟夫很有錢，經常出去釣魚、打獵，熱中於戶外運動，生活過得很安逸。他也與社交界有些來往，認識幾位有頭有臉的人物，當參加的人數不夠時，他也會受到邀請去參加各種晚宴、橋牌會什麼的。實際上，比較客觀地說，約瑟夫並沒有多少值得稱讚的優點——」

對一個已死的人來說，蓓兒的這番評論可以說是對死者的不敬。儘管感受到了這一點，馬克漢仍舊擺出一副若無其事的樣子，問道：「那麼，史柏林呢？」

「他是現已退休的某位製造業巨頭的公子，在史卡斯提爾郊區有一幢非常棒的別墅——我們也將俱樂部的正式射箭場設在那兒。而雷蒙自己則是城裡一家公司的顧問工程師。不過在我看來，這不過是掛個頭銜罷了，完全是拜他父親所賜。一個星期只上兩三天班。雷蒙畢業於波士頓大學，是學理工科的。我是在大二放假回家的時候認識他的。我覺得他雖然算不上是個上進的青年，但確實是一個地地道道的美國男孩——快樂、認真，熱情而又略帶害羞。」

「你的這番概括十分精要，讓人能夠很容易了解羅賓和史柏林這兩個人的性格特徵。不過，我們仍然不能從你的話中得到有關這起案件的重要線索。」

馬克漢眉頭緊鎖，沈默了好一陣子。

稍過片刻，他忽然抬頭望著蓓兒。

「迪拉特小姐，我還有一個問題想向你請教。就羅賓的死，你能不能從你的觀點出發，為我們提供一些可疑點作為參考？」

「完全沒有！」女孩毫不猶豫地脫口而出，「誰會跟小知更鳥過不去呢？在這個世界上，我根本想不到誰會跟他結怨。直到現在，我甚至還無法相信自己所聽到、所看到的。」

「蓓兒，羅賓的確被謀殺了啊！」迪拉特教授無奈地向她強調這一點，「你再好好想想，或許他的生活中還有許多你不知道的事情。正像現在的學者經常會發現以前的天文學家根本不曾發現的新星球。兩者是同樣的道理啊！」

「但我仍然堅信約瑟夫不可能結仇家。」蓓兒固執地說。

「這麼說來，」馬克漢開口說，「你認為史柏林不可能和羅賓的死有關啦？」

「這不但是不可能的事情，」她的雙眼異常閃亮，「而且根本是無法想像的呀！」

「可是，你也應該很清楚，」萬斯插嘴進來，語氣顯得十分輕鬆，「『史柏林』就是『麻雀』！」

聽到萬斯的話，蓓兒木然地坐到了椅子上，臉色慘白，手指緊緊地扣在扶手上。過了一會兒，她才微微地點頭，似乎正被一股突如其來的傷痛感包圍著，用一塊手帕蒙著臉，全身不停地顫抖。

「或許……」她顫微微地說。

萬斯站起身來，走到蓓兒身旁，拍拍她的肩，表示安慰和理解。

女孩慢慢抬起頭，無助的眼神一碰到萬斯那專注的目光，女孩頓時心安了不少。她試圖回他一個微笑，但那微笑卻顯得十分淒涼。

「或許？或許什麼？」

「就在幾天前，」蓓兒緩緩地開口說道，聲音彷彿是被擠出來的一樣，「我們幾個人聚集在下面的射箭場上。當時雷蒙正在為全美射箭大賽進行準備。而約瑟夫從地下室來到了射箭場。當時並沒有什麼危險——就是亞乃遜——他也很清楚這一點，因為他當時正看著我們，就坐在後院的陽台上。我對約瑟夫開玩笑似的喊道：『危險！』坐在陽台上的席加特就探出身子警告我們：『嘿，你們這群年輕人，難道還沒意識到這是一次冒險行動嗎？你這隻不懂事的知更鳥！沒注意到射手正是一隻麻雀嗎？你該懂得，對於一隻知更鳥來說，手拿弓箭的麻雀是多麼危險！你們兩個傢伙的名字，真是奇妙的組合。』大家當時都沒有在意他的話，可是現在……」她哽咽得說不下去。

「蓓兒，不要被那些毫無意義的話所困擾。」教授試圖安慰他的好姪女，可是他看起來顯得有些急躁不安，「你應該很清楚，席加特平時就喜歡開這些無聊的玩笑來戲弄別人，並樂此不疲。因為經常用腦的人需要用這些笑話來調節一下興奮的大腦。」

「我當然也是這樣想的。」蓓兒回道，「再說那也稱不上什麼玩笑，可是，今天就真的發生了這樣的事！席加特的那番話就像是不祥的預兆！但是，我絕不相信雷蒙會做出如此殘忍的事來！」

正當蓓兒慷慨陳詞的時候，書房的門被沒有禮貌地打開了，門口出現了一張削瘦的面孔。「席加特！」蓓兒．迪拉特興奮地叫出聲來，聲音中透著一股說不出的安全感。

這位就是迪拉特教授的愛徒兼養子——席加特．亞乃遜。他五官分明，長著鷹勾鼻，有著突出的下頜；身高超過六英尺，身材高大魁梧，上面頂著一顆與他身材相配的大腦袋，一頭金色的亂髮；雖然滿臉的小褶子，但估計年紀應該還不到四十歲。他那灰青色的眼睛裡燃燒著對知性的強烈渴望，雖然常常是一副愛嘲弄人的表情，但也體現出了他的與眾不同，他留給我的第一印象就是：這是個受人喜愛、值得尊敬的人。絕對具有非凡的雄厚潛力。

席加特走進書房，用他那獨有的冷峻而又犀利的目光掃視著每一個人的表情，當他的目光碰觸到蓓兒的時候，他對她點頭示意了一下，隨後再以冷漠的眼神掃向迪拉特教授。

「家裡出了什麼事？門口停著好幾輛車，還圍了一大群人，好像有人在門口監視……我一進門，派因什麼都沒說，就直接把我帶到書房來了。一定是發生什麼有意思的事吧，嗯？這不是地方檢察官大人嗎？早啊！噢——不，好像已經不早了，馬克漢先生！」

還沒等馬克漢開口打招呼，蓓兒就已搶先說話了：「席加特，正經點行不？你知道嗎，羅賓被謀殺了！」

「噢，就是那隻知更鳥？這有什麼好奇怪的？誰讓他叫這種名字呢！」席加特似乎對發生的血案毫不在意，「那麼，是誰把這位先生還原成元素的呢？」

「到目前為止，還沒有找到兇手。」說這句話的是馬克漢，他顯然對席加特吊兒郎當的勁頭十分不滿，「但是，羅賓的確是被箭射穿心臟而死的。」

「這箭射得可真準啊！」亞乃遜坐到了椅子上，「知更鳥被一箭穿心，再沒有比這更巧的事情了——」

「夠了，席加特！」蓓兒忍不住打斷他的話，「這種時候，你還有心思開玩笑！你應該知道，這事絕不是雷蒙幹的！」

「那當然。」亞乃遜彷彿被蓓兒的話點醒了似的，「我剛才只是在研究有關知更鳥的古老童話而已。」他繼而把目光轉向馬克漢，「如此看來，這就是一起證據確鑿的謀殺案囉？屍體、線索，還有陷阱都一應俱全。你能把大概的情形告訴我嗎？」

馬克漢將事情的經過很快地對他說了一遍，亞乃遜一副興趣盎然的樣子，聽完後，他馬上問：「那麼，射箭場上有弓嗎？」

「你問的可真專業，亞乃遜先生！」自從亞乃遜進入書房後，一直在一旁默不作聲的萬斯突然直起身子，搶在馬克漢之前回答說，「是在離屍體大約十英尺左右的地下室的窗外發現的！」

「這未免也太簡單了點吧！」亞乃遜略感失望地說，「那麼你們應該採到指紋了吧？」

「很遺憾，弓已經被人摸過了。」馬克漢繼而解釋道，「迪拉特教授把它撿了回來，放在屋裡。」

亞乃遜詫異地看著教授。

「都什麼時候了，你竟然做這種事情？」

「席加特，你要知道，在那種情況下，我根本無法理智地去支配自己的行動。只想到這會是關鍵性證物，一定要在警方趕到之前保存好，所以我才會將它放到地下室。」

亞乃遜做出一副可笑的表情。

「從精神分析學家的角度來看，你的這種行為會被歸為壓抑判斷的一種。當時在你的潛意識裡，真實的意圖到底會是什麼呢……」

正當這時，房門突然響了，派克出現在門口。

「長官，德瑞醫生正在樓下等您呢，他的現場驗屍工作已經結束了。」

馬克漢站起來向眾人致歉。

「目前還有許多工作需要我先出去處理一下，這期間，還望各位留在書房裡，過會兒我還想和各位好好談談。」

當馬克漢來到樓下客廳時，德瑞醫生早已等得不耐煩了。

「沒什麼難辦的地方。」馬克漢還未開口，醫生就自顧自地說下去，「有人用箭從這位時髦男子的第四根肋骨間直穿他的心臟。看得出，這應該是相當費力氣的活，死者的內臟和體外都大量出血。差不多已死亡兩小時了，據我推測，死亡時間應該在十一點三十分左右，這僅僅是個大概的推斷。很明顯死者死前沒有經過激烈的搏鬥——穿戴整齊，四肢沒有擦傷，死者應該是在毫無防備的情況下，被人射死的。此外還有一個問題，他的頭部有一處腫塊，或許是因為倒下的時候撞在了水泥地上……」

「嗯！這可真是有意思。」無精打采的萬斯聽到醫生的報告，突然插話問，「醫生，這一傷口嚴重嗎？」

德瑞醫生對萬斯眨了眨眼，一副十分驚異的表情。

「非常嚴重，頭蓋骨都裂了呢！我只用手去摸就感覺到了。顱內大量出血，在鼻孔和耳朵裡也都凝結了血跡；從我對死者瞳孔的觀察，就已能斷定他的頭蓋骨已經破裂。在我對屍體解剖之後，會得到更為詳盡的信息。」醫生轉過臉問檢察官，「還有別的問題嗎？」

「暫時沒有了，醫生。就等著你的驗屍報告了。」

「今晚你們就可以看到結果。警官已經派搬運車過來了。」在和我們一行人——握手之後，德瑞醫生便急匆匆地走了。

希茲警官一臉恐慌地站在我們身後。

「總而言之，直到現在，一點線索也沒有，長官。」希茲懊惱地猛吸著香煙，說道。

「這可不像你的作風啊，警官。」萬斯輕聲責備道，「死者後腦的傷就是一個值得我們思考的問題。我個人認為，這應該不僅僅是倒下時造成的腫塊。」

對於萬斯的這一思考，希茲似乎興趣不大。

「長官，」希茲繼續說，「弓和箭上沒有任何指紋，不過那把弓上留有被仔細擦過的痕跡；教授拾過的那根箭的一端有一些斑點，此外，再沒有任何指紋的痕跡了。」

馬克漢沈默了很長時間，只是默默地吸著煙，隨後又問：「有沒有檢查通向大路的那扇門的把手，以及兩幢公寓間的巷道中的那扇門？」

「都檢查過了。」希茲憤憤地蹦出這幾個字，「但這兩扇門都已經老舊不堪，長滿了鐵鏽，根本不可能留下任何指紋。」

「馬克漢，聽我說——」萬斯插嘴道，「你們好像弄錯了破案的方向了。毋庸置疑，上面一定不會有指紋，而且你應該很清楚，一齣精彩的戲劇不會完全忠實於劇本，每個觀眾也不可能注意到所有的小道具。當務之急是要摸清這齣戲走的是怎樣的劇情。」

「你的想法未免太簡單了吧，萬斯。」希茲痛苦地搖搖頭。

「警官，我的想法其實並不簡單。這是一起相當棘手的案件，甚至有些謎中謎的味道。奸猾又巧妙，而且萬分殘忍！」

神祕字條

四月二日
星期六
下午二時

馬克漢頹然地陷在中央大桌旁的一張椅子裡。

「警官，我們現在就叫那兩個僕人過來問話吧！」

希茲一邊隨聲應道，一邊走到廊外，吩咐手下人去找僕人過來。一會兒，一個臉色陰沈，高個子的男人怯生生地走過來，一副心驚膽戰的樣子，等著問話。

「這位就是派因，」希茲介紹說，「是這兒的管家。」

馬克漢從頭到腳地將這個老頭打量了一番。管家大概六十歲，長得十分高大，甚至高得有點過頭；為了配合這一高度，他的手腳也比常人大一號；衣服雖然熨燙得很妥帖，但看起來並不大合身；鼓垂的眼袋包著眼珠子，臉色也不太好；嘴巴大得就像裂開的西瓜。但是身體還算結實。總而言之，這個管家給我留下了深刻的印象。

「哦，原來你就是迪拉特教授的管家啊！」馬克漢恍然大悟似的說道，「你來這兒有多久了？」

「差不多有十個年頭了吧。」

「這麼說，自從教授從大學退休後，你就一直待在這裡囉？」

「對。」管家回答道，聲音沙啞而沈重。

「對於今早發生的案件，你了解多少內情？」馬克漢開門見山的問法，並沒有令這位老管家感到手足無措。

「長官，我對此一無所知。當時在書房的教授叫我去找史柏林先生，此外，我什麼也不知道。」

「那麼教授曾告訴過你發生了什麼事嗎？」

「當時教授說『羅賓被謀殺了，快去找史柏林回來』，僅此而已。」

「教授真的說『被謀殺了』這樣的話嗎，管家？」萬斯急切地問道。

而管家此時躊躇了一下，一臉戒備的神色。

「是的，教授的確說了『他被謀殺了』這句話。」

「那麼當你要去找人的時候，是否也看到屍體了呢？」

萬斯的眼睛雖然老是盯著壁畫，但是一直追問著管家。

管家派因再次思索了片刻，並未立即回答他的問題。

「是的，我打開地下室的門，一眼就看到躺在射箭場上的那位可憐的先生……」

「你當時一定感到很吃驚吧，管家？」萬斯的問話一點兒也不客氣，「你有沒有用手動過那位可憐的先生，或者那根箭啊，弓啊什麼的？」

管家黯然的眼神中掠過一道亮光。

「當然沒有，先生，再說我為什麼要這麼做呢？」

「你為什麼要這麼做？唉……」萬斯頹然地嘆了一聲氣，「那麼你看到那把弓了嗎？」

他瞇起眼睛，好像在拼命回想著當時的情景。「這個——很難確定。但是我想，應該是看到了吧？或許沒有。總之，我一時想不起來了。」

萬斯好像對管家的回答感到索然無味。

於是，馬克漢又繼續問話。

「當那個德拉卡先生過來串門子的時候——也就是今天早上九點半的時候——你看到他來了嗎？」

「是的。他一般都會從地下室裡進出。當他經過我的房門口時，曾和我打過招呼。」

「那麼他也是按原路返回的嗎？」

「我認為是這樣的。我還在二樓的時候，他就已經回去了——他家就在這後面。」

「好的，這個我知道了。」馬克漢伸了伸腿，「那今天早上，是你給史柏林和羅賓開門的嗎？」

「是我的，他們是在十點左右來的。」

「他們在客廳裡等迪拉特小姐的時候，你有沒有看到或者聽到他們的談話內容呢？」

「沒有啊！今天早上我一直在亞乃遜先生的房間裡忙著整理東西，並沒有注意到別的情況。」

「哦！」萬斯又有了精神，聚精會神地看著派因，「你說的是三樓後面的那個房間——有陽台的那間嗎？」

「沒錯。」

「這真是有意思——教授也是在那兒的陽台上看到那具屍體的——難道你會不知道教授也在那個房間裡？你剛才不是說直到教授吩咐你去找史柏林，你才知道有事發生了？」

管家的臉霎時變得慘白。我看到他的手在不停地顫抖。

「我好像曾去過別的地方——」管家若有所思地說道，「對了，我曾離開過亞乃遜先生的房間，去了一趟洗衣房……」

「原來是這樣。」萬斯放心似地點點頭。

馬克漢悶悶地抽了一會兒煙，目不轉睛地盯著桌面。

過了好久，他才問：「今早還有沒有別的訪客來過？」

「沒有。」

「你有沒有想到與今早這起案件相關的一些事情？」

管家呆呆地望著前方，使勁地搖頭。

「唉，羅賓先生是個熱情、受人喜愛的紳士，怎麼會有人對他下此毒手——你明白我在說什麼嗎？」

萬斯把頭仰起來。

「實事求是地說，我對此並不能肯定。你怎麼知道這不會是一場意外呢？」

「我也說不清楚。」他淡然地回答，「不過我多少還懂得一點箭術——或許這樣說有些失禮，請原諒——我看到了羅賓先生的屍體，上面插的箭應該是用來打獵的。」

「你的觀察可真細緻啊！」萬斯表示贊同地點了點頭，「你沒看錯。」

顯而易見，管家的話並未給我們帶來一些直接的線索，因而馬克漢告訴管家談話結束，並將女僕傳喚了過來。

女僕剛一進門，我們就發現了一張與管家派因酷似的臉——她和她的父親長得可真像。女僕四十多歲，個子很高，長得很瘦；嚴謹拘束，一張長臉，手腳也很寬大，由此可見，這一家族一定有著過多的內分泌。

在問了幾個問題之後，我們知道她叫碧杜兒，五年前丈夫去世，成了一名寡婦。經由父親的推薦才來到教授家裡幫忙。

「你今天早上什麼時候出的門？」馬克漢問她。

「差不多十點半。」女僕聲音低沈，渾身繃得緊緊的。

「什麼時候回來的？」

「中午十二點半。那個人就已經守在門口了。」女僕憤憤地看著希茲警官，「他像對待罪犯一樣對待我。」

希茲不由得苦笑著說：「時間是沒錯。我當時告訴她不要到下面去，她就發火了。」

馬克漢點點頭，但並不是很清楚實際的情況。

「那麼，你對今天早上發生的事情，也是什麼都不知道嗎？」馬克漢凝視著她。

「我能知道什麼？當時我還在傑佛遜的市場裡買菜呢！」

「那麼說，你也沒有看到羅賓和史柏林了？」

「在我將要出門的時候，他們曾穿過廚房到地下的射箭房去。」

「那麼，你有沒有聽到過他們的談話？」

「我從來不偷聽別人說話！」

女僕的態度惹惱了馬克漢，正當他要發火時，萬斯搶在他前面，溫柔地對女僕說道：「請不要誤解檢察官先生的意思。他要問的是，在他們打開門進來的時候，你是否在無意中剛好有聽到他們所說的話？」

「或許他們的房門是開著的吧，可我從不去在意這些東西。」她仍然固執地說。

「那你是否看見，除了他們兩個，射箭室裡還有別的什麼人在？」

女僕眉頭緊皺，以探問的眼神看著萬斯。

「或許還有別的人吧！」她慢吞吞地回答，「好像德拉卡先生也在。」她的語氣中透著狡黠，薄薄的嘴唇上泛過一絲惡作劇得逞似的笑容，「他今早曾經來過，是來探望亞乃遜先生的。」

「哦！德拉卡先生今早曾來過這兒嗎？」對於這一消息，萬斯裝得好像很驚訝，「這麼說，你看見他啦？」

「他進來的時候，我剛好看見。不過他回去的時候——或許是我並沒有注意到。他總是這樣鬼鬼祟祟的。」

「鬼鬼祟祟？難道不覺得很古怪嗎？……你外出的時候走的哪個門？」

「從大門！由於地下室被蓓兒小姐佈置成俱樂部了，所以我一般都從大門進出。」

「今早你去過射箭室嗎？」

「沒有。」

萬斯坐直了身子。「好的，非常感謝，問話就此結束。」

等女僕一走出房間，萬斯就起身踱步走到窗前。

「馬克漢，我們好像把追蹤的方向搞錯了。」

「這房裡所有人都問遍了，可是絲毫沒有頭緒。要找到突破口，必須先突破他們的心理防線才成。這裡的每個人似乎都隱藏著各自的心事，害怕別人發覺自己的祕密。他們所知道的一定比他們透露給我們的要多得多。到現在為止，我們所掌握的情況或許與真相還有很大的一段距離。就拿時間來說吧，很多個地方都對不上號。我們剛才所聽到的很多情節或許根本不可信。」

「或許是我們的思路出現了問題。」馬克漢發表了自己的看法，「如果不審問這些人的話，我們根本無法查到問題的癥結所在！」

「你把問題想得過於簡單了。」萬斯又踱回中央的大桌旁，「這樣下去，問的越多越糊塗。就連那位迪拉特教授也並未將全部的實情告訴我們。他一定隱瞞了些什麼——或許他另有苦衷，但其中定有內情。他會是出於怎樣的目的，才把弓帶到屋子裡來的呢？亞乃遜同樣對此感到疑惑不解，可見他看問題總是切中要點，思維敏捷。還有那個熱中於戶外運動，身體健美的女孩，她陷於感情的糾葛，但又不願意傷害別人，試圖想把自己和身邊的朋友從情感的旋渦中拯救出來，她的確非常善良，但有些不切實際。那個老管家派因卻又是另一個樣子。他故意隱瞞的部分，一定藏有驚人的祕密。但不論怎樣，他也是不肯對我們說出來的。有一點很奇怪。管家一個早上都在亞乃遜的房間裡，而教授當時正在房裡的陽台上曬太陽，他卻一點也不知道？後來又改口說自己去了洗衣房，這種說辭未免過於牽強了點吧？而碧杜兒說的話也是經不起推敲的。很明顯，她對德拉卡這個人感到十分不滿。一有機會就想把他也扯進這起命案當中。她剛才說曾聽到德拉卡也在射箭室裡。可這只是她自己說的，是真是假誰也無法證明。不過，德拉卡走的時候，或許會在回去的路上碰到羅賓和史柏林這兩個人……關於這一點，我們需要作進一步的調查，有必要再去德拉卡家走一趟……」

正當這個時候，門外的樓梯間響起了腳步聲，很快，亞乃遜出現在門口。

「是誰殺死了知更鳥？」他的嘴角又顯現出來一抹嘲弄的微笑。

馬克漢感到不勝厭煩，原本他想要回敬他幾句，但亞乃遜又開口了——

「別性急。我是為伸張正義而來的。從哲學的角度來看，正義這種東西其實根本不存在。如若真有天理，我們就如同在寬宏的天理之外，給它蓋起了一層屋頂。」亞乃遜在馬克漢對面的椅子上坐了下來，毫無顧忌地開起了玩笑，「說實話，羅賓的早夭，可以從科學的角度得到印證。這是一個有關秩序的問題。宇宙洪荒，仍然存在許多未解之謎，而我正是這樣一個想解開這些謎題的人。」

「那麼你的答案是什麼呢，亞乃遜先生？」馬克漢也知道對方是個厲害角色，油然生起了敬重之情。亞乃遜也立即收起他那套嘲諷的姿態，和馬克漢認真地探討起來。

「到目前為止，我還未解開這一方程式。」他從口袋裡掏出一支老式的煙斗，來回地摩挲著。「然而，一旦有機會，我就會站在民眾的角度，在腦中揣摩偵探的種種工作——也正是基於這樣的原因，我才會成為一個永不知足的物理學者。我的好奇心實在太強烈了。我一直有這樣的念頭：日常的生活或許可以應用到宇宙中許多自然法則……」

亞乃遜興趣盎然地和馬克漢一起探討著他的哲學思想，嘴裡叼著他那支煙斗。

「馬克漢先生，」亞乃遜全身心地投入到了討論當中，「正如我平日研究學問的心情，我對這件無頭公案的好奇心也同樣強烈。我到這來的目的，就是想請你們聽聽我所知道的情況，這些無疑都是事實，我也願意為你們破獲這起案件貢獻自己的力量。」他激情澎湃，突然站了起來。

「如何？能否告訴我，到目前為止，你們都有怎樣的收獲呢？」

「我非常願意告訴你這一切，亞乃遜先生。」馬克漢略微沈思了一會兒，說道，「但此後發現的事實，我就無法保證會向你完全奉告。因為這樣做很可能會令正義得不到伸張，甚至於會影響到調查的進展。」

對於亞乃遜大膽的請求，萬斯好像一點也不關心似的，只是懶洋洋地坐在那兒，半瞌著眼睛。突然，他對馬克漢說：「咳，馬克漢，我們或許真的可以從應用數學的角度來重新調查這起案件。亞乃遜先生建議我們以審慎的態度來分析我們手頭上的情報，這說不定真的能為我們開啟另一扇破案之門。」

馬克漢對萬斯這種不經商量就脫口而出的秉性非常了解，因而並不在意，隨即對亞乃遜說了一句，「就這麼辦吧，我們願意為你提供數學計算上所需要的所有數據。你現在最想知道什麼？」

我一點兒也不驚訝於馬克漢的話。

「我想沒這個必要。到目前為止，我和你們了解到的情況差不多。在你們回去之後，我會盡可能從碧杜兒和管家那兒打探到更多的消息。不過，在我思考問題，或者在推算兇手的方位時，我希望不要有人打擾我。」

正在這時，門被推開了，一位陌生的男子被警員帶了進來。

「這位先生說，想要見見教授。」警員的語氣中流露出明顯的懷疑。隨後他用下巴點向馬克漢，對那名陌生人說：「這位是地方檢察官，你有什麼事情向他請示吧！」

這位遲來的客人顯得有些慌張，不過仍然很鎮定，穿著也很考究。五十歲的樣子，腰桿筆直，富有朝氣；花白的頭髮稀稀疏疏地貼在頭皮上，尖尖的鼻子，狹下巴。天庭飽滿，相貌很有特點，長著一雙富於幻想的雙眸。滲透著洞察人世的智慧，隱含著半悲半恨的憂鬱。

他剛想開口對檢察官說話，卻突然瞥見了亞乃遜。

「你早，亞乃遜。」男子平靜地說道，「為何會發生這麼可怕的事情？」

「只不過死了人而已，帕第，」亞乃遜淡淡地說，「這沒什麼好大驚小怪的。」

談話被中斷了，馬克漢似乎有些不滿。

「你有什麼事？」馬克漢威嚴地問道。

「但願我沒有打擾你們的談話。」這名男子致歉說，「我就住在對面的街上，是這一家人的朋友。聽說發生了不幸的事，特地來看看是否能幫上忙。」

坐在一旁的亞乃遜大聲笑起來：「別這麼文謅謅的，帕第，你就直說自己是因為好奇心的驅使才過來的吧。」

帕第的臉脹得通紅。「你怎能這麼……」

「你剛才說你就住在對面。這麼說，你能夠看到這棟房子的所有情況啦？」還沒等帕第說完，萬斯就急不可待地問道。

「不，並不是這樣。不過我的書房正對著七十五街，只是可以俯視罷了。實際上，我差不多整個早上都坐在窗戶邊上。但一直在埋頭寫作。午飯後，又繼續工作，無意中抬頭就看到這兒停了很多輛警車。」

萬斯斜視著這個人，然後開口問道：「那麼帕第先生，今天早上你是否注意到有誰到這棟房子來過？」

對方緩緩地搖頭。「沒有。我只看到那兩個青年——就是迪拉特小姐的那兩位朋友——好像是在十點的時候。此後，又看到僕人提著菜籃出去了。我看到的就是這些了。」

「你有沒有看到那兩個青年的其中一個離開呢？」

「對此我沒有什麼印象。」帕第為難地回答，「但我好像看到一個人從射箭場的出入口出去了，我想就這些了。」

「大概是在什麼時候？」

「記不清了，或許是在那兩個年輕人進去一小時之後的事，當時我並沒有太留意。」

「除了這些，你記得今早還有誰曾進出這幢房子嗎？」

「大約中午十二點半，我望見迪拉特小姐剛從網球場回來，那個時候我剛好在吃午飯，她還用她的球拍和我打招呼呢！」

「還有別的人沒有？」

「十分抱歉，我能想到的就只有這些了。」他似乎感到不勝惋惜。

「你今早看到的那兩位青年中，有一個被人謀殺了！」萬斯滿足了他來這兒的目的。

「就是那個知更鳥——羅賓啊！」亞乃遜又開起了這種冷酷的玩笑，那種神情很令人感到不快。

「真叫人驚訝，可憐的人！」帕第似乎真的感到很吃驚，「羅賓？就是蓓兒俱樂部裡的那名射箭高手嗎？」

「就是那個神射手——是的，就是他。」

「唉，蓓兒真可憐。」好像是為了引起萬斯的注意，帕第加重了這句話的語氣，「這件事或許會對她造成很大的打擊！」

「蓓兒總是喜歡小題大做。」亞乃遜毫不留情地說，「警方向來也是這樣，到頭來也只會引起一場騷動，一點創意都沒有。這個地球上，爬滿了像羅賓這樣自稱為人類的生物——一堆由不潔淨的碳水化合物構造而成的物質。」

看樣子，帕第並沒想要馬上阻止這一連串惡語的意思，只是悲苦地笑了笑——顯而易見，他已經習慣了亞乃遜的這種語氣。

他轉而向馬克漢請求道：「可否讓我和迪拉特小姐，還有她的叔叔見見面？」

「當然沒問題。」不等馬克漢開口，萬斯馬上應允了他。

帕第向房裡鞠了一個躬，戰戰兢兢地走了出去。

「真是一個怪人。」等帕第一走遠，亞乃遜當即批評他，「他認為金錢是萬惡之源，從不幹正事，只知道混日子。他只能從西洋棋中得到樂趣……」

「什麼，西洋棋？」萬斯抬起頭，一臉驚奇地問了一聲，「難道他就是那個發明帕第棋法的那個人？」

「沒錯，就是他。」亞乃遜故意把臉皺成一團，扮了個鬼臉，「他研究了二十多年的西洋棋走法，並且還有專著出版呢！可以說，他是這世界上最狂熱的西洋棋迷，熱中於各式各樣的西洋棋大賽，為此已遊遍全世界。當然了，這樣做的目的也是使他的帕第棋法得到推廣。他可是曼哈頓西洋棋俱樂部的名人，不過他倡議舉辦的名人棋賽可都是他自掏腰包的喲！為此連家產都賠上了。當然了，參加比賽的人都必須採用他所發明的佈局法。但只要遇到拉斯卡博士、卡巴布蘭卡、魯賓斯坦這樣的高手時，真正使用他的『帕第佈局法』的選手在比賽中幾乎全軍覆沒。這真是莫大的恥辱，這對帕第也造成了相當大的打擊。結果一夜白頭，開始變得自暴自棄，一下子蒼老了許多。真是個可悲的失敗者！」

「我對『帕第佈局法』也略有耳聞。」萬斯嘴上說著話，眼睛卻一直盯著天花板，好像在思考什麼問題。「我也用過那套棋法，還是從愛德華．拉斯卡那兒學到的。」

正說著，門口再次出現了剛才的那位警員，他朝警官打了個手勢，早就對西洋棋的話題感到不耐煩的希茲很快站起身來，匆匆走出門去。回來了的時候，手裡拿著一張字條。

「真是古怪的東西，長官。」希茲一邊說著，一邊將字條遞給馬克漢，「這是守在大門的弟兄在信箱口裡發現的——你覺得這裡面會有什麼名堂？」

一看到字條，馬克漢的臉上立即顯出震驚的神色，沈默了片刻，才又將字條交給了萬斯。我也站起身，湊過去想看個究竟。字條是那種普通的打字紙，折得方方正正，上面用淺藍色的色帶打著幾行字，內容如下：

約瑟夫・寇克・羅賓死了。
到底是誰殺死了小知更鳥？
「史柏林」即是「麻雀」。

右下角用兩個很大的字體署了名：主教

驚魂慘叫

四月二日

星期六

下午二時三十分

萬斯仔細地看了一眼字條上的內容，又有條不紊地取出單眼鏡片。以我對他的了解，我知道此時他正抑制著自己對這件事的滿腔好奇，戴好眼鏡後，萬斯又認真地看了一次字條，然後，把它遞給了亞乃遜。

「也許，這在你的方程式中，是一個很重要的因子。」萬斯用嘲弄的眼神直盯著他。

亞乃遜接過字條，裝模作樣地看了一下，然後苦著臉把它放在桌子上。

「我想這張字條和主嫌犯沒多大關係，這位同夥的頭腦好像並不靈光，這個『主教』嘛……」亞乃遜低下頭說，「我可不認識那些衣冠楚楚的紳士，而且在我的算術中，無法接受這個護符。」

「如果是這樣，亞乃遜。」萬斯認真起來，「我想你的方程式對我們來說已經毫無意義了。而這張神祕的字條卻有著非同尋常的價值。對於方程式我們的確是門外漢，但恕我直言，這張字條也許是到目前為止，與這一連串事件關係最為緊密的線索，是它使我們跳出追究這個案子只是個意外的窠臼。換句話說，它是控制整個方程式的恆數。」

希茲厭惡地盯著桌子上那張用打字機打出來的字條。

「簡直是瘋子，萬斯先生！」警官憤怒地說。

「確實是瘋子，警官。」萬斯表示同意他的看法，「但是，你們不覺得這個瘋子瘋得很特別嗎？我們絕對不能忽視他對整個情況瞭如指掌這一點——你們看，他知道羅賓的名字是寇克，還知道羅賓是被弓箭射殺的，而且他還曉得羅賓死時，史柏林就在附近，等等。他真是個『萬事通』，同時他也具備一些作案常識。這張字條一定是在你和你的部下還沒有抵達這裡之前，就已經打好投入信箱了。」

「還有可能，」希茲不甘示弱地說，「這傢伙是一個好事者，一打聽到發生了什麼事情，就立刻寫出了這麼一張莫名其妙的字條，趁著警察不注意的時候，放入信箱的。」

「那就是說他得先跑回家，然後仔細地用打字機把字打好，再放進去？」萬斯無奈地笑了笑，接著說，「抱歉，警官，很抱歉你的推理無法成立。」

「那請問你是怎麼想的呢？」希茲惱怒地問萬斯。

「現在我根本什麼都沒有想到。」萬斯起身打了個呵欠說，「喂，馬克漢，我們也坐得太久了，現在去看看碧杜兒厭惡的德拉卡先生吧！」

「什麼？德拉卡？」亞乃遜吃驚地叫起來，「跟他也有關係嗎？」

「是的，德拉卡，」馬克漢向他解釋道，「今天早上他曾來這裡找過你，也許他曾和羅賓、史柏林碰過面。」說完這句話，馬克漢猶豫了一下說，「那現在我們一起去吧！」

「不，我可不去。」亞乃遜彈了彈煙斗上的煙灰說，「我還有一大堆的學生作業要批改，不過，你們可以帶蓓兒去，那個五月夫人有些怪怪的……」

「誰？五月夫人？」

「啊，抱歉，我忘了介紹，你們肯定還不知道這個人，我們叫她五月夫人，這是尊稱！五月夫人是德拉卡的母親，脾氣非常古怪。」席加特意味深長地摸了一下自己的額頭。

「她很少來這裡，幾乎沒來過，一個個性很倔，成見很深的女人，一天到晚都把心思放在德拉卡身上，好像德拉卡是一個小嬰兒似的，她那樣照顧人，真讓人傷腦筋……你們帶著蓓兒一起去吧，她比較喜歡蓓兒。」

「謝謝你，告訴我們這些事情。」萬斯說道，「那麼現在請你去問問蓓兒小姐願不願意和我們一起去？」

「可以。」亞乃遜微笑著和我們道別，他的微笑裡帶著一點嘲諷，他轉身爬上了二樓，兩分鐘後，迪拉特小姐就與我們同行了。

「我聽席加特說你們要去看看阿爾道夫，他倒沒什麼大礙，可憐他的母親，一點小事情，都會驚嚇到她……」

「我們一定會小心不嚇到她的。」萬斯保證似的說，「德拉卡今天早晨來過，女傭說，她曾聽到他和羅賓，還有史柏林他們在射擊室裡談話，也許能從他那兒得到一些有用的東西也說不定。」

「但願如此，」蓓兒字斟句酌地答道，「但，請你們一定要小心五月夫人。」

她的聲音裡充滿了懇求，好像她要保護五月夫人似的，萬斯疑惑地看著蓓兒。

「她很可憐，」蓓兒連忙解釋說，「她以前是著名的歌星——不是那些混飯吃的藝人，她天賦過人，有著光明的前途。後來她和維也納一流的評論家歐特·德拉卡結了婚，婚後生下阿爾道夫。當孩子兩歲的時候，一天，她帶著他在公園玩，結果她不小心把孩子摔了下來，從此改變了她的一生。阿爾道夫的脊椎骨嚴重受傷，成了殘疾。五月夫人格外悲傷，她認為孩子的不幸都是她造成的，於是她捨棄了原有的事業，專心地照顧阿爾道夫。第二年，丈夫也去世了，五月夫人帶著阿爾道夫來到她少女時待過的美國，買了房子定居在那裡，她的生活完全圍繞著阿爾道夫，阿爾道夫長大後變成了駝子，她為了他，犧牲自己的全部，她全心全意地照顧阿爾道夫……」說到這裡，蓓兒的臉頰顯出了陰暗的神色，「我知道你們都這樣想——夫人還把阿爾道夫當成孩子一樣看待，這一點正是她病態的地方。但是我認為這就是母愛啊，溫柔體貼的愛，愛的精神病——我叔叔是這麼說的。最近幾個月來，她變了，她經常小聲地唱著德國古老的童謠，然後兩手交疊放在胸前，就好像——哦，是的，好像神明那樣，看起來很可怕——她似乎抱著娃娃。而且，她對於阿爾道夫的事情有強烈的憤恨，她憎恨所有的男人，上個禮拜我和史柏林去看她——我經常帶別人看望這個寂寞不幸的老人——

她卻用厭惡又殘酷的眼神看著史柏林說：『你怎麼沒有殘廢呢』……」

蓓兒環顧了一下我們每個人，停止了說話。

「所以，希望大家多留意一點——五月夫人可能會以為我們是去欺侮阿爾道夫的。」

「好的，我們儘量不給夫人添加困擾。」萬斯同情地向蓓兒保證。我們一起走出去，萬斯突然問了蓓兒一個問題：「德拉卡夫人的房間在哪裡？」我這時才想起萬斯剛剛注視德拉卡家好一會兒了。

蓓兒先是被萬斯突然提出的問題嚇了一跳，她訝異地看著萬斯，然後回答說：「在房子的西邊——她的陽台就在射箭場的上方。」

「哦?!」萬斯從兜裡取出了香煙盒，點上一支煙問，「夫人常常坐在陽台的窗邊嗎？」

「是的。夫人常常坐在那裡看我們練習射箭——我不知道這是為什麼。可是看著我們的動作，會讓她更加痛苦地回憶過去。阿爾道夫的身體非常差，只射了兩三箭就會疲勞無力，然後就不再玩了。」

「真是值得同情，她看著你們練箭而想到某些痛苦的過去，這是一種自虐行為啊。」萬斯充滿憐憫地說，「也許……」當我們正拉開地下室的門，走到射箭場上時，萬斯突然說，「我們應該先拜訪德拉卡夫人。向她說明我們的來意，這樣她會放心。可是，我們怎麼才能不讓德拉卡知道，而直接進入夫人的房間呢？」

「有辦法。」蓓兒似乎很喜歡這個提議，她說：「我們從後門進去吧，阿爾道夫的書房靠近正門。」

當我們恭敬地造訪時，德拉卡夫人正斜靠著枕頭坐在古式長椅上，她靠著窗邊沈思著。迪拉特小姐像對待母親那樣親熱地和她打招呼，而且屈膝親吻她的額頭。

「伯母，我都不知道怎麼向你說起，今天早上我們家發生了一件很可怕的事情。」蓓兒說，「現在我帶著這些先生們來拜訪你。」

德拉卡夫人的臉蒼白又悲戚，在我們剛進門的時候，她曾躲起來，現在則充滿恐懼地望著我們。她的個子很高，面容憔悴，瘦骨嶙峋的雙手緊緊地抓著椅把，手上的青筋都凸起來了。她的臉上皺紋很深，因而看起來很醜陋。而眼睛則炯炯有神，鼻子堅挺而威嚴，年紀一定已經超過六十歲了，髮色斑白。

在我們進入房間後的很長一段時間裡，她一動也不動，也不開口說話，最後只是嘴唇輕輕嚅動著。「有什麼事嗎？」夫人低沈地說著。「是的，太太，」萬斯回答說，「正如迪拉特小姐所說的那樣，今天早上發生了一起悲慘的事件，因為您的窗子可以直接看到射箭場，所以我們想您也許能提供一些線索，為此我們特地來拜訪您。」

夫人稍稍放鬆了她的警戒狀態，隔了一兩分鐘後，又開口問道：「發生了什麼事情？」

「有一個叫羅賓的男子在今天早上被射殺了——您認識他嗎？」

「那個蓓兒射箭俱樂部裡的選手。是的，我認識這個人，他的身體十分強壯，就算拉再重的弓也不會疲累。誰殺了他？」

萬斯若無其事地回答說不知道，但卻毫不放鬆地盯著夫人問道：「我們想請教您幾個問題，因為他就在射箭場上遇害的——從您的這個窗口能夠看見的。」

夫人眼皮半垂，手輕輕握了握。「能夠證明是在射箭場被殺害的嗎？」

「屍體是在射箭場被發現的。」萬斯不厭其煩地回答。

「噢，是這樣嗎？那我能幫助你們什麼呢？」夫人又開始緊張地往後靠。

「那麼，早上您看到誰在射箭場了嗎？」萬斯輕聲地問著。

「沒有。」夫人這次可迅速又有力地回答說，「我沒看到任何人，一整天，我都沒有注意射箭場。」

萬斯嘆了口氣，又看了看別處。「那太可惜了，」他低沈地說了句，「如果今早您曾凝望窗外的話，也許就能看到那場悲劇的始末了。羅賓是被弓箭射殺的，但是兇手殺他的動機是什麼，目前為止，我們實在找不出來。」

「是被弓箭射殺的嗎？」夫人灰色的臉頰，突然變得紅潤了一些。

「驗屍官是這樣說的，我們看到箭從心臟處貫穿。」

「那不用說，一定是一箭射穿了羅賓的心臟。」夫人異常的態度好像她已洞悉了什麼。

房間裡的緊張氣氛又持續了一會兒，萬斯走到窗邊。

「夫人，我可以從這裡看看窗外嗎？」

夫人似乎在想著什麼事情，隔了一會兒，才回答萬斯的請求。「請隨便吧，那裡沒什麼好風景，不過可以看見北方第七十六街的行道樹，也可以看到迪拉特家的一角。但是，那裡的紅磚牆太刺眼了，公寓沒有蓋好之前，這邊的河景是非常美麗的。」

萬斯站在那裡，朝射箭場的方向望了很久。

「是啊！」他的聲音透著惋惜，「如果，今早夫人站在窗邊的話，一定可以看到整個現場的情形，因為這裡可以清楚地看到整個射箭場和迪拉特家的地下室入口。很可惜，沒有別的辦法了。」萬斯看了一下錶，然後問，「不知您的兒子在家嗎？」

「我兒子？你們還有別的什麼事嗎？」夫人的聲音提高了很多，厭惡地盯著萬斯。

「哦，沒有特別的事。」萬斯試圖安撫她，「我們只是想問問他是否看到了誰？」

「沒有，我想他沒有看見。他現在不在，今天早上出去到現在還沒有回來。」

萬斯再次憐憫地看著夫人，「他上午就出去了嗎？——那您可知他去了哪裡？」

「我當然知道，」德拉卡夫人似乎很得意地回答，「因為他會跟我說的。」

「那麼他告訴過你，今天要去哪裡嗎？」萬斯乘機冷靜地追問。

「當然，他告訴過我，可我現在想不起來了。等等，我得想想……」夫人用細長的手指敲打著椅把，不安地向四周環顧，「我想不起來了，等他回來之後再問他吧。」

迪拉特小姐看著夫人，顯得有些焦躁地說：「伯母想不起來了嗎？阿爾道夫今天早上去我家了啊！好像是去找席加特的——」

德拉卡夫人厭惡地看著迪拉特，突然跳起來大叫：「沒那回事。阿爾道夫沒有去那些地方——他說，他必須去一趟工業區，那可不在你家附近。」夫人的眼中閃著憎惡的光，挑釁地看著萬斯。

時間似乎凝固了，這一刻就像一個世紀那麼漫長——接下來的一幕更讓人心酸，讓人不忍目睹。這時，房間的門靜靜地被推開了，德拉卡夫人很快地伸出了她的雙臂。

「啊！我的孩子。」夫人溫柔地叫著，「快到媽媽這裡來。」

但門口的那個男人卻沒有進來，他眨著細小的眼睛，大概沒有料到這種場面，呆呆站了好一會兒。

這個男人叫阿爾道夫．德拉卡，身高只有五英尺，外型不好，是典型的駝子，他的雙腳細長，支撐著上面被擠成一團的身軀，頭看起來很大，不成比例。但是，他的臉上卻流露著智慧的光輝，那種強烈的熱情，非常引人注目。

迪拉特教授說這個男人是數學天才，因為他在學術上的成就是誰也無法否定的。

「發生了什麼？這到底是怎麼回事？」阿爾道夫聲音顫抖著說，然後轉頭看著迪拉特小姐，「這些人是你的朋友嗎？蓓兒。」

蓓兒正想回答時，萬斯搶先一步。「德拉卡先生，」萬斯鄭重其事地說道，「你們隔壁的房子發生了一件不幸的事情。這位是地方檢察官馬克漢先生，這位是警察局的希茲警官。是我們拜託迪拉特小姐帶我們來這裡的，我們想請教一下夫人，今天早上是否從窗口那裡看到射箭場上有任何可疑的情況。因為這起凶案就發生在迪拉特家地下室的出入口。」

德拉卡抬起下巴，眼睛裡閃閃發光。「凶案？什麼凶案？」

「羅賓先生被弓箭射殺了。」

這次他的臉有點痙攣。「羅賓被殺了？他真的被殺了嗎？這是什麼時候的事？」

「大概是十一點到十二點這段時間。」

「十一點到十二點？」德拉卡的情緒好像一下子興奮起來，他用巨大的手指拉扯著外套的衣角，然後飛快地掃了一眼他的母親。

「那你一定看到什麼了？」他目不轉睛地盯著他的母親，雙眼發亮。

「你在說什麼？」五月夫人的聲音因情緒的不穩定而嘶啞。

德拉卡臉上興奮的表情僵硬起來，漸漸顯現出嘲弄的神態。

「可是那時候，我正好聽到這個房間傳出了女人的尖叫聲。」

「不對。沒有這回事。」夫人很用力地搖著頭，「你一定聽錯了，我今天早上根本沒有發出什麼尖叫聲。」

「是嗎？那就是別的什麼東西發出來的聲音了？」德拉卡的聲音冷漠而不帶感情。他沈默了一會兒，才又接著說：「事實上，我聽到尖叫時，正在上二樓的樓梯，原本我想在門口探個究竟，可我母親說那是空調的聲音，於是我就又回到房裡工作了。」

這時，德拉卡夫人拿著手帕捂著臉。

「可是你十一點到十二點不正在工作嗎？」夫人的聲音有些顫抖，難以掩飾她的激動，「我叫了你好幾次——」

「我都聽到了，但是沒有回答，因為那時候我正好很忙。」

「噢，原來是這樣，」五月夫人慢慢地轉過頭去看窗外，「我還以為你出去了呢！你出去過嗎？」

「我去過迪拉特家。但是，席加特不在家，我大約在十一點之前回來的。」

「可是，我沒有看到你回來。」夫人說話時像一隻泄了氣的皮球般跌靠在椅子上，直勾勾地看著對面的紅磚牆，「叫你不見回答，我還以為你出門沒回來呢！」

「我是從通往迪拉特家的那個出口出去的，後來到公園裡散步，然後再從大門進來。」德拉卡有些煩躁不安。

「噢，那時你正好聽到我的叫聲，我今天早上起來之後背很痛，所以就不知不覺間呻吟了起來。」

德拉卡緊皺眉頭，然後把目光迅速地從萬斯的臉上移向馬克漢的臉上。

「我聽到的叫聲，是個女人的，而且我確定是從這個房間裡發出的。」他固執地說，「大約是在十一點半的時候。」他說完這些話後，重重地坐到椅子上，低頭看著地板，情緒不佳。

這對母子不一致的說法，讓在場所有人都很吃驚。萬斯站在十八世紀版畫的前面，與其說他在欣賞這幅畫，倒不如說他在傾聽並且思考著每一句話。一會兒，他慢慢地踱回步來，示意馬克漢不要講話。「可憐的事情，夫人，我們貿然打擾到您，還請您見諒。」

萬斯恭敬地對五月夫人說，然後轉向迪拉特小姐。

「能麻煩你帶我們回去嗎？送我們到樓下就可以了。」

「一起走吧。」蓓兒說著，走近德拉卡夫人，熱情地擁抱了一下她，「真是可怕的事情啊，伯母。」

走到走廊時，萬斯突然停下了腳步，他望著德拉卡。

「你能和我一起去一趟嗎？可以嗎？」他平淡地說，「你認識羅賓先生，或許可以給我們一些線索。」

聽到這句話後德拉卡夫人立刻叫道：「你不能和他們去！」她站直了身體，表現出極度的恐怖和煩惱，「不能去！他們都是敵人，會欺負你。」

德拉卡被最後這個詞激怒了。「為什麼不能去？」他怒氣沖沖地喊道，「我也想要了解這個案子，就像他們說的，我說不定可以提供一些幫助。」說完，他跑過來頭也不回地跟在我們後面，留下了沮喪的五月夫人在那裡。

「我是兇手」

四月二日
星期六
下午三時

我們再次回到迪拉特家的客廳裡，迪拉特小姐讓我們留在那裡，她到書房的叔叔那裡去了，隨即萬斯在那裡展開他的工作。

「德拉卡先生，為了不讓你的母親擔心，我們才打算請你到這裡來，我們需要探究一些事情。你今天早上在羅賓死前，來過這裡，這個我們剛才提到了，現在你還有什麼要告訴我們的嗎？」

德拉卡坐在暖爐前面，他好像正在仔細思考這件事，所以沒有回答。

「大約是九點半，你到這裡，」萬斯接著說，「去找亞乃遜先生的。是嗎？」

「是的。」

「你到射箭場，是從地下室的出入口出去。」

「我一直都是走這條路的，沒有必要多繞外面那一段路。」

「今天早上，亞乃遜先生不在家。是嗎？」

德拉卡點點頭說：「是的，他去學校了。」

「因為亞乃遜不在家，所以你就在書房坐了一會兒，並且和迪拉特教授聊了聊有關去南美的天文觀測隊的事情。」

「是的，王室天文學會為了實驗愛因斯坦的偏差理論，而專程跑到南美去了。」德拉卡解釋說。

「那你在書房停留了多久？」

「大約不到三十分鐘。」

「然後去哪裡了呢？」

「去了射箭室，在那裡有一本關於西洋棋的雜誌。我翻閱了一會——最近有夏比洛和馬歇爾的棋賽，我坐在那裡想研究一下這個問題——」

「請等一下，德拉卡先生，」萬斯的聲音有些激動，似乎有掩飾不住的好奇。

「請問你對西洋棋很感興趣嗎？」

「一點點！那種東西太花時間了，而且不需要數學理論，我認為那不具科學精神。」

「那你覺得夏比洛和馬歇爾的棋譜難嗎？」

「可能是這樣吧，與其說它太難，還不如說它太沒趣。」德拉卡盯著萬斯，「只要動一個看起來完全不需要移動的棋子便能解決。答案就這麼簡單。」

「那你花了多長時間完成？」

「大約三十分鐘。」

「也就是說，那時候應該是十點半了。」

「大概是。」德拉卡又往椅子裡面坐了坐，但是可以看出他的戒備心理仍然沒有放鬆。

「就是說，當羅賓和史柏林進入射箭室時，你還在那裡？」

德拉卡沒有像剛才那樣回答得乾脆，萬斯似乎沒有察覺到他的猶豫不決，只是繼續地問道：「迪拉特教授說他們兩人大約是在十點來訪，然後在客廳坐了一會兒後，兩個人就到地下室去了。」

「那史柏林呢？現在他人在哪裡？」德拉卡充滿疑問的雙眼環視著我們每一個人。

「我們在這裡就是為了等他。」萬斯回答說，「希茲警官已經派了兩名部下去接他。」

「啊！是去接史柏林嗎？」德拉卡的眉毛揚了起來，他把胖胖的手指搭成金字塔形，然後把目光緩緩地移到萬斯的臉上。

「你剛才問我有沒有在射箭室看到羅賓和史柏林？是的，我遇見了他們，我正要回家的時候，他們剛好從樓梯上下來。」

萬斯探下身體，彎下腰，然後把腳向前伸直。「那他們兩人當時的樣子是——我還是用比較委婉的詞形容吧——他們之間看起來像不像發生了不愉快的事？」

萬斯問完了這些問題，德拉卡思考了好一會兒。

「聽你這麼說，我想起來了。」隔了很久他才說，「他們兩個看起來好像很冷淡。但是，我也不清楚是什麼原因，所以無法告訴你。而且他們兩人剛一進來，我就要離開了。」

「那你剛剛說過你是從地下室的出口出去的，然後穿過牆邊的門，走到七十五街去。對不對？」

德拉卡沒有馬上回答，而是故意裝作毫不在乎地說：「是這樣的。每次在回去工作之前，我都喜歡到河邊去散步，先沿著河岸大道走，然後爬上馬車道，會從七十九街那邊繞到公園去。」

希茲聽完他的陳述，用充滿懷疑的語氣問道：「那你曾碰到過誰嗎？」

德拉卡惱怒地瞪了他一眼，萬斯趕忙打起圓場。

「沒關係，警官。如果你認為有必要確認這件事的話，我們等一下再來印證好了。」然後萬斯又面向德拉卡說：「你是在十一點之前回到家，並且從正門進去的，是嗎？」

「是的。」

「那你今天早上有沒有看到可疑的事情？」

「我已經把我知道的全部都說得很清楚了，除了我剛剛講的以外，就沒有別的了。」

「那你在十一點三十分左右，確實聽到你母親的喊叫聲了嗎？」

萬斯很嚴肅地問這個問題，他的身體一動也沒有動，我能看出來他在克制自己的情緒。但德拉卡的表現讓萬斯感到吃驚，德拉卡從那張矮椅子上站了起來，盛氣凌人地看著萬斯。

在他細小的眼睛裡閃爍著激動的光芒，他的嘴唇哆嗦著。那兩隻向前伸出的手微微彎曲著。

「你究竟想說什麼？」德拉卡的音調尖銳而高昂，「我不是已經告訴你們，我聽到了我母親的叫聲了嗎？我不知道為什麼我母親要否認這件事。我只能告訴你們，我聽到她在房裡來回走動的聲音，而且十一到十二點她一直在她的房裡，我也一直在我的房間裡，我想，你們不能證明這一點。至於我在房間裡幹什麼或是在哪裡，這些不是你們應該知道的。我根本不會回答。」

身材矮小的德拉卡發起脾氣的樣子十分可怕，希茲覺得他是個危險的人物，於是趨身向前。而萬斯沒有動，繼續抽著他的煙，看得出來他沒有安撫對方的意思，「德拉卡先生，今天我們就請教到這裡吧。你完全不需要這麼激動，你母親的叫聲也許和凶案的發生，一點關係也沒有，我只是隨口問問而已。」

聽完這些話，德拉卡用盡力氣似的坐在了椅子上。

就在這個時候，迪拉特教授的身影出現在客廳門口，他身後站著亞乃遜。

「發生什麼了？」教授問道，「我聽到這裡的爭吵聲，所以特地過來看看。」然後教授冷靜地看了一眼德拉卡，「不要這樣便把你嚇到了，蓓兒才真夠受的呢！」

萬斯站了起來，好像想解釋什麼，結果亞乃遜先生指責德拉卡說：「你必須學習自制，阿爾道夫，動怒是會縮短生命的。你不是一直在研究宇宙嗎？為何會為了這點小事就大動肝火呢？」

「這隻蠢豬。」德拉卡氣喘吁吁地說。

「德拉卡！」亞乃遜嚴厲地制止他，「人類都是豬，不過是會站立的豬而已……來吧，我送你回去。」亞乃遜扼住他的手腕，走下樓去。

「實在抱歉，吵到您了。」萬斯向教授道歉說，「不知為何，他突然失去了理智。您看，當警察不是件愉快的事。不過，我們還是得急需處理那些事情。」

「是的，但是能不能請你們快點結束呢？請你們體恤蓓兒。你們回去之前，我們再碰一次面好了！」說完這些，迪拉特教授就回到樓上去了。

馬克漢眉頭緊皺，雙手交叉在後面，在房間裡來回踱步。

「德拉卡，你覺得這個人怎麼樣？」檢察官停在萬斯跟前，萬斯揚著頭問。

「很顯然，他不是一個快樂的人。不論在精神上還是肉體上，他都有病，而且他是個天生的說謊者，有著非常聰明靈活的頭腦，在非實用方面德拉卡的推理能力是相當的強。不過，也不能說我們今天一無所獲。那個男人他有所隱瞞，他並未說出他所知道的全部。」

「這麼說也可以，」馬克漢說，「現在一提到十一點到中午的這段時間，他就變得相當地敏感。」

「我就像個俘虜，被他盯著不放。」萬斯說。

「不要以為這個男子對我們沒有幫助，我們不能對他掉以輕心。」

「我也這麼認為！」萬斯贊成道，「雖然目前一切進行得不算順利，但是多少得到了一些信息。那位容易發怒的數學天才為我們提供了許多有趣的推理線索。德拉卡夫人的態度也值得我們注意。只要知道他們兩人的心事，也許就能夠找到破案的關鍵所在了。」

希茲剛才一直死氣沈沈的，僅僅是做個旁觀者，冷眼看著發生的一切，直到現在，他又重新燃起了鬥志。

「馬克漢先生，恕我直言，我們不過是在白白浪費時間罷了，僅僅討論這些問題，能得到對時間起實質效用的幫助嗎？我們現在應將重點放在史柏林身上。等我的部下找到他——問題的核心也許就隨之出現了。那個男人暗戀著迪拉特小姐，心裡嫉妒羅賓——不僅是因為女人，他還嫉妒羅賓的箭術比他的好。教授聽到他們談論的可能就是這些內容，他們在爭論一些事。根據證詞，羅賓被殺前不久，他們才一起下樓去的……」

「是的，是的。而且，」萬斯不屑地說，「那個男孩的名字就是麻雀的意思，對不對？天啊，警官，事情絕對不會這樣簡單。我可以肯定這是一起計畫十分周詳、並嫁禍於人的凶殺案。」

希茲毫不退縮地說：「我不認為這是什麼完美的計畫。史柏林這個傢伙拿起了弓，然後從牆上取下一支箭，追在羅賓後面，放箭射穿他的心臟。」

萬斯嘆了口氣說：「你把發生的一切看得太簡單了，警官。事情不是你所想的那麼簡單。想想看，漏洞百出。第一、沒有人能用箭射穿一個正在活動的人的心臟，而且剛好射中肋骨間這個空隙。第二、羅賓頭蓋骨的裂痕，不是在跌倒時碰裂的。從裂痕上就能看出來。第三、帽子掉在腳邊，如果一個人自然倒下，那他的帽子是不應該在那裡的。第四、箭尾壞了，壞的箭尾不能搭在弦上。第五、羅賓是被從正面射殺的。在兇手拉弓、瞄準的時候，羅賓會有時間呼救的。第六……」

萬斯突然打住了。「等等，警官，我們遺漏了一點。人被射中心臟時，一定會大量出血。尤其是兇器無法像塞子那樣堵住傷口時，更是如此。射箭室的地上一定還有血跡。快走，我們到門口的附近找找看。」

希茲猶豫了一下，就在他疑惑的一瞬間，從警多年累積下來的經驗告訴他，萬斯說的話一定不能忽視。於是他走了出去，消失在門口。

「萬斯，我現在才第一次意識到你提到的都是本案的重點。」馬克漢神色凝重地說，「光看羅賓的樣子，我就已經知道，這次碰上了一個相當難纏的兇手了。」

「這不是一件有趣的事。」萬斯的表情是難得一見的認真，「兇手一定是個自比拿破侖的瘋子，他頭腦聰明——換句話說，他是個具有四次元觀念的狂人。」

馬克漢完全投入到推理當中，顧不得手上的煙。

「希茲好像沒有摸清楚頭緒。」不久之後，他說。

「是的，光說些廢話。」萬斯回答，「如果我們在射箭室找不到和羅賓死亡有關的任何線索的話，這個案子就會更棘手了。」

似乎關於證物還有一些線索，幾分鐘後，警官有些沮喪地回來了。「輸給你了，萬斯先生。」警官激動地說，「一語中的！」

接著希茲表達出他對萬斯的讚賞：「地上完全沒有血跡，不過，水泥地上倒有個黑色的印記，今天早上不知是誰用濕毛巾擦過了，現在還沒乾呢！地點就在你所說的門邊不遠處。而且，那上面還鋪了一條地毯。但是，這樣也不能證明史柏林是無辜的呀！」

萬斯悻悻地說，「搞不好他在屋裡殺了羅賓呢！然後，清理血跡、擦拭弓箭，再把屍體、弓搬到射箭場去，然後悄悄地溜走……為什麼要這樣做呢？……射箭並非室內運動，而且，史柏林要用弓箭殺人是太容易了。結束羅賓生命的那一箭，絕不是偶然射中的。」

萬斯正說著話的時候，帕第剛好下樓，他經過客廳，打算回家。就在他走到門口時，萬斯突然站起身來，朝他走了過去：「請等一下！帕第先生。」帕第恭敬地回過身子。「我還有一件事想請教你。」萬斯說，「你說你今天早上看見史柏林和碧杜兒從牆邊那扇門出去了。你能夠確定除了他們之外，沒有看見別人嗎？」

「是的。我記不起來還有誰了。」

「我在想德拉卡先生的事。」

「哦？德拉卡先生？」帕第跟隨著重複了一遍，然後搖了搖頭說，「我不記得有他！但是，也許我沒有注意到，有別人進出那棟房子也說不定。」

「是，是的。」萬斯直爽地問，「那麼，德拉卡先生下西洋棋的程度如何？」

被問到這個問題，帕第顯得很是驚訝。

「他可不是一般的棋友。」帕第小心翼翼地回答，似乎是怕自己的言語引起誤會似的解釋道，「他是一名優秀的理論分析家——對於西洋棋的理論，他了解得相當透徹。但是，讓他一坐到棋盤前，卻完全不會下了。」帕第說完話禮貌地離開了。

等帕第離開後，希茲瞅著萬斯。

「看樣子，」警官說，「想要得到那個駝子不在場證明的人，不止我一個人。」

「啊！是的，看來，實際的情形卻和當事人所言不符。」

這時，大門被用力地打開了，走廊裡響起了急促的腳步聲，三個男人一同走進房裡。其中兩個是刑警，另一個男子三十多歲，個子高高的，外貌英俊。

「就是他，被我們抓到了，警官。」一名刑警得意揚揚地報告著，「他打算從這裡直接回家，我們剛好就把他逮住了。」

英俊的史柏林的眼裡，寫滿了不安和憤怒。

希茲向前跨了一大步，打量著他。

「好傢伙，你想溜之大吉嗎？」警官咬著煙說，煙隨著他的嘴唇上下舞動著。

史柏林的臉頰通紅，嘴巴卻緊閉著。

「怎麼，你不想辯解嗎？」希茲憎惡地看著他然後說，「難道你是個啞巴嗎？現在你可以講話了！」警官看著馬克漢，問道，「怎麼辦？把他帶回局裡去？」

「史柏林先生，我想你應該不會反對我們在這裡問你兩三個問題吧？」馬克漢則是冷靜地說了一句。

史柏林看了一眼地方檢察官，隨即把目光緩緩地移向萬斯，萬斯鼓勵似的回應著他。

「你們要我回答什麼問題？」史柏林很明顯地抑制著自己的情緒說道，「當我被這幾個粗暴無禮的人推出來的時候，我正打算著過我的週末！他們二話不說，甚至不給我通知家裡人的機會，就把我帶到這裡來了，難道現在你們又要把我帶到局裡去嗎？」史柏林滿腔不滿地看著希茲。「好吧！你們這群渾蛋，隨你們的便。」

「史柏林先生，你今天早上幾點離開這裡的？」萬斯的語氣冷靜而不帶情感，但是這種語氣對暴躁的人有很強的安撫作用。

「大約十一點十五分吧！」他回答：「剛好趕上從中央車站開往史考斯帕的十一點四十分的火車。」

「那麼，羅賓先生呢？」

「我先走的，根本不知道羅賓什麼時候回去的。他說他要看蓓兒・迪拉特小姐。我是在射箭場和羅賓分手的。」

「那你碰到了德拉卡先生嗎？」

「碰到了啊！當羅賓和我走下地下室時，他正好也在。但是，沒多久他就回家了。」

「他是從哪裡走的？從牆邊那扇門出去的，還是經過射箭場再出去的呢？」

「我記不清楚了——實際上，我根本沒有注意過他。對了，你們問我這些幹什麼？」

「今天早上羅賓先生被殺了。」萬斯冷靜地說，「就發生在十一點前後。」

這時，史柏林的眼珠子好像要蹦出來似的。

「被殺了？這怎麼可能……是誰殺了他？」史柏林的嘴唇發抖，舌頭也要打結了。

「只能說，目前我們還不知道，」萬斯回答道，「他的心臟被箭射穿了。」

這個突如其來的消息，讓史柏林驚得目瞪口呆，他神情有些恍惚不定，一隻手忙亂地伸到口袋裡去找香煙。

希茲更靠近一步，下巴微微揚起。

「我想或許你能告訴我們事情的真相吧？誰殺了他？——用箭。」

「我怎麼會知道呢？你們認為我知道？你們為什麼認為我應該知道？」史柏林喃喃自語似地辯駁道。

「很簡單，」警官繼續說，「因為你嫉妒羅賓。為了那個女人，你在這個房間和羅賓發生過激烈的爭吵。對吧？射箭你是最拿手的，所以——」

警官瞇起了眼睛斜睨著他，咧開了嘴輕蔑地說：「除了你之外，誰還會有殺他的動機呢？而且別人也看到最後與他在一起的男人是你啊！不論怎樣推測，你殺死他都是最合情合理的解釋。」

一股厭惡的情緒在史柏林的眼中升起，他的身體僵硬了起來。

「所以，你們就來質問我？」他的聲音也僵硬起來，「那弓找到了嗎？」

「找到了。」希茲惡作劇似的壞笑道，「就在你曾經去過的那塊空地上找到的。」

「是哪種弓？」史柏林的身體一動不動，望著遠處。

「哪種弓？」希茲重複了一次，「就是普通的弓——」

萬斯一直盯著這個年輕人，直到這時，他才插嘴說：「警官的意思，是女人用的弓，史柏林先生，那弓大約五英尺六英寸長，非常輕——可能不到三十磅！」

這時史柏林身體不再僵硬了，放鬆了很多，慢慢地深呼吸了一下，嘴角泛起一抹嘲弄似的微笑。「是啊！」他說，「你們認為我有逃脫的時間？……是的，人是我殺的。」

希茲似乎很滿意他的答案。「你是個聰明人。」警官依然挑釁地說道，同時向兩個刑警打了暗號，「把這個人帶回局裡去——坐我的車，就在外面。在登記之前，先把他安置在拘留所，等我回到辦公室後再辦手續。」

「走吧！」一個刑警站在走廊裡，命令史柏林。

但是，史柏林沒有理會他的命令，而是轉頭望向萬斯求助。

「如果可能的話，我——」他說。

萬斯搖搖頭，拒絕了他。「不，史柏林先生，現在你最好不要見迪拉特小姐。她非常痛苦，你去是沒有什麼用的……快振作起精神吧！」

史柏林沈默了，面向兩位刑警，跟隨他們一起走了出去。

疑雲密布

四月二日

星期六

下午三時三十分

現在屋子裡只剩下我們幾個人了。萬斯站起來伸了個懶腰，便朝窗邊走去。整個偵查行動竟然在一種出乎意料的高潮中暫時落幕，這令我們十分詫異。我們所有人都被同樣一種意念糾纏著。不久，萬斯開口了，他說出了我們的心裡話。

「我們似乎該背熟這首兒歌：

『是我。』麻雀回答。

『我用弓和箭射死了小知更鳥。』

馬克漢，其中一定有隱情。」

這時，萬斯正緩緩地向中間的桌子走來，把煙熄滅後斜著眼睛看著希茲。

「警官，你現在在想些什麼？你也會哼這首歌，還會跳這種意大利舞蹈！你的目的就是要那個傢伙主動坦白罪行，然後聽他在監牢裡鬼哭狼嚎嗎？這會使你感到很愉快嗎？」

「說實在的，親愛的萬斯先生，」希茲有些不高興地說，「我有一些不滿足，這個人太懦弱了，太容易屈服。但是我不能否認的是，看上去他一點都不像兇手。」

「是的！」馬克漢充滿希望地說，「他的供詞中存在很多無法解釋的疑點，但是這些卻能夠滿足新聞界的好奇心。這樣一來，對我們的搜查行動也會很有幫助。目前，這個案子轟動了整座城市，一旦記者知道這個兇手已經落網的話，那麼他們就會不斷地來煩我們，希望我們透露整件事情的經過。」

「但是，我並沒有說他不是兇手啊！」希茲憤憤地說，「我承認我們已經觸痛了那個傢伙的要害，所以他才多少說了實話。但是，他大概沒有我們想像的那麼笨。」

「不是的，警官，」萬斯說道，「其實那個年輕的人想法很簡單，而且他並不知道羅賓當時正在等迪拉特小姐。前天晚上，蓓兒就讓羅賓碰釘子了。當他聽說羅賓是被人用箭殺死的時候，他的第一反應就是：羅賓大概是冒犯了蓓兒，而且得寸進尺，於是正義之箭射進他的心臟，所以我們的麻雀先生便挺身而出，扛下了這個罪名！」

「但是話又說回來了，」希茲不服氣地說，「說什麼我都不會放過那個可惡的傢伙的，假如馬克漢先生不起訴他，那麼我也就聽從馬克漢先生的安排了。」

馬克漢用憐憫的眼光看著警官，這時警官才略微有些察覺。對於對方的惡語惡行，馬克漢常常不以為然，並且表現得很大度。

「可是，警官，」檢察官溫和地說道：「如果我真決定不起訴史柏林，那麼你還會一如既往地和我一起搜查嗎？」

聽到這話，希茲馬上後悔自己剛才說的話。他迅速地站了起來，然後走到馬克漢旁邊，伸出手，說：「那還用說嗎？檢察官。」

馬克漢握住肩膀上的希茲的手，臉上浮現出和氣的笑容，說：「既然這樣，那麼以後的事就都交給你了！我辦公室裡還有一點事要處理，史懷克還在那等著我呢！」說著馬克漢拖著疲憊的身子向客廳門口走去，「在我離開之前，我還要和教授以及迪拉特小姐見個面，解釋一下這個情況。警官，你是否想到什麼特別的事情了嗎？」

「嗯，是的，檢察官。我想我應該去檢查一下那塊抹巾是否擦過地板，再把射箭室的每一個角落都仔細地檢查一番，然後再問問管家和女傭一些問題——尤其是那個廚師女傭。我想，那個女人在做家務時，一定到過那附近……這就是我接下來的工作——我還會再去附近一些地方查查看。」

「好的，那麼你要是查出什麼結果，請立即告訴我。今天晚上和明天下午我都會在史蒂文森俱樂部裡，你可以到那找我。」

萬斯和馬克漢一起來到門口。

「喂，你！」當我們步行至樓梯口的時候，萬斯突然開口說，「你千萬不要忽略了信箱裡的那張奇怪的字條！我的直覺告訴我，那張字條與那首兒歌有著密切的關係，它是那首兒歌的關鍵。『主教』這兩個字是否暗含著一種特殊的意義呢？你最好再和迪拉特教授以及他的姪女談談，這個『主教』中一定有特別的意思。」

「我還真沒注意到這點。」馬克漢略帶懷疑地說，「但是，我真的想不出它有什麼特殊含義，可我還是會採納你的意見，注意這條線索的。」

可是，對「主教」這兩個字，教授和蓓兒真的想不出它有什麼特別的。而且教授與馬克漢的意見一樣，他也認為那張字條和目前的案子沒有任何關係。

「根據我的分析，」教授說，「我認為這無非就是小孩子搞的一場惡作劇。這不可能就是那個殺害羅賓兇手的名字，兇手在殺人之後沒有必要將自己故意更改的名字或者是真名寫下來。雖然我不知道兇手是誰，但是從理論上講，這種說法是絕對解釋不通的。」

「但問題是，這件案子本身就不能用一般的理論去分析。」萬斯以一種愉快的口氣說。

「當你還沒有了解到三段論法的前提條件時，」教授略帶嘲諷意味地說：「你就不能說某某事情是『不合理論』的。」

「說得是啊。」萬斯仍舊恭恭敬敬地說，「按照您的說法，這張字條也不能說是『不合理論』的！」

馬克漢聞到他們的對話中的火藥味了，於是連忙轉移話題。

「教授，我來的目的是想告訴您，我們剛剛見到了史柏林，談完之後，他已經承認他殺了羅賓……」

「雷蒙說是他殺羅賓！」迪拉特小姐尖叫著問。

馬克漢同情地看著她。

「他坦率地承認他就是殺死羅賓的兇手。可是我不相信史柏林的話。他認為自己是正義的騎士嗎？竟然做替罪羔羊？」

「正義的騎士？」蓓兒的身子好奇地向前一傾，重複著這句話，「親愛的馬克漢先生，請您直說，這到底是怎麼回事？」

這時萬斯搶先回答說：「我們在射箭場上發現的那張弓，竟然是女人用的。」

「啊?!」蓓兒雙手掩著臉，啜泣起來。

迪拉特教授無奈地看著姪女。他為自己的無能為力感到懊惱。

「馬克漢先生，你在說些什麼啊？」教授問，「你的意思是說，兇手用的弓是女人用的……哦，那他真是個笨傢伙，為什麼要頂這種不明不白的罪名呢？大概是為了蓓兒吧。馬克漢先生，請你救救那個可憐的年輕人吧。」

馬克漢向他保證會盡力救他的。於是我們便起身告辭。

當萬斯走到大門時，突然停住腳步說：「對了，迪拉特教授，還有一件事真是令我們傷腦筋，那就是字條——用打字機打好的。我想寫信的這個人一定是常常出入這棟房子的人。不知道您家裡是否有打字機？」

當教授聽到萬斯的這個問題時，突然表現得相當憤怒，但是教授仍然很有禮貌地回答：

「據我所知，應該是沒有的。我們家沒有打字機。因為在我十年前從學校退休後，我就再也沒有用到打字機。當我要用的時候，我一般都是拜託打字行做這件事。」

「那麼，亞乃遜先生用打字機嗎？」

「我想他從不使用打字機。」

當我們下樓時，正好遇見亞乃遜，他剛從德拉卡家回來。

「我是來安慰我們家的那位人物理學者的！」他誇張地嘆了口氣說道，「可憐的阿爾道夫。對他來說，這個世界很是複雜。原本熱心研究羅倫茲和愛因斯坦的相對論的大物理學家，突然被拉回到現實生活中的問題裡，這怎麼能讓他適應得了呢。」

「你一定也會覺得很有趣！」萬斯嘲弄似的說，「史柏林剛剛承認自己是兇手了！」

「哦？」亞乃遜詭異地笑著說，「這可真是巧了！麻雀說：『是我！』但是，我還是不明白，這背後隱藏著怎樣的數學理論。」

「另外，我們曾講好讓你知道我們調查的所有結果，」萬斯接著說，「也許這些材料可為你的推論做一點參考，目前我們有充分的證據，證明羅賓是在射箭室裡被殺的，然後才被人拖到射箭場的。」

「感謝你讓我知道這些。」亞乃遜露出一副難得一見的認真表情。

當亞乃遜和我們一起走到大門口時，他說：「這真的可以成為我的參考數據。以後如果有什麼需要我幫忙的地方，儘管來找我，不要客氣！」

萬斯停下來，看上去似乎是要點煙，但是我看到了他那若有所思的眼神，我知道他一定是在下什麼重大的決定。萬斯慢慢地將目光轉移到亞乃遜身上。

「你知道德拉卡或帕第他們誰有打字機嗎？」

話音剛落，亞乃遜便有些吃驚地說：「啊？我不知道啊……你是在說那張字條吧，我想你們應該查一查這張字條的。」他很肯定地說：「有的，他們兩個人都有打字機，我知道德拉卡經常打字！他還一邊打一邊思考；至於帕第嘛，他有一大堆棋友，常常收到一些請教西洋棋的信，於是他就像電影明星似的，要給許多人回信，而且每封信都是他親自寫的。」

「那你有這兩位先生打出來的字體樣本嗎？」

「這些東西當然有啦。」亞乃遜為自己有了用武之地而高興地說，「我中午就給你們送去，但是具體要給誰呢？」

「中午時，馬克漢應該在史蒂文森俱樂部裡，你可以打電話到那裡找他……」

「當我找到他之後，直接把東西送給他就好了是不是？真有意思，好像在玩警察抓壞人的遊戲啊！」

萬斯和我搭檢察官的車回家了，馬克漢隨後回到了辦公室。

當晚七點，我們三個人便在史蒂文森俱樂部碰頭，吃了晚飯。到了八點半左右，我們就去馬克漢非常喜歡的休息室抽煙喝咖啡。

吃飯時，我們中沒有一個人提起案子。晚報上用簡短的文字報導了羅賓的死訊。顯然，希茲已經成功地滿足了記者們的好奇心，阻止了他們的想像力。因為馬克漢今天休息，辦公室上了鎖，所以記者們煩不到他，新聞內容也就不夠充實了。另外，警官加強了迪拉特家的警戒，因此記者們根本沒有辦法接近這些當事人。

當馬克漢從餐廳走出來的時候，他的手裡拿著一份《太陽晚報》，一邊啜著咖啡，一邊瀏覽著上面的新聞。

「這僅僅是最初的反應而已。」馬克漢恨恨地說，「真不知道明天的晚報上又會登出什麼精彩內容來！」

「他們願意怎麼寫就讓他們寫去吧，我們也沒有辦法。」萬斯毫不在乎地笑著說，「啊，不知道是哪位聰明的新聞記者，竟然會想到知更鳥、麻雀、弓這三件事。這將成為明天全國所有報紙的頭版頭條啊！」

此時，馬克漢感到十分沮喪，他重重地推了一下椅把。

「萬斯，我現在已經沒有絲毫興趣去想你說的那首天真的兒歌了。」馬克漢帶著一種憤怒的情緒接著說，「這就是一個巧合。根本沒有意義。」

萬斯深深地吸了一口氣，說：「這是你的違心之論。因為你想說服自己，所以你一直說它僅僅是個巧合。換句話說就是，你和管家有著相同的意見！」說著萬斯將手插進了口袋，從中取出一張紙，「這是我在吃飯前擬好的時間表，你看一看吧，也許有幫助……」

馬克漢花了幾分鐘，認真地看著那張字條，字條上寫著：

上午9點／亞乃遜出去，到大學的圖書館去了。
上午9點15分／蓓兒．迪拉特出門去了網球場。
上午9點30分／德拉卡來找亞乃遜。
上午9點50分／德拉卡下樓去了射箭室。
上午10點／羅賓和史柏林來訪，他們在客廳待了30分鐘。
上午10點30分／羅賓和史柏林下樓，去了射箭室。
上午10點32分／德拉卡從牆邊的門出去，散步。
上午10點35分／碧杜兒出門買東西。
上午10點55分／德拉卡說他回到了家裡。
上午11點15分／史柏林從牆邊的門回去。
上午11點30分／德拉卡說在母親的房裡聽到了叫聲。
上午11點35分／迪拉特教授去了亞乃遜房裡的陽台。
上午11點40分／迪拉特教授看見了射箭場上羅賓的屍體。
上午11點45分／迪拉特教授給地方檢察處打電話。
中午12點25分／蓓兒．迪拉特打完網球回來了。
中午12點30分／警官抵達迪拉特家。

中午12點35分／碧杜兒買菜回米了。

下午2點／亞乃遜從學校回來。

羅賓是從11點15分——也就是史柏林走後，到11點40分——也就是迪拉特教授發現羅賓的屍體，這段時間內遇害的。

而在上面這段時間內，只有派因和迪拉特教授在家。

所有有關人物在案發時所在的地點如下（根據目前爲止的供詞以及證據整理所得）：

一、亞乃遜從上午9點一直到下午2點，都在學校圖書館裡。

二、蓓兒．迪拉特從上午9點15分到下午十二點25分，都在網球場。

三、德拉卡從上午10點32分到上午10點55分間，都在公園裡散步，然後從上午10點55分之後就一直在書房裡。

四、帕第整個上午都待在自己的家裡。

五、德拉卡夫人整個上午也都在自己的房裡。

六、碧杜兒上午10點35分起至中午12點35分，一直在外面買東西。

七、史柏林上午11點15分至上午11點40分之間，正在去往中央車站停車場的路上。他是11點40分搭上開往史考斯帕的火車。

結論：如果這七名關係人都能拿出自己不在案發現場的證明的話，那麼派因和迪拉特兩個人的嫌疑就最重，眞正的兇手可能就是其中一個。

馬克漢看完這張字條之後，對這個結論並不贊同。

「你的推論是沒有依據的。」他焦躁不安地說，「對於你的這張時間表，它必須是在羅賓死亡的時間已經被確定之後，才能成立；而現在就推論哪一個人是兇手，是否操之過急呢！其中你完全沒有考慮外人涉案的情況，即使不進入屋子，外面的人仍然可以選擇三條路徑向羅賓射箭，它們分別是：通到七十五街的牆門，通到七十六街的另一扇牆門，以及兩棟公寓之間的那條通往河岸大道的巷子。」

「噢，你說得對呀！這三條入口確實不容忽視。」萬斯回應著說，「可是，在這三條通路中，最不容易被人發現、最好利用的就是那條巷子，但是我們不要忘了那扇門是上了鎖的；而且迪拉特家裡任何人都沒有這扇門的鑰匙。對於另外兩條通路，我認為兇手也不大會選擇它們進入射箭場，因為這樣做太容易暴露自己！」

萬斯向前傾了一下身子，十分認真地說：「馬克漢，我可以告訴你使我必須排除兇手就是陌生人或者是一般盜賊的理由。這個殺死羅賓的人一定是十分清楚地知道，迪拉特一家在今天早上十一點十五分至十二點二十分之間，所有人的作息和出行情況，而且知道在這段時間裡只有派因和教授兩人在家。這名兇手知道碧杜兒會在這段時間出門，因此他也就不擔心自己會被別人看到或聽到任何聲音。而最主要的是，兇手知道在這段時間裡，史柏林已經走了，只有羅賓留了下來。這名兇手對現場狀況也一定是瞭如指掌的——例如射箭的情形。所以說羅賓一定是在那裡被殺害的。能夠將所有情況都十分了解，又敢乘機大膽殺人的人，絕對是熟人。馬克漢，你想想，這名兇手一定是迪拉特家非常熟悉的人，像這樣了解情形的人除了熟人，還會有誰呢？」

「那麼你怎麼解釋德拉卡夫人的叫聲呢？」

「啊？該怎麼解釋？大概是德拉卡夫人看到了這場凶殺案的經過吧！德拉卡夫人應該知道事情真相，但是她怕危及自己的生命，所以不敢聲張。當然，德拉卡聽到的叫聲究竟是不是夫人的尖叫，現在還沒有人可以確定。這兩個人都存在我們所不知道的動機。德拉卡說他是在十一點到十二點之間聽到叫聲，他之所以這樣說，也許只是要證明他當時在家罷了。但是德拉卡夫人卻極力地否認這一點，我想主要就是因為害怕她兒子當時不在。那麼我現在所要討論的重點應是，如果我們了解迪拉特家的內幕，那麼我們能夠立刻查出那個惡魔是誰。」

「但是目前我們並沒有足夠的證據證明你的這番結論。」馬克漢說，「我還是認為這不過是一種偶然罷了！」

「你都說了些什麼呀？這種偶然怎麼可能接二連三地發生呢？如果是偶然，那麼信箱裡的字條又該如何解釋？兇手怎麼會知道羅賓的小名呢？」

「但是你的這種說法的前提就是，這張字條是兇手寫的。」

「我知道你心裡一定在想：怎麼會有這麼笨的人，會把自己犯罪的行為用打字機打好，然後再放到案發現場。這未免太冒險了吧？」

馬克漢還沒來得及回答他的話，希茲便走進了休息室。他匆忙地走到我們所在的角落。他的眼睛裡閃爍著被什麼事情困擾的光。他沒和任何人打招呼就匆忙地遞給馬克漢一封信。

「我在下午送來的郵包中，看到了這份《世界日報》，世界日報中的一個叫奇南的警政記者，剛來找過我，把這個東西交給了我。奇南說，《時代》和《亞爾道日報》也收到了相同內容的信。並且每一封信的信封上蓋的郵戳都顯示的是今天下午一點。所以說這些信是被人在十一點至十二點之間投的。並且，這些信都是投進了迪拉特家附近的郵筒裡。處理這些信件的也一定是西六十九街的N郵局。」

馬克漢打開信，突然瞪大眼睛，嘴角微微抽動了幾下，然後頭也不抬地將信遞給了萬斯。信封裡裝的是一張打字紙，並且上面的內容竟然和在迪拉特家發現的那張字條一樣：

約瑟夫・寇克・羅賓死了。

誰殺害了知更鳥？

史柏林就是麻雀。

萬斯只是淡淡地看了一眼字條。

「這太不合情理啦！」他無精打采地說，「這個可惡的傢伙難道擔心自己的偉大的傑作會得不到世人的重視嗎？竟然特地寫信給報社。」

「萬斯不要激動，他這麼做一定是自鳴得意。」希茲苦著臉說，「看來，這個傢伙並不是等閒之輩，事情越來越麻煩了……」

「說得沒錯！警官，那個人純粹就是瘋子！」

這時，一個身穿制服的男服務生，走到了馬克漢的身邊，恭敬地彎下腰在他的耳朵邊私語了一陣。

「馬上把他帶進來。」馬克漢以命令的口吻說道，然後他轉過頭，對著我們說，「是亞乃遜。我想他是來送打字機的樣本的。」

馬克漢的臉上浮現出一層陰影，他再次看了一眼希茲拿來的那張字條。「萬斯，」馬克漢低聲說，「現在，我相信你所說的話了，它的確是一起十分可怕的謀殺案。如果這上面的字體也吻合的話……」

但是，當他們將這兩張字條進行比對之後，他們發現，希茲送來的這張字條和那張在信箱裡發現的字條並不一樣。帕第和德拉卡的打字機，無論在字體或色帶上都和這張字條上的不同，並且那張字條的紙質和亞乃遜拿來的樣本完全不同。

再現血案

四月十一日

星期一

上午十一時三十分

羅賓遇害一案，現在已經震驚全國了，許多人都樂此不疲地為這條新聞取名字。某家報社所起的名字是「知更鳥謀殺案」，另一家報社則選用了一個文學氣息濃郁的名字——鵝媽媽故事裡的殺人案。而那張奇怪的字條上的署名，更使新聞增添了極大的神祕色彩。

不久後，這起凶殺案有了一個統一的名字「主教謀殺案」。案件中的那首具有恐怖意味的童謠和撲朔迷離的案情，已是人們茶餘飯後必談的話題，從而也引起了人們更豐富的想像。整個城市都彌漫著陰森、邪惡的空氣，襲向每一個人，揮之不去。

自從在射箭室發現羅賓的屍體的一個星期當中，刑警組和馬克漢手下的探員們都夜以繼日地搜索一切相關線索。紐約的大部分日報社因為接到了署有「主教」名字的字條，而徹底否定了史柏林有罪的可能性。雖然希茲沒有親口說自己相信這個年輕人是無辜的，不過他仍然鍥而不捨地追查所有可疑的人。即使有的線索看上去沒有絲毫的意義，他都不會放過。對於他所完成的報告，甚至連最挑剔的犯罪學教授，都稱讚不已。

凶案發生的當天下午，希茲和他的手下對那條擦過射箭室地上的血跡的抹布，進行了細緻入微的檢驗，他動員了無數名這方面的專家一起來進行這項工作，但毫無進展，然後他又為了獲得其他線索而搜尋了迪拉特家的地下室，可是仍無所獲。唯一的重大發現，就是靠近出入口的那塊地毯曾被人移動過，掩蓋著擦拭過的地板上的踏腳墊也變了位置。但是這些發現都是警官早已發現的線索，對案件的進展沒有多大的幫助。

德瑞醫師的驗屍報告出來了。他在報告上說，羅賓是在射箭室被殺後，被人拖到射箭場上的。解剖結果顯示，羅賓的頭顱的後腦部分，由於遭到相當大的撞擊而有一個傷口，從傷口上看，是被鈍器擊打造成的。從此，警方又展開了對這種兇器的搜索。

後來，希茲又找到碧杜兒和派因，進行了談話。但是他並沒有從這兩個人的嘴裡得到更有價值的新信息。派因仍然堅持自己最初的口供，整個上午他都待在亞乃遜的房裡，其間只是到過洗衣間以及大門那裡，但也只是幾分鐘而已。當他聽到迪拉特教授叫他去找史柏林時，他仍舊堅決否認自己曾碰過屍體和弓。但是，希茲對派因的供詞一直不太滿意。

「那個可惡的人，一定隱瞞了什麼，口風真嚴。」希茲對馬克漢說，「要讓他說實話，看來得運用一些手段才行。」

警方在七十五街也就是西街和河岸大道之間的這一段路，展開了地毯式的搜查行動，他們對這條路上的所有房子都徹底地查問了一遍，希望可以找到案發時，是否有人看到兇手從迪拉特家的門牆進去。但是，這件麻煩的工作沒有獲得任何結果。因此警方推斷，住在迪拉特家附近，又能看到房子的一切情形的人就只有帕第一個了。事實上，經過這些天的調查，希茲知道他必須借助第三個人的力量，才能早日破案。

對於萬斯給馬克漢看的那張寫有七個不在場的證明，也被警方徹底地調查了一番。因為他們知道，這些供詞僅僅是這七個當事人自己的說法，因此，它不具備可信性，幾乎不能成為毫無疑問的證詞。為了查證這些口述的證詞是否真實，警方又展開了調查，其結果如下：

一、曾有一位圖書管理員和兩名學生，以及其他很多人都在案發當天，在圖書館看到了亞乃遜。但是這些人無法準確地說清自己看到他的時間。

二、案發當天，蓓兒．迪拉特到位於一一九街與河岸大道一角的公共網球場打了幾場球，她是和四個人一起打球的，但是中途因為某個人的原因，網賽中斷了一些時候。而在休息的這段時間裡，網球場上幾乎沒有人能夠證明，蓓兒當時是否還在球場上。

三、德拉卡離開射箭室的時間得到了史柏林的證實，但是從那以後就沒人看到過他了。德拉卡說自己在公園裡沒有遇到一個熟人，而且他堅信自己在公園裡停留了一段時間，同一個陌生的小孩子在一起玩了幾分鐘。

四、帕第一直一個人待在書房裡。當時家裡的廚師和一個日本傭人都在廚房裡忙活，他們都說在吃中飯時才看到帕第。因此，他的這種不在場的證明看來是無法成立的。

五、而那位德拉卡夫人的不在場證明也僅僅是她自己的說法。因為從上午九點三十分德拉卡去找亞乃遜時一直到下午一點，也就是女傭把中飯捧上來給她時，這期間沒有人見過她。

六、碧杜兒的不在場證明是這些人中最可信的。帕第十點三十五分看到她出門，十一點到十二點之間，傑佛遜市場裡的商人看到她。

七、史柏林搭乘十一點四十分的火車到史考斯帕的說法也已經證實無誤了。根據證人所說的時間推算，史柏林應該是十一點十五分離開迪拉特家的。雖然這僅僅是形式上的確認而已，但是史柏林已經被排除在嫌疑犯的名單之外了。但是就像希茲所說的那樣，如果史柏林並未搭十一點四十分的火車，那麼他又會再度成為嫌疑人之一。

為了深入了解案情，希茲調查了每一個關係人的過去與經歷和交友情況。要了解這一點其實並不是太難，因為被詢問的人都與關係人很熟悉，所以警方也會較快地得到他們想要的信息。但是，警方並沒有挖掘出一些與這起案子有關的消息。

經過一週的調查，事情仍處於僵局狀態，整個案子依舊籠罩著神祕的色彩。

這期間，史柏林仍被收押在監獄裡。由於他認了罪，警方又找到了一些表面性的證據，因此警方並不能將他釋放。但是，馬克漢曾與史柏林的父親所委託的律師進行過交談，我認為，他們雙方已經達成了一種「君子協定」。因為馬克漢檢察官遲遲不起訴他，而且史柏林的律師也沒有要保釋他的意思。從中我們不難看出，馬克漢和史柏林的律師，好像都在等待真兇的出現。

馬克漢偶爾會去找迪拉特一家人進行一些談話，他希望能夠找尋一些破案線索，但是他的做法顯然是徒勞無功的。帕第曾被叫到警察局錄口供，警方讓他說出在案發當天的上午，他從窗口都看到了什麼。德拉卡夫人雖然也多次被詢問，但是她不僅否認當天早上她曾向窗外張望過，而且不承認自己曾發出過尖叫聲。

至於德拉卡，在他二度受詢時，他對自己最初的證詞進行了修正。他說自己似乎弄錯了叫聲的來源，也許是自己記錯了，這個叫聲或許是從對面公寓裡發出來的。他堅信這一叫聲不是發自母親的口中，因為當時他走進母親的房裡，見母親正在欣賞芬柏汀克的《韓賽爾與葛利塔》，還低聲哼著曲子。至於德拉卡夫人，馬克漢再也不能從她的嘴裡打探出什麼東西了，於是他把搜查的重點放在了迪拉特家。

亞乃遜經常參加馬克漢在辦公室裡舉行的非正式會議，他除了有一張刻薄的嘴能說出尖酸刻薄的言辭外，和我們一樣，沒有什麼特別之處，對於這個案子他和我們大家一樣毫無頭緒。萬斯偶爾會嘲諷般地提到亞乃遜所說的數學公式，不過亞乃遜仍然堅持自己的說法，只是解釋說所給的因子還不夠多，所以無法解題。

到目前為止整個案子仍然像一場亂劇，這令馬克漢十分不滿。他指責萬斯和亞乃遜沒有認真對待案子，亞乃遜卻辯解自己沒有得到可靠的情報。

「他那套犯罪數學理論相當愚劣，簡直就是胡扯。」萬斯說，「不但從心理學的觀點來解釋，他的這種說法是行不通的，並且要把這個難題還原成基本元素也非易事，我們必須擁有一些能夠激發我們繼續向前的材料。對於迪拉特家的內幕，亞乃遜比我們要清楚得多；並且他熟悉德拉卡一家，認識帕第。像他這樣一位博學、成功的人，一定具備與眾不同的觀察能力。只要亞乃遜留意整件事情，那麼他一定可以為我們提供對案情非常重要的信息。」

「或許你說得對！」馬克漢愁眉苦臉地說道，「但是，我很反感他那種對人的態度。」

「多擔待一點吧！」萬斯勸他說，「其實他的這種尖酸的態度，恰巧是出自他那科學的頭腦，並且對他的思考能力頗有幫助！那些將自己的全部精神都集中在研究廣袤無垠的宇宙中的光年、無限性以及超物理的次元問題上的人，也許不把這種有限的人中的問題放在眼裡！……毋庸置疑，他是條好漢！而且毫無疑問，亞乃遜也是個快樂的人！」

其實萬斯對這個案子是十分認真的。梅蘭．托勒斯的翻譯已被他拋到腦後，擱置在一邊已經很久了。現在他只對這起案子感興趣，並且極力搜索所有對破案有利的證據。每天晚飯後，他總會在書房裡讀上幾小時的書。當然他並非在閱讀平常喜歡看的古典、藝術等著作，而是認真地研究著巴南度哈特的《異常精神心理學》、弗洛伊德的《機智與潛意識的關係》、柯利亞德的《變態心理學》以及《壓抑的情感》、里波的《滑稽與戲謔》、丹尼爾．休本的《殺人時的心理狀態》、加內的《偏激與精神消耗》、多東的《計算偏執狂》、理柯林的《慾望的滿足》、雷普曼的《強迫觀念中的意義》、寇諾費夏的《機智》、艾里布沃爾芬的《犯罪心理學》、霍蘭汀的《天才人物的異常精神》，以及古洛斯的《人類心理的遊戲》，等等。

萬斯花了好幾個小時將警方蒐集的報告看了一遍，然後到迪拉特家去了兩次。一次是在蓓兒．迪拉特的陪同下去看望了德拉卡夫人，另一次則是與德拉卡和亞乃遜一同探討關於物理空間的問題。

我想，他這樣做的目的是為了更加了解德拉卡的精神狀態。他花了近一天的時間閱讀了德拉卡的《多次元繼續之世界線》，並且分析了其中的理論。

星期一，也就是羅賓被殺後的第八天。

萬斯對我說：「親愛的范達因，這起案子實在是撲朔迷離，太奇妙了。無論我們如何搜查，總是理不出頭緒來。我真佩服這個兇手的頭腦。乍一看，它就好像是小孩子在玩遊戲，但實際上，這裡面玄機重重。我想兇手不會就此作罷的。『知更鳥』的死毫無意義，他還會有更大的舉動。假如我們不能弄清楚兇手背後所隱藏的變態心理，那麼我們根本就不是他的對手……」

萬斯的預言，在第二天早上就成真了。上午十一點的時候，我們便來到馬克漢的辦公室，就是為了聆聽希茲的報告，並且探討一下今後的搜查的方針。這一天已經是凶案發生後的第九天了，但是事情毫無進展，仍呈膠著狀態；報紙上指責警方和地方檢察局的報導越來越多。星期一的早上，意志消沈的馬克漢在辦公室門口迎接我們，幾分鐘後，當希茲到來的時候，馬克漢看上去似乎更沒精神。

「無論我們怎麼查，都是四處碰壁，毫無收獲！」希茲簡單地將他的下屬所搜查的結果進行了說明，「除了史柏林以外，根本沒人有殺人動機，我們也沒找到一個可疑之人。我只能假設地說，當天一大早，有一個傢伙就潛伏在射箭室裡了。」

「潛伏？警官！」萬斯似乎對這種說法有意見，「毋庸置疑，這是最缺乏想像力的假設。能否有點幽默感啊？兇手並不滿足於殺死羅賓，這是一種變態心理。而且，他還擔心自己的行為不被大家關注而故意寫信給報社——這簡直就是瘋子的行為。」

希茲一句話也沒說，僅僅是低著頭抽煙。不久，他才抬起頭，滿腹牢騷地看著馬克漢。

「近來這座城市發生了許多莫名其妙的事。」希茲說，「比方說，今天早上，在第八十四街的附近也就是河岸公園，一個名為史普力格的男子被槍殺了。他的錢和皮包都沒有被偷，僅僅是身中子彈。他就是個普通的年輕人——哥倫比亞大學的學生，與父母在一起生活，而且根本沒有仇家。每天上學之前，他都會到那去散步。就在這個男子被殺半小時之後，一個煉瓦工發現了他的屍體。」警官懊惱地咬著香煙，繼續說道，「所以，我們一定要更積極、認真地對待這起凶殺案，不然我們根本吃不消新聞界發出的輿論攻擊。但是話說回來，我們現在真是苦於無法找到任何線索呀！」

「不過，警官。」萬斯安慰他說，「隨處都有人被槍殺，而這種犯罪行為倒是很容易歸納出理由的。但是羅賓被殺的案子，就不像那些案子一樣符合常理，它就如同正在上演的舞台劇，還有那首兒歌……」

說到兒歌，萬斯突然停了下來，不說話了，他的眼瞼向下低垂。然後，他將身體向前彎曲了一下，熄滅了香煙。

「警官，你剛才說那個被殺的男子叫史普力格？」

希茲有點茫然地點了點頭。

「那——」萬斯若有所思地問，「那是他的姓嗎？」

希茲覺得很是驚訝，瞪大雙眼凝視著萬斯，過了一小會兒，才從口袋中拿出了一個筆記本，翻開其中的一頁。

「是的，他叫約翰．史普力格，」希茲重複了一遍：「約翰．史普力格。」

這時，萬斯重新點燃了煙。

「那我要問一個問題了，這名死者是否被點32口徑的槍射殺的？」

「是的，」希茲的眼睛睜得更大了，他的下巴不自覺地向外抬起，「沒錯，就是點32口徑的槍……」

「這個男子的頭被射穿了……」

希茲表現出十分震驚的表情，直愣愣地看著萬斯，腦袋只是上下點著。

「是的。可是，這到底是……」

萬斯伸手示意他不要講話。但是，希茲的嘴巴雖然停止了運動，可他的表情和身體的姿勢，仍然顯示出他還有很多的疑問。

「我們發現線索了。」萬斯猛地站起身來，眼睛直視前方。別人大概不能理解萬斯此時的心情，但是，以我這個與他相識多年的老友的看來，萬斯現在正被一種莫名的恐懼感控制著。他慢慢地走到馬克漢背後的那扇窗子，俯看著事務所外面灰色的石牆。

「太不可思議了。」萬斯喃喃地說，「太殘酷了……可是，一定是這樣的……」

馬克漢按捺不住自己的疑慮，問道：「你到底在說些什麼呀？萬斯先生，史普力格被點32口徑的槍射穿腦袋，其中又有什麼意義呢？請你快說出來吧！」

萬斯轉過頭，與馬克漢四目相對。

「這一點我也不知道。」他十分平靜地說，「這出可怕的戲劇中的第二幕……難道你忘了《鵝媽媽童謠》裡的故事了嗎？」萬斯用一種陰森、恐怖的聲音，又念起了那首童謠。他的聲音使整個辦公室都彌漫著一種令人毛骨悚然的感覺。

一個小男孩走下樓
手裡拿了一支小手槍
子彈是鉛，鉛是子彈
射殺了約翰·史普力格
射中了他的腦袋
腦袋飛呀！飛呀！

死亡密碼

四月十一日

星期一

上午十一時三十分

馬克漢坐在那，好像被催眠了一樣，一動不動地看著萬斯。希茲也靜靜地站在一邊，半張著嘴巴，拿著香煙的手停留在離嘴唇幾寸的地方，好像他身體裡的血液也停止了流動一樣。

最後，還是馬克漢首先開口說話了，他後仰著腦袋，雙手重重地攤在桌上。

「你胡言亂語的，到底想要表達什麼啊？」馬克漢對萬斯剛才的話「成見很深」，於是用帶著挑戰意味的口氣說，「我想，羅賓被殺的這起案子，是不是對你的大腦造成了一些特別的影響。這個城市姓史普力格的多得是，而這個被害的男子不過是正巧姓這個姓，為何你要把整件事想得如此複雜呢？」

「可是，馬克漢，你不能否認一點，」萬斯非常冷靜地說，「這名死者的腦袋，就是被那支『小手槍』射中的，這是千真萬確的事！」

「也許是這樣，但是這又能說明什麼呢？」馬克漢的臉上頓時出現了興奮的神情，「你動不動就搬出鵝媽媽的那首恐怖的童謠，你究竟有什麼想法？」

「不是的。我知道你明白我這並非胡言亂語。」萬斯坐到馬克漢桌前的那張椅子上，說，「我不是一個好辯者，但是我說的話並不是胡言亂語。」萬斯看著希茲，笑著說，「我說得對嗎？警官？」

對於萬斯的提問，希茲竟然一言不發，只是保持著他剛才的姿勢，剛剛瞪大的眼睛，現在已經瞇成一條線了。

「在這件事上，你好像總能心平氣和地對待它──」馬克漢的話還沒說完，就被希茲插進來一句。

「是的！在對待這起凶殺案上，我可以用幽默的態度對待它。一個名為羅賓的男子被箭射死了，另一個不幸的名叫史普力格的男子被槍射殺了，他們的死不過是一種巧合罷了。城市中一再發生這類事件，所以我們完全可以認為它們就是一種巧合，或者說是哪個瘋子在作怪。但是到目前為止，這起案子中還是有合理的科學邏輯能解釋的。即使你們再怎麼努力地說服自己不去相信這種事，但是最後我們還是不得不承認它是事實！」

這時，馬克漢站了起來，在屋裡踱來踱去。

「我承認，對於這起新的犯罪行為我無能為力。」馬克漢剛剛意氣風發的鬥志，現在消失得無影無蹤，「可是，讓我們換個角度來看，假設真的有這麼一個喜歡根據兒歌的內容來行凶的瘋子，那麼這對實際的搜查行動也絲毫沒有幫助！這樣一來，我們仍然無從查起！」

「我並不這樣認為。」萬斯叼著香煙，陷入了一種沈思中，「我認為如果真是這樣的話，那麼它可以作為我們搜查的新方向。」

「你是說……」希茲說，「難道你是要我們在六百萬人的紐約城中，一個人一個人地搜索你說的那個瘋子嗎？這簡直太滑稽、太不合情理了！」

「你這種想法是不是太狹隘了，親愛的警官。你完全可以像一個昆蟲採集家那樣，先觀察昆蟲的特徵和習性，然後再經過一段時間後，一舉將它擒獲！」

馬克漢立刻說道：「你說這話是什麼意思？」

「對於兇手的兩次行凶，第一次不僅僅是心理問題，而且也有地緣的關係，第二次則只是按照自己的預定結果在發展。從我們所了解的情況上來看，這名兇手對迪拉特家周圍的地理環境很感興趣。而且我們還發現，兇手好像不太喜歡到自己不熟悉的地方，抒發他那不近人情、恐怖的幽默感。不過我要指出的是，兇手在計畫這項殘忍的行動之前，就已經準確地掌握了迪拉特家人的作息時間，而且對這個房子周圍的狀況也非常清楚。對於今早的這起案子，我認為兇手在上演這場恐怖的戲劇前，一定對被害者的周遭情形進行了調查。」

萬斯說完，屋裡又一次陷入了沈靜，希茲打破了沈默，用一種沈重的聲音說：「萬斯先生，倘若你的這種說法成立，那麼我們就得立刻釋放史柏林。」希茲雖然不太贊成萬斯的這種說法，但是又不能拒絕，所以這樣說。然後，希茲轉過頭看著馬克漢，說：「檢察官認為我們應該如何呢？」

此時的馬克漢還沈浸在思考當中，他想知道萬斯剛才的一番理論是否正確，所以沒有在意希茲的問題。過了一段時間，馬克漢坐了下來，手指敲著桌子，然後才抬頭看了看希茲。

「警官，你派誰調查史普力格這起案子？」

「匹茲警官。在我來這之前，他到我的辦公室說他放棄調查這個案子。現在這個案子由莫蘭警官繼續調查了。」

馬克漢按了一下桌子下面的鈴，不一會兒，年輕的史懷克祕書就出現在了門口。

「打電話給莫蘭警官。」馬克漢命令道。

電話接通後，馬克漢拿起話筒，大概講了幾分鐘就掛了電話，無精打采地對希茲說：「從現在起，你正式擔任調查史普力格案子的工作。匹茲警官馬上回這來告訴我們一些詳細情況。」說完，馬克漢便開始翻看眼前堆積成山的文件。「史普力格與羅賓這兩個不幸的人好像掉進同一個陷阱裡去了。」他補充了一句。

匹茲警官是一個個子不高，面容瘦削，留著一臉黑鬍子的男子。十分鐘後他就來到了馬克漢的辦公室。原來匹茲警官是刑事科裡能力最強的人物之一。他最擅長偵查智能型犯罪的案件。匹茲警官同馬克漢握了握手，又和希茲打了個招呼。當別人把他介紹給我們的時候，匹茲警官用一種狐疑的眼光看著我和萬斯。但是一旦他的目光從我們身上移開後，他的表情又發生了很大的變化。

「你就是菲洛．萬斯先生嗎？」匹茲警官問道。

「嗅？你怎麼知道？」萬斯呼了一口氣，反問道。

匹茲警官微微地笑了起來，向前邁了一步，伸出手，說：「真高興見到你，希茲警官常常在我們面前提到你！」

「在羅賓被殺案上，萬斯先生為我們提供了很多有力的幫助。」馬克漢補充說，「現在告訴我們有關那個可憐的史普力格被殺的情形吧，我們都很想知道。」說完，馬克漢從香煙盒中抽出一支，遞給匹茲警官。

「事實上，並沒什麼好說的。」匹茲警官邊說邊接過香煙，很滿足地將香煙放到鼻子前嗅了嗅。「科長說這起新案子你們有一些新的想法。說真的，如果有人有新的見解，我是很高興的。」匹茲警官說著，緩緩地坐了下來，把那支香煙點燃，「我應該從何說起呢？」

「把你所知道的全都說出來吧。」馬克漢說。

匹茲在椅子上動了動，讓自己坐得舒服一點。「當有人將這個案子的報告送到我這來時，我正在辦公室——是今天早上八點多的時候。於是，我趕忙帶上兩名部下在最短的時間內趕到了現場。驗屍官和我幾乎是同時到達的……」

「你聽了驗屍官的報告嗎？匹茲警官？」萬斯問道。

「是的，先生。他說史普力格的頭部是被點32口徑的子彈射穿的，並發現死者死前並沒有掙扎的跡象——因為沒有打鬥痕跡。沒有發生任何異常，只是突然間被射殺而已。」

「當有人發現屍體時，史普力格是面孔向上的嗎？」

「是的，他端端正正地躺著人行道上。」

「那麼他倒在柏油路上，頭骨沒有碎掉嗎？」萬斯這個問題看上去毫無意義。

「你們對這件事好像知道得很早很詳細啊！」匹茲警官接著說，「是的，他的頭蓋骨的後面因為受到了重力襲擊，有些碎裂。我想它大概不是倒下時造成的。但是，我想他也許感覺不到痛吧！因為他的腦袋裡已經變得像糨糊一樣了，而且那顆子彈還留在腦子裡……」

「在他的傷口處，你發現了什麼奇怪的東西嗎？」

「我想想，啊……有的。」匹茲若有所思地回答說，「乍一看，史普力格腦袋中彈的彈孔並不是很明顯。而且我們並沒有在他的帽子上發現彈孔——我想他在被射殺之前，帽子早就掉落下來了。我不知道你所指的奇怪現象，是不是就是這個？」

「是的，你說得很對，匹茲警官。這真是怪異啊……據我分析，兇手一定是在距史普力格十分近的地方開槍的。」

「應該是距離兩三英寸的地方，史普力格中彈附近的頭髮都是焦黑的。」警官隨口說，「也許史普力格看到兇手要拿槍殺害自己，於是他趕緊轉身向前跑，從而讓帽子掉落在地上。而子彈也就直接射進了他的腦門。」

「如果按照你的說法，史普力格死去的時候就不應該是臉朝上仰躺著的，而應該是俯臥著的才是……先不管這些，請你繼續說下去。」

「當我檢查屍體的口袋時，發現裡面有一隻高級的金錶和一些紙幣、銅板，這些零錢一共是十五美元。幸運的是這些錢竟然沒有被偷走，從而可以看出這名兇手謀財害命——當然也有可能是因為兇手太過匆忙，在殺了人之後來不及拿走錢便匆忙逃跑了。可是這種說法又有點牽強，因為今天早上，公園裡幾乎沒有什麼人；而且，如果他躲在人行道旁的石牆下，也不會有人發現他的。我想兇手在作案前，一定對案發現場進行過選擇和勘察。

「然後我派兩名部下在那裡看守屍體，剩下的人同我一起坐車到九十三街史普力格的家裡進行了調查——因為我在屍體的口袋中還發現了兩三封信，才知道了他的姓名和住址。這名被害人是哥倫比亞大學的學生，同他的父母住在一起。吃過早飯，他喜歡到這個公園裡散步。今天早上，他大概是七點半出門的。」

「嗯！有這種愛好?!」萬斯自言自語著，「這真是有趣！」

「雖然這樣，但是我們仍然沒有找到什麼線索。」匹茲回答道，「很多人都有早起到戶外做運動的習慣啊！況且，今天早上史普力格還是同往常一樣。根據他的家人的說法，近期他也沒有什麼煩惱，所以不可能是自殺。當時，與家人打了個招呼後，史普力格便出門了。後來我們又到了他就讀的學校，與認識他的幾個學生以及一位老師見了面。據他們說，史普力格是一個善解人意的優等生。在學校，他的朋友不多，也不太喜歡和女孩子們接觸，好像不大喜歡女人吧！所以他整天都會坐在書桌前認真學習，因此他的成績也是名列前茅的。從各種條件來看，史普力格實在是個安分守己、不招惹是非的乖學生。至於他為什麼會被殺害，我們真是想不出什麼原因，目前只能看成是偶然事件。」

「他的屍體是幾點被人發現的？」「大概是八點十五分吧！當時一個在七十九街工作的製瓦工人，正要越過鐵路便發現了他的屍體。然後這名男子趕緊通知了一位開車送郵件的郵差，是這位郵差報的案。」

「你剛才說史普力格是在七點半離開家的。」萬斯盯著天花板若有所思地說，「這麼說在他走到公園到被殺，這段時間也是很緊湊的。這名兇手似乎對史普力格的種種習慣也是瞭如指掌。由此我認為，這不是一起偶然發生的案子。馬克漢！」

馬克漢沒有立刻回答萬斯，而是把頭轉向匹茲，說道：「你真的沒有找到一點可供參考的線索嗎？」

「是的，我的部下曾在案發現場經行了徹底地搜查，真的沒有發現其他可疑的地方。」

「那麼你仔細看了史普力格口袋裡的信了嗎？上面寫了什麼嗎？」

「這倒沒有。我把這些信暫時放在局裡保管了。因為當時我感覺這些只是極其普通的信而已。」突然，匹茲警官似乎想到什麼似的從筆記本中拿出一樣東西來，說，「還有這個！」那是一張被撕成三角形的紙片，他交給了馬克漢，「這是我在屍體下發現的。看上去好像沒有什麼特別的意義，也許是死者隨手放進口袋裡的——大概這也是他的習慣！」

那張紙片不到四寸長，是一張沒有橫條的信紙的一角。紙片上有一些用打字機打好的數學公式，還有用鉛筆寫的一大堆數學符號和無限記號。我記下了紙片上的東西：

Bikst = 1（gik gst − gis gkt）

Bikst = 0（flat at 8）

無論是這張紙片，還是紙片上的公式符號，看上去和這起案子沒有任何關係，但是後來，這張紙片卻在我們搜查史普力格被殺案上發揮了驚人的作用。

萬斯只是淡淡地看了一眼這個證物；馬克漢則拿著紙片，眉頭深鎖地看了好幾分鐘。在他說話之前，曾看了萬斯一眼。最終，馬克漢仍舊沒有說話，只是緩緩地將紙片放在桌上。

「這就是你所知道的全部內容嗎？」

「是的，只有這些而已！」

馬克漢站了起來。「非常謝謝你，匹茲警官。雖然我現在還不知道該如何處理，但是，我們還是要試一試的！」他指著雪茄盒對匹茲說，「帶上一些，拿回去抽吧！」

「謝謝！」匹茲選了幾支雪茄，小心翼翼地將它們放在夾克衫的口袋裡，然後與我們一一握手告別。

匹茲離開後，萬斯立刻站了起來，將馬克漢桌上的紙片拿了起來。

「哎呀！」他一邊說著，一邊把眼鏡片拿了出來，仔細地看著紙片上的那些記號，幾乎看了好幾分鐘，「這真是有意思啊！最近我總能看到公式。這些是里曼．克里斯菲爾的坦索爾公式。我知道德拉卡的一部著作中，他在計算球面空間的曲率時使用了這個公式……但是，想不通這個東西對史普力格有什麼用？這比大學課程中所使用的公式困難得多……」萬斯又一次仔細地審視著這張紙片，「這張紙片的紙質與主教所寫的那張字條的紙質是相同的。我想你也發現了吧，它們的字體也是一樣的！」

萬斯的眼神中帶著一絲疑惑。

「儘管如此，這張被壓在屍體下的紙片與殺人行為一樣，不合情理……」

馬克漢聽著萬斯的話，不安地動了動身子。

「你是說德拉卡曾在自己所寫的著作中使用過這個公式？」

「沒錯！但是這並不表示德拉卡與這件事有什麼關聯。凡是接觸過高等數學的人都知道這個公式，屬於非歐幾里得幾何學上所使用的專門公式之一。里曼．克里斯菲爾發現這和物理學上的某些具體問題有關聯，但是它現在已經是相對性原理數學上一個相當重要的觀念了。這種抽象的意味很重，而這種具有高度科學性的東西似乎和史普力格的死沒有直接的關係。」萬斯坐了下來，繼續說道，「如果亞乃遜聽到這個消息，他一定十分興奮，或許他能夠從中得到一些意外的結論！」

「我並不認為有必要將這起新案子的情況告訴亞乃遜。」馬克漢反對地說。

「我想主教和你的想法一樣。」萬斯回答道。

「你真是個討厭的人。」馬克漢突然說出這樣的話，「我真的厭倦了在迷霧中胡亂地摸索，我真的很想看清楚所有人的真相。」

希茲就像一個即將奔赴戰場的人似的，深吸了一口氣說：「那麼我們現在的結論是什麼？應該怎麼做呢？這都是我目前面臨的問題。」

馬克漢對萬斯說：「你對這件事的看法是怎麼樣的？我希望你能夠把你的意見直截了當地說出來。我現在已經六神無主，不能思維了。」

萬斯連著抽了好幾口煙，然後鄭重其事地說：「馬克漢，我的結論只有一個：這兩起凶殺案是出自同一個人之手，兇手都是在同樣奇異的衝動下做出了如此瘋狂的行為。前一件案子，是在他對迪拉特家所有人的一舉一動都瞭如指掌的情況下進行的；而從第二起案子中我們得知，兇手除了了解迪拉特家的詳細情形外，還知道約翰·史普力格每天到河岸公園散步的習慣。所以我認為，我們的偵查方向應該是從那些具有這兩種特徵的人身上去尋找，等我們找到這樣的人以後，我們還要比照時間、場所、機會以及其他可能的動機等。史普力格和迪拉特這兩家之間是否存在什麼關係呢？反正，我們首要任務就是找出這樣的人！而我們只能從迪拉特家下手，此外別無他法！」

「我們還是先吃午飯吧！」馬克漢精疲力竭地說，「吃完飯再去那裡吧！」

是誰在說謊

四月十一日
星期一
下午二時

我們抵達迪拉特家的時候已經是下午二點多了。按完鈴，給我們開門的是派因。我們的到訪並沒有使他感到驚訝，或許他是故意壓抑自己的情緒，總之，從他的表情上，我們看不出什麼變化。不過，從他看希茲的眼神我們能感覺到，派因似乎有種隱約的不安。可是他講話的聲調仍然很平靜，不帶任何感情。

「亞乃遜先生去學校了，現在還沒回來。」派因告訴我們。

「啊，你真是善解人意啊！」萬斯說，「這應該是你最大的優點吧？派因先生。但是今天我們是特地來找迪拉特教授的。」

派因顯得有點躊躇，在他還沒來得及開口說話時，迪拉特小姐便來到了客廳門口。

「我聽到你的聲音了，親愛的萬斯先生。」蓓兒微笑著同我們所有人打招呼，「請進！德拉卡夫人也剛過來！我們約好了下午一起開車出去兜風的。」蓓兒在我們走進去的時候，向我們說著。

當時德拉卡夫人站在桌子旁，她那瘦瘦的手搭在椅背上。很顯然，她並沒有坐下來過。當她望著我們的時候，她的眼神顯得有些空洞，並且漸漸地出現了一種恐懼的神情。德拉卡夫人一句話都沒說，她只是像一個等待宣判的犯人一樣，定定地站在那兒。

蓓兒．迪拉特愉快的聲音打破了這種僵局：「我上樓去告訴叔叔說你們來了。」

蓓兒剛走出去，德拉卡夫人就急不可耐地將身子向前屈著，用一種陰沈的聲音對馬克漢說：「我知道你們來這兒的目的。你們是為了今天早上死在公園裡的那個年輕人吧？」

德拉卡夫人的言辭的確讓我們感到吃驚，但是馬克漢並沒有立刻回答她。倒是萬斯開口說了一句，「看來你對今天早上的事有所了解了？德拉卡夫人，為什麼你這麼快就得到這個消息了呢？」

德拉卡夫人的臉上表現出一種陰險和狡猾，這時的她看上去就像一個妖怪。

「周圍的鄰居早就在談論這件事啦！」夫人好像在欺瞞什麼似的說道。

「真是這樣嗎？傷腦筋！那麼，你又是怎麼知道我們是為了那件事才到這裡來的呢？」

「這個簡單，因為那個年輕人的名字叫約翰．史普力格！」她在說這番話時，臉上浮現出一種不懷好意的微笑。

「夫人，你說得很對。這個不幸的人的確叫做約翰．史普力格。但這又與迪拉特家有什麼關係呢？」

「啊！難道你還不知道嗎？」德拉卡夫人的頭上下點著，似乎很滿足地說，「這是一場遊戲！一場小孩子的遊戲！第一次是知更鳥……接下來的是叫做約翰．史普力格的人……這就是一場無知小孩子的遊戲——所有健康的孩子都會玩。」德拉卡夫人的樣子有了劇烈的變化。儘管她臉上原本平靜的表情開始發出光輝，但是她的眼神中卻充滿了悲哀。

「與其說是一場可愛的遊戲，倒不如說是一場惡魔的惡作劇！親愛的夫人！」

「為什麼非要這麼說呢？人生本來就是一場魔鬼的惡作劇！」

「是的，你的這種說法某些人會十分贊成的！」我們從萬斯的言語中感覺到他是在同情這個站在我們眼前的人。「你知道主教是誰嗎？」萬斯迅速地轉移了話題。

「主教？」德拉卡夫人感到很困惑，緊鎖著眉頭，「不，我不知道。我想那也是孩子們的遊戲吧！」

「嗯！也許是吧！但是，主教與羅賓以及史普力格的死有很大的關聯。我想這兩個可怕的遊戲都是主教的傑作。我們現在正在找尋這名男子。他應該可以告訴我們一些真相。」

夫人只是茫然地搖了搖頭。

「對不起，我並不認識你說的這個人。」德拉卡夫人目不轉睛地看著馬克漢，繼續說道，「而且，也不認識那個與羅賓、史普力格的死有關的人。我什麼都不知道，不知道……」德拉卡夫人的聲音漸漸高昂起來，全身顫抖著。

就在這時，蓓兒．迪拉特回來了。當她看到這個情形後，立刻來到德拉卡夫人的身邊，緊緊地抱住了她。

「啊！伯母，我們一起開車到鄉下去玩好嗎？」蓓兒安慰她說，同時用一種責難的眼神看著馬克漢這一群人，冷冷地說道，「我叔叔請你們到他的書房去。」說完，蓓兒．迪拉特就帶著德拉卡夫人向外面走去。

「這個女人真奇怪。」希茲說，「難道一開始這個女人就知道史普力格被殺的事？」

萬斯點點頭，十分贊同地說：「所以她看到我們就開始害怕起來了。這個女人的精神不太正常，但是感覺倒是非常的敏銳。她經常記著自己兒子的殘缺，以及當她的兒子還和別的孩子一樣的時候的種種事情。可見她也時常想起鵝媽媽的童謠……」萬斯看著馬克漢，繼續說，「這起案子的背後隱藏著讓人難以置信的恐怖內幕。」萬斯聳聳肩，這時我能感覺到他並沒有拂去德拉卡夫人給我們留下的陰影，「如果和迪拉特教授談一談的話，我想我們能夠理清一些頭緒。」

當我們快走到迪拉特教授的書房時，教授正面無表情地在門口迎接我們。他的書桌上散置了一大堆數據，很顯然，我們打擾了他的工作。

「馬克漢先生你好，真沒想到你們會來。」我們剛坐下，教授就直截了當地問，「你們是不是來告訴我羅賓那起案子有什麼新發現了？」教授在威魯所著的書中的《空間、時間與物質》一頁作了個記號後，便坐到我們旁邊的椅子上，用一種嘲弄的眼神看著我們，「我正忙著研究一些有關馬哈的機械問題……」

「很抱歉，我們打擾了您。」馬克漢說，「對於羅賓那件事，我們並沒有什麼新的發現告訴你。但是今天早上，就在這附近發生的那起凶殺案卻和羅賓被殺有點關係。所以，我們是專程來請教您，對約翰．史普力格這個名字是否有什麼印象？」

迪拉特教授的臉上頓時表現出一種不耐煩的表情，不過這樣的表情僅僅是一閃而過。

「這是那個不幸的被害者的名字嗎？」教授的態度從剛才的漠不關心變得熱切起來。

「是的。今天早上七點多，這個名叫約翰．史普力格的男子在河岸公園的八十四街上被槍殺了。」

教授盯著暖爐，一言不發地沈默著。看上去他好像有些迷惑。

「啊，對了！」過了一會兒，教授突然說，「我認識這名男子——我想大概就是同一個人吧！」

「那是什麼樣的人？」馬克漢急切地問。

教授並沒有立刻回答，而是猶豫了一陣兒，說：「我所說的這名年輕人，好像是亞乃遜的學生——曾通過劍橋大學數學一級考試。」

「那麼你又是怎麼認識他的呢？」

「亞乃遜曾把他帶回來過幾次，並把他介紹給我認識。因為這個學生有很高的天分，所以亞乃遜以此學生為驕傲，不過我並不承認這一點。」

「那麼你家裡的人都認識這個青年嗎？」

「我想是的，蓓兒見過他，甚至連派因、碧杜兒對他的名字也都是很熟悉的！」
萬斯接下去又問：「那麼德拉卡家的人也都認識他了？」
「是的。因為亞乃遜和德拉卡的來往很頻繁……啊，我想起來了，有一天晚上，史普力格到我家裡來不久，德拉卡也來了。」
「帕第認識史普力格嗎？」
「這個我就不知道了。」教授被問得有些煩躁，便用手敲著椅把，對面前的馬克漢說，「但是，」他的聲音中有一種掩飾不住的浮躁，「我想知道你們想要了解的重點是什麼？我們這些人認識史普力格與早上發生的那件事又有什麼關係呢？難道史普力格真的被殺了？」
「是的。」馬克漢很遺憾地說。
教授的語氣中充滿了恐懼。「即使這樣，這起案子又和我們有什麼關係呢？羅賓被殺和史普力格的死有什麼牽連嗎？」
「目前為止我們還沒有什麼證據這樣說。」馬克漢說，「但是，這兩起殺人案有相同之處——都缺乏動機，這一點我們是不容忽視的。」
「你的意思是說，你現在還沒有找到兇手行凶的動機？那麼你又為何將羅賓這起看上去沒有明確動機的凶殺案和史普力格的死聯繫在一起呢？」
「雖然動機不明，但是這兩起案子在時間和地點上的巧合，都使我們不得不將它們放在一起考慮。」馬克漢向教授解釋說。

「這就是你們假設出來的根據嗎？」教授的表情很不以為然，「我想你們的數學一定不太好。馬克漢先生，你應該知道，以這種前提來假設一件事情是很輕率、愚蠢的！」

這時萬斯插話說：「除了這些，這兩個人的名字都出現在一首古老的兒歌裡。」

教授絲毫不隱瞞自己被驚嚇的情緒，目不轉睛地看著萬斯。

過了好一會兒，才面帶怒色地說：「請不要和我開玩笑！」

「我們並沒有和你開玩笑。」萬斯悲哀萬分地說，「跟我們開玩笑的是主教。」

「主教？」迪拉特教授聽到這句話顯得十分激動，但是他努力地控制著自己情緒，說，「馬克漢先生，請不要和我玩這樣的遊戲，你們已經在我面前提到兩次『主教』這個字眼了。難道你的意思是說，那個在羅賓被殺後，寫信給報社的人是主教，主教和這件事有什麼關係呢？」

「在史普力格的屍體下面，我們發現了一張紙片。這張紙片的紙質、字體和主教所寫的那張字條一模一樣，紙片上寫的是一道數學公式。」

「什麼？」教授不自覺地向前傾了傾身子，「是同一打字機打出來的嗎？那上面是一道數學公式？……是什麼樣的公式？」

馬克漢翻開筆記本，拿出了匹茲警官給他的那張三角形紙片。「里曼・克里斯菲爾的坦索爾公式。」教授一動不動、仔細地看著那張紙片。過了一會兒才把它還給馬克漢。當他重新將視線轉移到我們身上的時候，他的眼中出現了十分疲憊的神色：「我並不清楚這到底是怎麼一回事。」他用很絕望的語氣說，「但是，我認為你們現在的偵查方向是正確的！說吧，我能幫上什麼忙？」

教授的態度竟轉變得這麼快，不禁讓馬克漢感到驚訝。

「我們今天的來訪，主要是想確定貴府和史普力格是否有什麼關係。但是說實在的，即使我們知道了你們和這位年輕人是認識的，我們也不知道下一步該怎麼做。但是，仍然希望您能原諒我們對您及府上的人的打擾，請諒解。」

「親愛的馬克漢先生，你們儘量問！最好一次問完，因為我不想總是被打擾。」教授抬起頭看著馬克漢，說，「不過在你們採取什麼特別的手段之前，請先通知我。」

「好的！」馬克漢站起身，「不過目前我們並不想用什麼特別的方法來審問。」馬克漢與教授握了一下手。從他的舉動來看，馬克漢似乎清楚教授心裡的顧慮，只是沒有點明，而僅僅是安慰似的看著他。

教授把我們送到門口，「我實在不太明白那個打字機打出的坦索爾公式是什麼意思。」他一邊搖頭，一邊輕聲地說，「但是，如果有我能效勞的地方……」

「噢，還有一件事想向您討教，教授！」走到門口萬斯停了下來，說，「羅賓被殺的那天早上，我們見過德拉卡夫人——」

「啊?!有這事！」

「當然，德拉卡夫人極力否認自己在案發當天的早上曾坐在窗邊向外看，不過她似乎真的看到了十一點到十二點之間，射箭場上發生的事情。」

「哦？她真的看到什麼了嗎？」教授充滿好奇地問。

「好像看到了一點。德拉卡說他曾聽到母親的驚叫聲，但是德拉卡夫人卻堅決否認自己叫過。所以我們猜測她應該是看到了什麼，但她卻將自己看到的東西隱瞞起來了。因為我突然想到您和她是比較熟悉的，你們講話比較方便，所以我想請您在下次和她見面的時候，能否替我們打聽一下這件事？」

「不行！」迪拉特教授的回答十分生硬，語氣也顯得有些不知所措。但是當教授的手碰到馬克漢時，他又立刻恢復了鎮定，說：「你們委託我辦的事情，好壞參半，使我很為難，所以你們最好還是親自去問問那個可憐的女人吧！我沒有辦法問出什麼的。我想你們倒是會有很多辦法，可以探查出自己想要知道的事情。」教授一直看著馬克漢，「她並非你們想像的那樣。」

「是的，我們一定要找出一些線索。」馬克漢斬釘截鐵地回答，但是他仍不失體貼地說，「如果惡魔橫行於這座城市，那麼他必將危害人類。所以我們有必要將他繩之以法——就算有什麼困難，我們都不會放棄，一定要抓住他。不過請放心，我們不會殃及無辜的。」

「我希望你們能有心理準備，」教授從容不迫地說，「你們追查出的真相，大概比犯罪本身可怕得多！」

「您說得很對，對於這一點我們早就覺悟了。但是即使這樣，我們還是會勇往直前，毫無退縮、畏懼之意！」

「好的。但是，馬克漢，我比你們的年紀大很多，你們現在是血氣方剛的青年，但是我已經是頭髮花白的老人了。人一上了年紀，自然對宇宙的奧祕了解得要深刻一些。以前那些使我產生極大興趣的事情，現在都令我沒有耐心去理睬，因為我對人生的價值觀也有了更深的解釋。」

「但是人並不僅僅憑藉價值觀生存。」馬克漢理直氣壯地說，「堅持到底是我們每一個人的義務，因為它引導我們走上正確的道路。」

「好吧，你說的很對。」教授深深地嘆了口氣，說，「那麼在這種情況下，我倒希望你們沒有向我求援。當你們知道真相的時候，請你們發揮愛心，不要對一個在身體和精神上都有病的人趕盡殺絕，希望你們將兇手送上電刑椅之前，多了解、關心一些那個人的心態。」

說完，我們就向客廳走去。萬斯小心翼翼地將他的香煙點燃。

「看得出，教授對史普力格的死很感傷。」萬斯說，「雖然他嘴上沒說，但是當他看到坦索爾公式後，從他的表情可以推斷這與史普力格和羅賓的死有關。而且，教授很容易就相信這是一個事實。除此之外，教授很坦誠地說出了他認識這名死者。由此可見，教授一定在懷疑什麼，或者是在害怕什麼——太奇怪了，教授的態度有一點反常。他將你堅持的法律正義看做是一種無關緊要的東西。馬克漢，你感覺到了嗎？教授似乎很袒護德拉卡夫人，他們背後到底隱藏著什麼呢？我認為教授並不是一個容易感傷的人。他對精神和肉體病態的人的看法是怎樣的呢？我們現在應該和派因以及他的女兒談一談。」

馬克漢很沮喪地坐在椅子上抽煙。他這份沮喪我還是第一次看到。

「我不知道你現在能從這兩個人的口中問出什麼？」馬克漢嘮叨著說，「希茲警官，你把派因叫過來吧！」

希茲出去後，萬斯立刻盯著馬克漢，說：「喂，老兄，你不要發牢騷嘛！雖然這是一個棘手的案子……」他突然認真地說，「現在我們所面臨的是一個未知的情況。但是我們一定要有鬥志，要勇敢地迎接這場戰役。雖然乍一看，這件事十分微妙，而且我們不知道這種微妙的原因出自什麼地方。不過值得慶幸的是，我們知道了一件事——這件事與這棟房子有些地緣關係。我想，在我們周圍潛伏著許多肉眼看不到的惡魔，他們正在竊竊暗笑。所以，對於我為什麼還要和派因他們談談，你應該不會感到訝異了吧？我們一定留心那些不足為奇的地方，我們應該在自認為沒有問題的地方重新搜索……」

這時，我們聽到門口有腳步聲，希茲帶著派因出現在我們面前。

不翼而飛的手槍

四月十一日

星期一

下午三時

「請坐，派因。」萬斯很有禮貌地說：「我們是得到教授的許可才來請教你一些問題的，請你認真清楚地回答我的問題好嗎？」

「好的！」派因回答道，「我沒有理由隱瞞我所知道的事情。」

「說得對！」萬斯邊說邊向椅背靠近。「我想問的第一個問題是：這兒早上一般都是幾點吃飯？」

「八點三十分左右——幾乎每天都是這個時間吃早飯。」

「全家人都會來吃嗎？」

「當然。」

「那麼今天早上是誰通知全家人吃早飯的？是什麼時候通知的？」

「是我通知大家的。大概是七點三十分吧！我一個個敲門通知他們……」

「那麼在你敲門之後，你是否都會等待他們的回答呢？」

「是的，每次都是這樣。」

「那麼請你仔細想想，今天早上在你敲完門的時候，你確定每個人都有回答你嗎？」

派因十分肯定地點了點頭，說道：「是的，我確定大家都回話了！」

「那麼，有人下來得很晚嗎？」

「大家都很準時地下樓吃飯，就和平時一樣。」

萬斯將長長的煙灰彈進煙灰缸，繼續問道：「在今天吃早飯之前，你看到有誰出門或者從外面回來嗎？」

雖然這個問題聽起來沒有什麼特別之處，但是萬斯的話音剛落，我就發現派因的臉上有一些扭動。

「沒有，沒看見！」

「你真的沒看到任何人嗎？」萬斯急切地追問著，「那麼會不會是有人趁你沒注意的時候，偷偷溜出去或者溜進來了呢？」

在這次面談中，派因的臉上第一次表現出了一種猶豫不決的神色。

「我想有這個可能。」派因不安地說，「事實上，有人可以利用我到餐廳準備餐具的時間，偷偷地溜出去或者再溜回來；而日射箭室的門也可以使用，因為當我女兒在廚房忙著做早飯的時候，她總習慣將廚房的門鎖上。」

萬斯思索了一小會兒，然後慢慢地吐出一口煙，以高昂的聲音說：「你知道這個大家庭裡誰有手槍？」

派因的眼睛突然瞪得大大的。「不，我不知道。」他喘著粗氣回答。

「派因，你是否聽說過主教的事？」

「沒有。」派因臉色變得很蒼白，「你說的那個人……是報紙上說寫信給警方的那名男子嗎？」

「我也會說到主教的事呀！」萬斯若無其事地說，「那麼你是否聽說了今天早上，在河岸公園被殺的那名男子的事呢？」

「是的，我聽說這件可怕的事情了，是隔壁的守衛告訴我的。」

「那麼你認識這個名叫史普力格的人嗎？」

「他曾來過一兩次，我見過他。」

「那麼他最近是否來過？」

「上個星期他還來過呢。我想那天應該是星期三吧！」

「當時，還有誰在？」

派因緊皺著眉頭，努力回憶著。

「啊！我想起來了，當時德拉卡先生也在這裡。」過了一會兒，派因繼續說，「然後帕第先生也來了。這幾個人在亞乃遜先生的房間裡聊了很久。」

「在亞乃遜先生的房間？這麼說亞乃遜先生通常都是在自己的房間裡招待客人了？」

「不、不，不是這樣的。」派囚解釋道，「當時教授正在書房工作，迪拉特小姐佔用了客廳，因為德拉卡夫人也來了。」

萬斯沈默了一會兒說：「那好吧，就這樣！謝謝你派因先生！能否請碧杜兒小姐到這來一下？」

不久，碧杜兒就來了。她不耐煩地叉腰站著我們面前。萬斯問了她一些同樣的問題，而這個女傭的答案也十分簡單，大多只是「是」或「不是」的答案。對於我們已經知道的事情，她並不會加以說明。但是，就在快結束問話時，萬斯問碧杜兒案發當天，在吃早飯之前，她是否從廚房的窗戶朝外看。

「是的，我看了一兩次。」碧杜兒有些不耐煩地回答，「有什麼不對勁嗎？」

「那麼你是否在射箭場或者內院看到什麼人？」

「除了先生和德拉卡夫人，我沒看到其他人。」

「你就沒看到陌生人嗎？」萬斯故意避開迪拉特教授和德拉卡夫人這個話題，若有所思地從口袋裡取出香煙。但是我知道，這個消息使萬斯產生了興趣。

「沒有。」女傭簡短地回答說。

「那好，那麼你是幾點看到教授和德拉卡夫人的？」

「八點左右。」

「他們兩個人是在講話嗎？」

「是的。」女傭補充說，「他們當時在樹林附近走來走去。」

「莫非他們喜歡在吃早飯前一起散步嗎？」

「德拉卡夫人經常很早就來我們這兒，然後到花壇周圍散步；而教授只是在自己想出來的時候，才會到花園裡逛逛。當然這是先生的權利！」

「我現在並不是問你有關權利的問題，親愛的碧杜兒小姐！」萬斯十分溫和地說，「我只是想知道，教授是否有一大早就有使用他這項權利的習慣？」

「是的，你說的沒錯，他今早就使用了這種權利。」

於是萬斯讓女傭回去了，自己起身走到窗邊。他覺得一些細節令人費解，而他卻站在窗邊俯看著河邊的過往情形。

不久後，萬斯開口說：「今天早上八點，天空中一定飛過一隻雲雀——並且，草叢中或許還爬行著一隻蝸牛！可是，世界上的事並不都是順利的。」

馬克漢對萬斯的這番話很困惑。

「你在想什麼？」馬克漢問道，「我認為我們不必在乎碧杜兒的陳述。」

「很遺憾，我認為她的話不能輕易漏掉。」萬斯沒有回頭，平靜地說，「不過目前，我們只能說碧杜兒的陳述沒有具體意義。現在我所知道的是，今天早上，就在史普力格斷氣後，這附近有兩位主角在打轉。或許你喜歡將教授和德拉卡夫人在後院會面看成是種巧合！然而教授對德拉卡夫人的那種傷感的態度，已說明他們之間是有關係的。我認為我們應該對教授在吃早飯之前的約會，進行更詳細的調查。」

這時，站在窗邊的萬斯突然說：「啊！亞乃遜來了，從他的表情上看得出他很興奮！」不久，我們就聽到玄關的門被鑰匙打開的聲音，亞乃遜好像走到走廊了。當他看到我們時，他便加快腳步來到客廳，和我們每一個人打招呼，並且直截了當地說：「我聽說史普力格被殺了？這到底是怎麼一回事？」亞乃遜那熱切的眼神直射在我們的身上，「你們是來問一些有關史普力格的事情的吧？有什麼要問的儘管問吧！」亞乃遜將手上的包放在桌子上，隨後坐在一張長椅子的一端。「今天早上，學校裡來了一名刑警，問了一大堆愚蠢的問題。他問我對約翰．史普力格了解多少……當然，我不屑於回答他這樣的問題，沒想到這個蠢蛋竟覺得史普力格是因為爭風吃醋而遇害的。但事實上，史普力格和女生根本扯不上任何關係！他的腦袋裡，除了學習，就是學習。他是四年級數學科目中成績最好的一個學生，而且他從不曠課。今天早上，我發現他的座位是空的，所以我想一定是發生了什麼事情。吃午飯的時候，我便聽到了這起凶殺案……你們有什麼眉目了嗎？」

「沒有，亞乃遜先生。」萬斯直言不諱地回答，「但是，我們可以為你的數學公式提供一個新因子。今早，約翰．史普力格是被手槍射中頭部死亡的。」

亞乃遜動也不動地看著萬斯，不久後他抬起頭，發出了嘲諷的笑聲。

「這是惡魔的惡作劇——和羅賓被殺一樣，這齣戲碼今天又上演了！」

然後，萬斯將這起凶殺案的情況，簡短地向他描述了一番。

「這就是我們目前所知道的全部情況。」萬斯似乎是在下結論，他說，「怎麼樣？亞乃遜先生，你要是有什麼疑問的話，儘管問！」

「但是很遺憾，我沒有什麼問題要問。」亞乃遜好像被嚇到一樣，繼續說，「沒有。史普力格是我教過的所有學生中最聰明的一個；他簡直是個天才，但是他不應該叫約翰，除了約翰還有其他很多很好的名字呀！結果你看，就是這個倒楣的名字決定了他的命運，而且還是被子彈射穿腦袋。他的下場怎麼和羅賓一樣悲慘啊！」亞乃遜邊說邊搓著手，他的臉上表現出一股哲學家的氣質。「你把你所知道的一切都告訴我了，而我需要很長一段時間才能找到解這道數學式的方法。」亞乃遜在說這句話時，稍顯得意，因為他是這方面的專家。「你還記得凱普勒的微積分基本公式嗎？凱普勒做了一個葡萄酒桶——他用最小的木材，做出了一個最大容積的桶。他是在這項實驗中發現這個法則的。或許我能夠在解決這件事的同時拓展出一個新的科學研究領域！只可惜羅賓和史普力格成為了殉道者！」

亞乃遜的這番話也許有其獨特的抽象性思考理念，但是我倒是聽得生厭。可是，萬斯卻不以為然地聽著他的這番冷言冷語。

「噢，還有一件事我忘了講。」萬斯說著回頭看了看馬克漢，向他要那張寫有公式的紙片，將它遞給了亞乃遜，「這是我們在史普力格的屍體下面發現的。」

亞乃遜十分認真地看著那張紙片。

「主教這種令人討厭的人物總是好管閒事地用與上次同樣紙質、同樣的打字機來寫這條坦索爾公式。如果說是其他的坦索爾公式的話，比如，G・Σ是物理學上常用的，誰得出這條公式都沒什麼大不了的。但是這並不是一般之物。對了！最近有一天晚上，我曾與史普力格探討過這條公式！」

「據派因說，史普力格是在上個星期三的晚上到你家裡來的。」萬斯插嘴說。

「噢，是嗎？對，沒錯！那天是星期三。當時帕第和德拉卡也來了。在我的屋子裡，我們一起討論了玻璃坐標的問題。我記得最先提出坦索爾公式的是德拉卡，而帕第卻認為將高等數學應用到西洋棋上是一件超級浪費的事……」

「你也會玩西洋棋嗎？」萬斯問。

「是的，以前經常玩，但是我已經很久沒玩了。不可否認，這是一個很好玩的遊戲——當然，除了比賽時。」

「那麼你研究過帕第的定跡論嗎？」對於萬斯為什麼會問這種無聊的問題，我並不理解。馬克漢似乎也很不耐煩。

「可憐的帕第。」亞乃遜遺憾地說，「他的數學並不差，可是，他卻滿足於當一名高中數學老師。雖然他有很多錢，但是他卻一味地沈迷於棋盤。我認為他的西洋棋定跡論實在沒有什麼科學性，我甚至還可以破解他的招數。可是，他到現在也不知道實情。最近，卡巴布藍卡、威多馬、塔庫科瓦等人相繼出現，他們已經將帕第的這套定跡論丟進了垃圾桶。雖然他十分努力地研究新的定跡論，但一直沒什麼起色。目前，他正研讀威魯、席爾巴斯泰、艾迪登，以及馬哈的論述，他想從中獲得一些靈感。」

「越來越有意思了。」萬斯一邊說，一邊給亞乃遜點煙，「那麼帕第和史普力格彼此熟悉嗎？」

「不，他們只是在這裡見過兩次面，僅此而已。帕第倒是和德拉卡比較熟，因為他經常問德拉卡一些關於潛能的問題。他有心發動一次西洋棋革命！」

「那麼，當你們談論里曼．克里斯菲爾的坦索爾公式時，帕第是否表現得很感興趣的樣子呢？」

「沒有，他的領悟力差了點，讓他將時間、空間的曲率應用到棋盤上，太難為他了。」

「你對這張在史普力格屍體下發現的紙片有什麼看法？」

「說實話，我沒有什麼感覺。如果這些公式是史普力格寫的，那麼我想這張紙片很可能是從他的口袋裡掉下來的。但是，有一點我想不通，誰會那麼麻煩地用打字機將數學公式打出來呢？」

「一定是主教！」

亞乃遜一邊抽著煙，一邊笑。「主教。我們一定要找出這個傢伙，他真是一個神經不正常的瘋子。他的價值觀一定錯亂啦！」

「我也是這樣認為的。」萬斯表示同意，「哦，還有一件事差一點忘了問你，你知道你家中誰有手槍嗎？」

「什麼？」亞乃遜輕鬆地說，「真不想令你失望。可是實在很糟糕，我們沒有手槍，也沒有祕密隧道，更沒有祕密樓梯。整座樓都是光明正大的。」

萬斯像演員一樣，誇張地嘆了一口氣，說：「那真是很可惜……太可惜了。我本來對此寄予厚望呢！」

這時，蓓兒．迪拉特悄聲地下樓來，站在客廳門口。她一定聽到了萬斯和亞乃遜的對話。「等一下，席加特。我們家真的有兩支手槍！」蓓兒說，「它們是我在鄉下練習射擊時用的那種老式的手槍！」

「我記得你不是在很久以前就把它們丟掉了嗎？」亞乃遜突然站了起來，給蓓兒搬了一把椅子，「那年夏天，當你從赫普托康回來的時候，你不就這麼告訴我的嗎？在這個治安如此好的國家裡，只有盜賊才會有槍。」

「你怎麼這麼容易相信我的話呢？」蓓兒反駁說。

「我真是搞不清楚你說的哪句話是真話，哪句話是假話？」

「迪拉特小姐，這兩支槍現在還由你保存著嗎？」希茲平靜地問蓓兒。

「咦？到底出什麼事了？」蓓兒好像感到有一些異樣，「有什麼不對嗎？」

「嚴格地說，私自藏槍是不合法的。但是——」萬斯安慰似的笑著說，「當然，警官不會對你們採取什麼法律措施的。那麼你能告訴我，你的手槍現在在哪兒嗎？」

「在射箭室裡。但是我不記得收在哪一個工具箱裡了。」

萬斯站了起來。「雖然我們打擾了你，但是請你告訴我準確的收藏地點。因為，我一定要看一看這兩把槍。」

蓓兒猶豫了一會兒，用無助的眼神看了看亞乃遜。亞乃遜點點頭，似乎表示同意，然後沒說一句話就轉身向後走去，將我們帶到了射箭室。

「我記得它們被放在窗邊的一個架子上。」蓓兒一邊走，一邊說。

到了射箭室，蓓兒立刻拉出一個又小又深的抽屜，裡面堆放著一大堆雜物，其中就有一支點38口徑的自動手槍。

「哎呀！」蓓兒突然大叫道，「怎麼少了一支呢？」

「少的那支是小的嗎？」萬斯問。

「是呀……」

「是點32口徑的嗎？」

蓓兒點點頭，滿腹狐疑地看著亞乃遜。

「嗯！真的不見了！」他聳聳肩，無奈地對蓓兒說，「我想一定是你的哪位朋友把它拿走，然後在巷子裡射了一顆子彈，把史普力格的腦袋打開了花！」

「席加特，不要開玩笑好不好！」蓓兒的眼神裡充滿了恐懼，「到底跑到哪去了？」

「哈哈！這種情節真是撲朔迷離啊。」亞乃遜大笑起來，「一支點32口徑的手槍竟然離奇失蹤了，真令人難以置信。」

看著迪拉特小姐那副憂慮、恐懼的樣子，萬斯突然轉變了一個話題。

「蓓兒小姐，你願意帶我們到德拉卡夫人那裡去看看嗎？我現在有幾個問題要請教她。你已經看到今天的情形了，我想你最好取消到鄉下兜風的計畫！」

蓓兒的臉上籠罩著痛苦的陰影。

「啊！對不起，你們現在不能去打擾她！」蓓兒的聲音聽起來十分悲淒，「今天，五月夫人不太好。其實當她和我在二樓講話的時候，她還好好的，可是當她看見你和馬克漢先生之後，就完全變了一個人，她立刻失去了精神，而且好像有什麼東西把她嚇壞了。她躺在床上後還一直反覆地念著『約翰．史普力格、約翰．史普力格』於是我只好趕緊給醫生打電話，請他趕快過來，所以五月夫人剛剛冷靜下來。」

「我們並沒有什麼特別的事情要問她。」為了使蓓兒放心，萬斯安慰似的說，「沒關係，我們等下次再找她好了！對了，你請的哪位醫生過來看她啊？」

「霍多尼．巴斯帖大夫。當時我能想起來的也只有他了！」

「他是一位優秀的醫生。」萬斯點了點頭說，「他可是全國精神病研究領域的權威。如果沒有他的許可，我是什麼都不會做的。」

迪拉特小姐感激地看了萬斯一眼。於是與德拉卡夫人的會面也就自然而然地取消了。

我們又一次回到了客廳，亞乃遜坐在暖爐前，用一種嘲弄的眼神看著萬斯。

「『約翰．史普力格、約翰．史普力格』，哈哈！好像五月夫人有所感觸哦！這個女人的確有點神經質，她的腦部某個地方太過敏感了。按照歐洲一位偉大的思想家的說法，她其實就是一個低能兒。我認識的兩位西洋棋界名人中，就有兩個人就算穿衣服、吃飯都需要別人的服侍！」

萬斯好像沒聽見亞乃遜的話似的，一直站在門口附近的櫃子旁，凝視著一組中國古代的玉雕。「這大概是膺品吧？」他指著收藏品中的一個小雕像說。

「這是來自中國的玉雕，是的，它不是真的，可能是滿洲時期複製的。」

萬斯忍不住打了個哈欠，然後望著馬克漢說，「喂！我們現在好像沒什麼事要做了。我們該走了！但是，走之前，我還要和教授打個招呼！亞乃遜先生，為了不耽誤你的時間，你可以留在這兒。」

亞乃遜訝異地皺了一下眉頭，但馬上又輕蔑地笑著說：「沒有關係！」

當迪拉特教授看到我們再度闖進他的房間時，他表現得極不耐煩。

「我們現在知道……」馬克漢說，「今早吃早飯前，你曾和德拉卡夫人說過話……」

教授臉頰的肌肉開始抽搐，樣子很憤怒。

「我在自己家的庭院裡和鄰居聊天，關你們地方檢察局什麼事？」

「哦，不，請不要誤會。因為我們正在調查與貴府有著重大關係的案子，所以我認為我們有權尋求幫助。」

教授仍然憤恨難平。「好吧！」教授怒目瞋視地說，「今早，除了德拉卡夫人，我沒有再看見其他人——這就是你們想要的答案吧！」

萬斯突然插話說：「我們並不是問這件事，教授。我們想請教的是，據你所知，你認為德拉卡夫人今天早上的舉止是否和河岸公園裡發生的槍殺案有什麼關聯？」

教授似乎想不客氣地回答我們的問題，但是看得出，他努力地克制住了自己。

過了一會兒，他說：「不，我不記得什麼了。」

「那麼她是否坐立不安，或者很興奮呢？」

「沒有！」教授站了起來，向馬克漢走來，說，「我知道你的心裡正在想什麼，馬克漢！但是我不想和這件事扯上任何的關係，我也絕不會像一個間諜那樣，將那個可憐的婦人的事情統統告訴你們。我要說的只有這些了！」說完，教授就回到書桌前坐了下來，「很抱歉，今天我很忙，請便！」

於是我們從教授的屋子出來回到了大廳。亞乃遜熱情地與我們一一握手告別。他的微笑似乎帶給我們一種鼓勵。因為教授剛才對我們炮轟的情形，他都看到了。

當我們走出房子來到人行道上時，萬斯停下腳步點了一支煙。

「我們到樂於助人的帕第那裡去吧！雖然我不敢肯定能從他那得到什麼，但是我很想和他談談！」

但是很可惜，帕第當時不在家。他的日本傭人告訴我們，帕第大概是去曼哈頓西洋棋俱樂部了。

「明天我們再來吧！」萬斯一邊往外走，一邊對馬克漢說，「明天早上，我要和巴斯帖大夫聯絡一下，問問他我們是否可以見見德拉卡夫人，然後再去找帕第。」

「我預感明天的收獲一定會比今天多。」希茲喃喃自語。

「警官，你總會漏掉一兩件非常重要的事情！」萬斯回過頭對他說，「凡是與迪拉特家有關的人都認識史普力格，而且這些人都知道史普力格每天早上都會到哈德孫河畔散步；並且我們又知道教授和德拉卡夫人今早八點曾在後院散步聊天；還有射箭室裡不翼而飛的點32口徑手槍——這些是我們今天最大的收獲，雖然這其中還是有許多令人費解的地方，但我們總算是多了一條線索。」

當我們坐車向市區疾駛的時候，馬克漢突然變得憂心忡忡，他十分擔心地看著萬斯。

「我現在越是調查這件事，就越感到害怕。太陰險、太殘酷了！如果報紙注意到約翰·史普力格的這首兒歌，並且將這兩起凶殺案聯想在一起，不知會引發多大的騷動？」

「沒辦法呀，我們必須要有這樣的覺悟啊！」萬斯嘆了口氣說，「我堅決否認什麼心靈學——夢是不會變成事實的。當精神產生感應時，我不知道那是什麼感覺。但是現在，我卻有個預感，主教一定又一次將鵝媽媽的童謠通知報社了！這次的新聞報導一定會更加尖酸刻薄，而且這起新案子可能比羅賓那件案子更令人費解。喜歡表現自我的人，一定希望自己被人關注，這也是兇手的弱點，而且也是我們唯一能夠找到他的辦法，馬克漢。」

「奇南打電話問我們是否有新的線索？」希茲說。但是，希茲已經沒有精力顧及這件事了，因為《世界日報》的記者早已等在馬克漢的房裡，而且史懷克很快就會把他們帶進來。

「你好，馬克漢先生。」奇南客氣地說，但他的神情表現出對這起新案子頗感興趣。「我想見一下希茲警官。我聽說這起新案子是由希茲警官負責的，所以我立刻趕來了。」記者說著，伸手從口袋裡拿出一張紙片，交給了希茲，「我早就聽說希茲警官處事明快，光明正大，因此很希望希茲警官能夠就這起案子透露一些消息——請你看一下這張紙片。這是美國最大的家庭報紙剛剛收到的。」

那是一張普通的打字紙，上面用淺藍色的色帶打出了鵝媽媽童謠中那一首約翰・史普力格的詩。紙片右下角，赫然寫有「主教」二字。

「這是信封，警官！」奇南又在口袋裡摸索了一番後，拿出一個信封。

上面的郵戳是今天上午九點，與第一張字條相同，都是在N郵局的轄區內投的信。

午夜訪客

四月十二日
星期二
上午十時

第二天早上，紐約各家報紙的頭版就刊載了馬克漢所擔心的報導。除了《世界日報》以外，一些比較知名的報社也紛紛收到了那封信——信的內容與奇南拿給我們看的一樣。報紙的傳播速度真是快，一時間全紐約都陷入了惶惶不安的恐懼當中。雖然有些人並不相信這種瘋狂、巧合的事情，而持半信半疑的態度，但是大部分報紙和百姓都因為這種新的殺人手法不寒而慄。

馬克漢和希茲一面要應付新聞記者的疲勞轟炸，一面還要保守一些不可泄漏的機密。他們盡可能地避免將目標指向關鍵人物——迪拉特一家，並且絕口不提遺失的手槍。社會上大部分的輿論都同情史普力格，他們認為史普力格僅僅是一個無辜的受害者，並且大力指責馬克漢的按兵不動。

史普力格被殺當天，馬克漢就在史蒂文森俱樂部召開會議。莫蘭警官和奧布萊因指揮官也出席了這次會議。會上，我們詳細地討論了這兩起凶殺案的細節，萬斯表明瞭自己的觀點，即為什麼說只要知道迪拉特家或德拉卡家的內幕就能破案。

「這兩起凶殺案存在一些相同點，但是如果不知道這兩位被害人的詳細情形，我們就無法偵查。然而知道這些情況的人，目前都在我們的掌握範圍內。」萬斯最後說，「現在，我們最應該做的是——徹底調查這些人！」

對於萬斯的這種看法，莫蘭警官十分贊成。可是，他又附上了一個條件。

「但是，你所指出的人，怎麼看都不像殺人狂呀！」

「這個兇手絕非等閒之輩。」萬斯回答道，「恐怕這個人在各個方面都是正常的，而且他的頭腦也非常好。不過他有一個缺點——那就是，他太過於優秀了。」

「可是一個超乎尋常的人，怎麼會在毫無動機的情況下，做出這樣殘暴的行為呢？」莫蘭警官不解地問。

「有，這名兇手是有動機的。我堅信在這兩起恐怖案件的背後，一定有一個誘因。」

奧布萊因指揮官並沒有加入他們的討論，而是冷漠地聽著其他人的談話，並且他對這種紙上談兵的做法顯得很不耐煩。

「這些話也許對新聞界的發表很有效，但是對於我們目前實際的辦案工作卻毫無幫助。」奧布萊因抱怨著。他咬著黑黑的煙卷，看著馬克漢，說：「當務之急是將我們掌握的所有線索歸納出來，從中找到法律上可以取信的證據。」

最後這群人決定，先將主教的那封信交給專家分析，然後他們追查打字機與紙張的來源；另外他們還制定了一個在當天早上七點至八點間，祕密調查在河岸公園的證人的計畫。除此之外，他們還要對史普力格的習慣和交友狀況作一個徹底的調查。另外派一個刑警去調查當地的郵筒的收件人，並將從各地郵筒寄出的信集中起來，查看是否有寄給報社的信封，然後追查出是在哪一個郵筒投的信。

其他的情況就要按部就班地搜查了。莫蘭提議將三位刑警安排在殺人現場的附近，在那裡觀察是否有新的發展或者與本案有關的可疑人物出現。當然，馬克漢和希茲仍然是這些行動的最高指揮官。

「對於迪拉特和德拉卡兩家人與羅賓被殺的關係，我已經調查過了。」馬克漢向莫蘭和奧布萊因指揮官解釋道，「這次我又為了史普力格的事拜訪了迪拉特教授和亞乃遜。明天我打算去找帕第和德拉卡，再了解一些情況。」

第二天早上，還沒到十點，馬克漢和希茲就來找萬斯了。

「我已經為這起案子奔波得很是疲憊了。」馬克漢連招呼也不打直接對萬斯發起牢騷來，「但是現在已經上緊了發條，我們只能搏一搏了。」

「我們還是盡力而為吧！」萬斯很有耐心地說，「對於這個案子，我們不能用普通的方法來加以分析。我先給巴斯帖大夫打個電話吧，問問他今天是否同意我們去看望德拉卡夫人。不過，我想先見一下巴斯帖大夫，了解一下德拉卡夫人的病情。」

我們很快就到了醫生的家，他招呼我們進屋。巴斯帖大夫是一個身材高大、氣質優雅，而且很有修養的人。

萬斯開門見山地將重點說了出來。

「醫師，我們有證據證明德拉卡夫人或者她的兒子與羅賓被殺事件有著一些關係。在審問他們之前，我想先在你這了解一下德拉卡夫人的精神狀態。當然，前提是以不影響你的職業道德為原則。」

「能說得再具體一點嗎？」巴斯帖大夫心懷戒備，但仍能泰然面對這件事。

「我們想說的是，」萬斯接著說，「德拉卡夫人好像對自己兒子的駝背深感內疚。可是據我了解，她兒子的畸形並不單純是身體傷害所能造成的。」

巴斯貼大夫慢慢地點點頭。

「你說的很對。因脫臼或外傷使脊椎受到壓迫從而導致半身不遂。這種情況可以造成畸形，通常我們都把脊椎骨炎和骨傷統稱為波茲氏病——這是一種結核性疾病。小孩子很容易患脊椎結核，這種病甚至是天生的。事實上，外傷能夠刺激原本已經潛伏著的病源，導致病變；但是，骨傷真正的病理構造是由休馬斯和霍司雷兩個人發現的。德拉卡的畸形症，無疑是屬於結核性的，因為他的脊椎呈圓形彎曲著，從而他的脊椎骨就被壓迫得很厲害，並且已經出現了骨炎的局部症狀。」

「那麼這些事你都對德拉卡夫人說過嗎？」

「說過很多次，可是一點用都沒有。她還是以一種錯亂似的殉道精神，將兒子的缺陷看成是自己的責任。這種錯誤的想法已經在德拉卡夫人心中根深蒂固了。這種念頭也使她的精神狀態變得很差。從過去這四十年德拉卡夫人的不斷犧牲與奉獻，足以看出這件事對她的影響很大。」

「那麼這種心理上的障礙把德拉卡夫人影響到什麼程度了呢？」萬斯問道。

「這個很難講清楚，而且我不想討論這個問題。但是，我可以告訴你一點，德拉卡夫人是有病的，她常常曲解一些事實。有時候——這可是相當隱蔽的話——她會對自己的兒子顯示出一種相當錯誤且過度的關心。她兒子的幸福都在她的掌握之中。為了兒子，她可以做任何事情，並且決不後悔……」

「真感謝你對我們的坦誠，這麼詳細地告訴我們這些細節。醫師，那麼昨天德拉卡夫人的失常，是不是就是因為她太在乎兒子的幸福，而一時衝動所導致的呢？」

「是的。德拉卡夫人的世界裡幾乎全部是她兒子，她根本沒有自己的情緒和精神。可是，德拉卡夫人暫時的失常行為，並不能使我們立刻斷定其原因是基於對現實的恐懼，還是對想像的恐懼，這也許還是因為長期生活在現實和妄想之間所造成的。」

沈默了好一陣子，萬斯繼續追問：「那麼德拉卡本人呢？他是否認為自己的殘缺應該有人負責？」

「他是我的病人，只有對他採取隔離手段的情況下，我才會回答你的這個問題，但是很抱歉，我無法奉告。」巴斯帖大夫的臉上浮現出了冷默的表情。

馬克漢向前挪了挪身子，用一種十分嚴肅的態度說：「醫師，我們現在連修飾言辭的時間都沒有了，因為我們現在正在調查好幾樁殘酷的凶殺案。德拉卡與這起凶殺事件有著某種關係——但是我現在還不清楚他涉及了多深，可是我的責任就是找出真凶。」

醫師冷冷地看著激動的馬克漢，他的神情說明他正在重新考慮這件事。所以當他再度回答我們的問題時，他的聲音充滿了職業性的冷漠。

「我沒有理由拒絕為你提供情報。但是同時，我又要為我的病人德拉卡負責，為公眾的安寧負責，否則我就會犯了大錯。我想我也許是誤會了這位先生的意思。」醫師盯著萬斯看了好一會兒。不久後，他繼續說道：「德拉卡先生的精神狀態在龜背式畸形患者當中屬於最常見的一種，也就是說太過敏銳。各種精神活動都會令他感到內疚。由於這樣的人缺少正常的生理反應，所以他們經常會有抑制自己情感或者脫離常規的情形發生。但是，德拉卡先生卻沒有這些徵兆。他總是很容易興奮，而且偶爾有些歇斯底里的傾向。他的病導致了這種心理反應。」

「那麼平時德拉卡先生都會做些什麼娛樂？」萬斯很客氣地問。

巴斯帖醫師考慮了一會兒說：「他很喜歡玩小孩子的遊戲。這不是所有殘障者都能做到的。我認為他是在滿足童年時期的慾望，也許在他的記憶中，他的童年是暗淡的，因此現在他努力地彌補當年的遺憾。這種孩子氣的遊戲能夠為他單調的精神生活帶來快樂。」

「兒子喜歡玩小孩子的遊戲，那麼德拉卡夫人對此又有什麼感覺呢？」

「她是很高興的，而且還經常鼓勵他好好玩呢！德拉卡夫人經常會蹲在上面的石牆上，遠望兒子在河岸公園裡開心玩耍的情形；而且，當德拉卡在家裡邀請他的小朋友來吃飯時，德拉卡夫人也會忙著張羅一切。」

幾分鐘之後，我們便離開了醫生的家。當車子開進七十六街時，希茲彷彿剛從噩夢中驚醒一樣，深深地呼了口長氣。

「德拉卡喜歡玩小孩子的遊戲，你們對此有何看法？」希茲用戰慄的聲音問道，「親愛的萬斯先生，你覺得醫師說的這句話有什麼意義嗎？」

萬斯一直看著河邊的霧氣沒有回答，他的眉間悄悄浮上了一種悲傷的神色。

當我們到達德拉卡家時，為我們開門的是一個德國女傭。但是她卻擺出一副拒人於千里之外的神情，冷漠地告訴我們德拉卡吩咐不見任何人，他現在很忙。

「請你再去通報一聲。」萬斯說，「地方檢察官馬克漢有很重要的話和他說。」

沒想到這些話竟然起了作用，這個女人把叉在腰上的雙手放了下來，巨大的胸脯在胸前不停起伏著，然後她很不情願地向後退了幾步轉身上樓去了。

不一會兒，我們便聽到了敲門聲，還有人講話的聲音。兩三分鐘後，這個德國女傭下樓來告訴我們，德拉卡已經在書房等著我們了。

當我們走過女傭的身旁時，萬斯猛然一回頭，不懷好意地看著她，問道：「昨天早上，德拉卡先生是幾點起床的？」

「我不知道。」女傭有些驚慌，含糊地回答，「噢，我記起來了。德拉卡先生同往常一樣，九點鐘起床的。」

萬斯點了點頭，跟著其他人繼續向前走。

當我們走進德拉卡的書房，看到他正站在一張堆滿文件和稿子的大桌子旁，臉色陰沈地看著我們，卻沒有請我們坐下。

萬斯好像將德拉卡的那種坐立不安，以及隱藏在背後的祕密統統看透了似的，也直直地盯著他。

「德拉卡先生，」萬斯先開了口，說，「我們真不願意再來打擾你，但是由於你同史普力格先生有些交往，我想你大概知道他的一些情況，所以我們不得不再來拜訪你。昨天早上在這附近，史普力格被槍殺了。我們現在正著手調查兇手的殺人動機。」

德拉卡站得直直的，雖然他有意克制自己的情緒，但是他講話的聲音仍然有些顫抖。

「是的，我和史普力格認識，但是我們之間並不熟。對於他的不幸遭遇，我什麼也不知道……」

「我們在他的屍體下發現了一張寫有坦索爾公式的紙片。我們知道在你的著作中，你曾在一章關於物理空間的有限性中引用了這個公式。」萬斯一邊說，一邊向桌子上的一張用打字機打出來的文件靠近，而且若無其事地看著這份文件。

德拉卡好像並沒有察覺他的舉動，而是專心致志地聽著萬斯向他透露的消息。

「對不起，我實在不知道。」他一臉茫然地說，「能讓我看一看你說的那張紙片嗎？」

馬克漢立刻同意了他的要求，將那張紙片遞給了他。德拉卡仔細地看了看那張字條，然後又把它還給了馬克漢，瞇起眼睛說：「你們請教過亞乃遜了嗎？我記得亞乃遜和史普力格上個禮拜討論過這個問題。」

「是的，我們已經問過他了。」萬斯坦然地說，「亞乃遜先生雖然記得這件事，但他卻不能為我們提供什麼線索。我們認為，你大概會告訴我們一些他所不知道的事情。」

「那太遺憾了，我也幫不上什麼忙。」德拉卡的話裡充滿嘲弄的意味。

「這個坦索爾公式是誰都可以用的啊！威爾和愛因斯坦常常在自己所寫的論述文章中用到這個公式，因為它沒有版權……」德拉卡在旋轉的書架上抽出一本小冊子，「米柯夫斯基的相對性原理中也出現過這個公式，但是他只是變了一些符號而已，例如把B改成T，指數部分換成了希臘文字。」說著，他又拿出一本書來，「波安卡雷在宇宙進化假設說一文中，也運用了這個公式，他也是改用了其他符號，但是內容沒有變。」德拉卡傲慢、瀟灑地將手裡的文件扔到桌子上，「你們為什麼單單要來找我呢？」

「我們到這來的目的並非僅僅為了這個公式。」萬斯輕鬆地回答，「因為我們已經掌握了與殺死史普力格和羅賓有關聯的一些證據……」

德拉卡緊緊抓著桌子的一角，他向前探著頭，眼中閃著光芒。

「有關聯？你說的是史普力格和羅賓之間？難道報紙上所說的都是謊言！」德拉卡的臉有些抽搐痙攣，但他的音調卻不由自主地升高了些，「你們這是在胡說……你們根本就沒有什麼證據，甚至一點證據都沒有！」

「不，我們的證據就是知更鳥和約翰・史普力格這兩個名字。」萬斯十分溫柔地說道，但是他的語氣中透出一股懾人的力量。

「簡直無聊透頂——哦！這個世界瘋了！」

德拉卡的身體不停地前後晃動，一隻手還在桌上不停敲著，桌上的數據被弄得亂飛。

萬斯吃驚地看著德拉卡。

「德拉卡先生，問你個問題，你認識主教嗎？」

話音剛落，德拉卡立刻停止了晃動身體，並且努力讓自己鎮定下來，然後用恐懼的眼神盯著萬斯。他的嘴巴微微張開，看上去如同一個肌肉萎縮的病人在笑。

「怎麼，連你，連你都瘋了嗎？」德拉卡瞪著我們說，「你們這些人真讓人討厭，你們全是白癡，這個世上根本沒有什麼主教、知更鳥，更沒有約翰・史普力格這個人。你們這些可怕的大人竟想用一首兒歌，將我這麼一個數學家哄騙住……」德拉卡突然歇斯底里地笑了起來。

見此情景，萬斯迅速地走到他身邊，拉起他的手讓他坐在椅子上。不久，他的笑聲才漸漸變弱了。

「這兩個可憐的人被殺，真令人同情。」德拉卡的語氣很沈重，「但是，只有小孩子才會把這些事當成問題。如果你們沒有抓到兇手，那麼我可以助你們一臂之力；但是，希望你們不要心存幻想，要面對現實，現實啊！」

德拉卡疲憊地說完這番話，便一直盯著我們看。

這時我們離開了他的書房，當我們走到走廊的時候，萬斯說：「看得出他很害怕，馬克漢，他十分恐懼。我好像了解在他那狡猾、扭曲的內心深處隱藏著什麼祕密。」萬斯走出走廊，徑直向德拉卡夫人的房間走去。

「我們這樣拜訪她，好像有違良好的社交法則。馬克漢，因為我天生不是警察，所以我很討厭這裡嗅嗅，那裡聞聞的做法。」

當我們敲完門，回應我們的是一個很細的聲音。德拉卡夫人的臉看上去比往常蒼白得多，我們看到她橫躺在靠窗的一張長椅上。她那雪白的手彎曲著靠在椅把上。

我們還沒來得及開口，夫人就搶先一步，以乾澀的聲音說：「我知道你們還想繼續欺負我這個可憐的人兒，所以今天你們又來捉弄我了，是嗎？……」

「德拉卡夫人，我們絲毫沒有要捉弄你的意思！」萬斯十分冷靜地說，「我們是來幫助你的。」

萬斯體貼的話語，讓德拉卡夫人那顆惶恐不安的心多少得到了安慰，德拉卡夫人好像在搜尋什麼似的盯著萬斯。

「如果你們真想幫我的話，」德拉卡夫人微弱地說，「那麼就請你們什麼也不要幫，什麼都不要做……」

「你只要告訴我們，羅賓被殺那天，你從窗口都看到什麼了？」

「沒有。」夫人眼裡的恐懼再次浮現出來，「我真的什麼都沒看見。那天早上，我根本就沒有靠近過窗口。真的，你們一定要相信我，相信我的話。」

對於這個問題，萬斯停止了追問。

「據碧杜兒說，」萬斯換了個話題說道，「你早上起床後，偶爾喜歡到庭院裡散步？」

「是的，」德拉卡夫人在回答這個問題時稍顯放心，「天亮了就不太容易睡著了，並且背部又有點痛，於是起得就早一些。如果外面天氣好，我就會到後院散散步。」

「碧杜兒說，昨天早上，她在花園裡看過你？」

德拉卡夫人很放心地點了點頭。

「碧杜兒還說，當時她看到你和教授在一起？」

她習慣性地又點了點頭，但是馬上警覺起來，用挑釁、疑問的眼神偷瞄了萬斯一眼。

「他經常和我散步。」德拉卡夫人急切地解釋說，「他一直都很同情我，而且常常誇獎阿爾道夫，說他是個天才，他還說阿爾道夫是一個偉大的天才；但是遺憾的是，如果他能夠像迪拉特教授那樣——沒有什麼病的話……啊！這都是我的錯。當他還是一個孩子的時候，我怎麼會那麼不小心，把他掉下來呢……」她的喉嚨中擠出陣陣乾澀的聲音，她那憔悴的身體不停地發抖，手指也有些痙攣。

過了一會兒，萬斯繼續問她：「那麼昨天，你和迪拉特教授在花園裡都談了什麼？」

夫人的態度變得溫順起來。「當時我們在談阿爾道夫的事情。」她一邊說，一邊努力地掩飾自己的情緒，使自己對這件事毫不在意。

「那麼你在花園或射箭場看到什麼人了嗎？」

「沒有。」德拉卡夫人的臉上再一次籠罩出恐怖的表情。「可是，我不能確定當時是否有什麼人在，因為我不喜歡注意別人，當然也不喜歡被人注意。是的，那裡一定還有別人，我想他一定看到我了……但是，我卻誰也沒看見。」她突然捂住臉，身體仍然顫抖著，「他不是阿爾道夫——我的可愛的孩子。阿爾道夫正在睡覺，真是謝天謝地，我那可愛的孩子當時還在睡覺！」

萬斯走到德拉卡夫人的身邊。

「為什麼你說那個人不是你的兒子，而你會這麼高興呢？」他輕聲地問。

德拉卡夫人吃驚地望著萬斯。「為什麼？你是問我為什麼嗎？因為昨天早上一個拿著小手槍的小男孩，射死了約翰·史普力格——這個小男孩也曾用弓箭將知更鳥殺死。這真是一場恐怖的遊戲，我的擔心是……這沒有和你說的必要——因為不能和你說。一個小男生，大概會做出一些恐怖的事情。」她的聲音因為恐懼而失去了生氣，「那個男子大概就是『住在我鞋裡面的老太婆』。」

「你剛剛說什麼？」萬斯安慰地對她笑了笑，「這些話是沒有任何意義的，千萬不要因為這種事而生病。有些事我們還是能夠完全、合理地說明的。我的直覺告訴我，從你這裡可以得到我所希望的幫助。」

「不——不！我不行。我自己都搞不太清楚。」德拉卡夫人深深地吸了口氣，然後好像下決心不把它吐出來一樣，緊緊地閉著雙唇。

「為什麼不行呢？」萬斯緊接著問。

「因為我並不知道什麼。」德拉卡夫人大聲叫道，「因為如果我知道內情，我一定會告訴你的，我現在唯一知道的就是，這裡曾發生過一些可怕的凶殺案——這棟房子一定是受到了詛咒。」

「你怎麼知道？」

德拉卡夫人又開始發抖了，她的眼睛無神地看著某一個角落。

「這，」夫人的聲音就像蚊子叫似的，「因為昨天晚上，那個小男孩來了。」

聽到德拉卡夫人的這些話，我們的背脊上好像掠過一陣寒風。警官一動不動地站在一邊，屏住呼吸。不久，屋子裡響起了萬斯平靜的聲音。

「你又是怎麼知道這個小男孩來了呢？德拉卡夫人，難道你看見他了嗎？」

「沒有，我沒有看到他；但是，我知道他想到這個房間裡來，而且是從那扇門進來的。」

德拉卡夫人膽怯地指著我們剛剛經過的那個面向走廊大廳的門。

「我有必要把一些細節弄清楚。」萬斯說，「不然的話，我就不得不說你所說的都是不可信的東西！」

「噢！我沒有說謊。上帝作證。」德拉卡夫人一臉的義正詞嚴。看起來這個女人一直被什麼可怕的感覺困擾著，一定有什麼特殊的經歷。「當時我躺在床上，眼睛睜得大大的，我還記得暖爐上的鐘正好敲了十二下。隨後，我就聽到門外響起一陣兒窸窸窣窣的衣服聲。因為桌子上放著一盞燈，我能看到門那邊的情況。門手把在轉動，沒有一點兒聲音，好像怕我被弄醒似的，就那麼小心翼翼地……」

「停一下，夫人，」萬斯插嘴問道，「你晚上都鎖上房門睡覺的嗎？」

「我晚上睡覺的時候從來不鎖門，但直到最近，自從羅賓死後，我就總覺得疑神疑鬼的，所以才上了鎖——我想，這個沒必要向你們說明……」

「原來是這樣，請繼續！你看到門把在轉動，之後又發生了什麼事？」

「對，門把就那麼被轉來轉去的。我當時害怕極了，在被子裡縮成一團。之後才喊出聲來——我也不知用了多大的力氣，門把立即就不轉了，隨後就聽到一陣兒急促的穿過走廊的腳步聲，我馬上走到門口，用心聽著，我害怕阿爾道夫那邊會有事。不久，就聽到有人躡著步子走下樓——」

「是哪邊的樓梯？」

「就是後門的——通到廚房的那節。玄關的窗戶是關著的，隨後什麼聲音也沒了。我還是把耳朵貼到鑰匙孔上，認真地聽了一陣兒。可是，什麼聲響也沒有，但我還是認為有必要查看一下。儘管我當時非常害怕，可是，我知道還是打開門看一下的好……」她的身體劇烈地顫抖著，「我慢慢地打開了門鎖，把門悄悄地推開了，突然放在外側把手上的一個小東西掉了下來——走廊的光很強，而且我們家即使在半夜也會點著燈——我努力地朝下面看，並且目不轉睛地盯著地板。突然我感覺我的腳邊有什麼東西滾了過來……啊！太恐怖啦！」

德拉卡夫人停了下來，她的舌頭因為恐懼變得有些僵硬，但是萬斯卻以冷靜、溫柔的聲音鼓勵夫人說：「滾到你腳邊的是什麼東西啊？德拉卡夫人。」

德拉卡夫人十分痛苦地站了起來，但是她停住沒有動，而是努力地將自己冷靜下來。然後她走到梳妝台邊，拉出一個小抽屜，伸手朝裡摸。不久，她便在我們面前張開了她那緊握的手。我們看到在德拉卡夫人那蒼白的手掌上有個黑檀木做的西洋棋子，那就是「主教」。

黑色的主教

四月十二日
星期二
上午十一時

萬斯從德拉卡夫人手中接過了那個代表主教的棋子，然後小心翼翼地裝入了上衣口袋。「夫人，千萬不要讓別人知道昨天發生的事情，否則你就會有生命危險了。」萬斯緩緩地說道，「像這種可惡的人，如果知道你告訴了警方這件事，很有可能再來報復你的。所以，千萬不要再對任何人說起這件事情了。」

「即使是阿爾道夫也不能說嗎？」夫人茫然地問。

「嗯，不能說。即使是你兒子，也不能告訴他。」

我不明白萬斯一直強調這件事是為了什麼——直到幾天之後，我才明白過來。萬斯的忠告，的確有著重要的作用。我只能說，萬斯敏銳的洞察力，以及正確的推理能力實在讓我欽佩。而且，我第一次發現他竟然能夠預知未來！

幾分鐘之後，我們告別了夫人的住所，當我們走到樓梯第八階或者第十階的時候，發現右邊通過一個黑黑的、狹窄的走道，可以看見兩扇門。一扇門在左邊，可以通往廚房；另一扇門則在斜對面，可以通往玄關。我們很快走進灑滿陽光的玄關，就好像急切地要把德拉卡夫人讓我們經歷過的恐怖甩開一樣。

馬克漢第一個開口說道：「萬斯，昨天把主教棋子拿到這裡來的那個人，是不是就是殺死羅賓和史普力格的兇手？」

「是的。兇手半夜來訪的目的很清楚，這和我們目前所了解到的也完全符合。」

「我覺得這只是單純的恐嚇。」馬克漢回答道，「像是一個醉漢所做的事情！」

萬斯搖了搖頭。

「不！他一定另有目的。一個惡魔最重視的就是如何將自己隱藏起來。我們現在面對的這個兇手也是這樣，他為了保護自己，必將採取一些獨特的手段。我認為，他的半夜來訪也是有目的的。但是，現在我們已經清楚自己工作的方向了。」

對理論已經相當厭煩的希茲，很快又問萬斯：「線索到底是什麼？」

「首先，西洋棋只是一種娛樂玩具。我們可以假設，這位喜歡兒歌的兇手曾經來過這棟房子。走廊上的燈只能照到樓梯，其餘地方就只有一片漆黑了，他肯定是從那裡進來的，在黑暗中尋找方向的確不容易，但是，他竟然清楚地知道德拉卡夫人的房間在哪裡。另外，他還知道德拉卡夫人就寢的具體時間，所以他確定自己進來的時候夫人已經睡了。」

「這能為我們提供什麼線索呢？」希茲傻傻地問，「已經有很多事情讓我們了解到兇手與這兩家人的特殊關係了。」

「是啊！但是，即使再怎麼熟悉，也不可能知道他們睡覺的時間吧？警官，還有一個問題，這個訪客還清楚地知道德拉卡夫人不習慣上鎖。很明顯，他就是想進入夫人的房裡。他想悄悄地打開門，可見他不是單純地只想把那個禮物放在房間外。」

「也許他只是怕吵醒德拉卡夫人。」馬克漢說出了自己的見解。

「是嗎？那麼他又為什麼要小心翼翼地轉動門把呢？是的，他是不想吵醒任何人。如果他想讓別人發現這件禮物，他可以正大光明地用手轉動門把或者敲門，甚至還可以將西洋棋子扔過來！馬克漢，他的目的是很可怕的！可是，當他發現門被鎖上，並且還聽見德拉卡夫人的尖叫，於是方寸大亂，他只好將棋子放在夫人看得見的地方，自己逃開了。」

「不一定啊！」希茲再次發表著自己的看法，「也許有人知道德拉卡夫人半夜的時候將門鎖上了，但是黑暗中他也能摸清屋內的方向。」

「但是，誰會有後門的鑰匙呢？又是誰在昨晚用過這把鑰匙呢？」

「也許後門並沒有鎖！」希茲反駁道，「只要我們查一查他們不在場的證明，就可以真相大白了。」

萬斯無奈地嘆了口氣。

「我想一定會有兩三個人，絕對沒有不在場的證明。他們之所以會選擇在深夜行動，一定將不在場的證明忽略掉了。他們是很有智慧的人，這一點我們要十分重視。他們既然會巧妙地利用這種方法去殺人，想必他們也會刻意保護自己的。我認為他們也一定多少洞悉了我們的探案理論……」

突然，萬斯好像有所察覺似的向門邊走去，而且向我們示意也跟他過去。他帶我們走到廚房。我們看到剛剛給我們開門的德國女傭，正呆呆地坐在桌子旁。看到我們進來，她立刻站了起來，向屋子的深處走了幾步。萬斯有些意外，一句話也沒說，直盯著她。她的眼睛慢慢移向了桌子。桌子上放著一個被切開，而且把中間挖空了的茄子。

「啊！」萬斯輕輕地叫了一聲，當他看到桌子上裝滿東西的盤子時，說，「是土耳其式的茄子烹飪嗎？我最喜歡吃了，可是，我想羊肉要是切得再細一點、吐司再少一點，就更好了！」萬斯的臉上露出了愉快的微笑，對她說，「噢，對了！你叫什麼名字啊？」

「曼徹爾！」女傭輕輕地回答說，「葛莉蒂．曼徹爾！」

「你在德拉卡家工作了多久啊？」

「差不多二十五年了！」

「時間很長了嘛！」萬斯一邊思索、一邊說，「可是，我發現今天早上，當我們來訪時，你好像有些畏懼，而且不願意和我們說話，不知是為什麼？」

女傭的臉上表現出一種厭惡的神色，她那大大的手掌緊緊地握著。

「不，我不是害怕！只是當時德拉卡先生真的很忙……」

「你是不是認為我們是來抓他的？」萬斯直截了當地問。

女傭的眼睛瞪得大大的，但是她卻一句話也沒說。

「你知道德拉卡先生昨天早上幾點起床的嗎？」萬斯繼續問道。

「這個問題我已經說過了……是九點——同平時一樣。」

「我再問一次，德拉卡先生到底是幾點起床的？」萬斯盯著她問，但是這次的聲音比上一次更大聲，就好像在念舞台劇的對白一樣，話語中充滿了不祥的感覺。

「告訴我實話！曼徹爾，他到底是幾點起床的？」萬斯用德語反覆追問道。他的追問起到了一絲效果。女傭雙手掩著臉，像一隻困獸般發出了悲鳴。

「我——我真的——不知道。」女傭喃喃地說，「昨天早上八點三十分我叫他，但是沒有回音。於是我推開門一看——他的房門沒有鎖。啊，我的天！——德拉卡先生竟然不在。九點的時候，我再一次上三樓通知他用餐。我看到他竟然在書房裡——坐在桌子前——看上去倒像一個瘋子，十分興奮，而且拼命地做著他的工作，他只是隨口答應著說馬上下來。」

「那他下來吃早飯了嗎？」

「這——這個，他下來了——但是是在三十分鐘以後下來的。」

女傭說著，將身子緩緩地靠向水槽，萬斯倒是為她搬了一把椅子。

「請坐吧，曼徹爾。」萬斯溫和地說。女傭順從地坐了下來，萬斯繼續問她：「那麼你為什麼說今天早上德拉卡是九點鐘起床的呢？」

「我不得不這樣說呀！——因為她吩咐我要這麼說的！」

女傭這時像一個用盡力氣的老人一樣，頹然地說：「昨天下午，德拉卡夫人從迪拉特小姐家回來時，曾吩咐我說，一旦有人問起德拉卡先生的事，特別是他幾點起床的事情，我都要回答九點。而且她還讓我發誓……」女傭的聲音漸漸微弱了，最後幾乎都聽不到了，但是她的眼睛中卻閃爍著光芒，「她還告訴我，其他的什麼都不要說！」

萬斯似乎還沒定下神來，連續抽了好幾口煙。

「請告訴我們實話，這件事並不是你想像得那麼嚴重。你知道的，德拉卡夫人的精神狀態並不好，因此她常常會胡思亂想，她認為我們會害她的兒子。而且湊巧的是，就在她家隔壁有人被殺，所以她有些神經質，想了很多，唯恐這件事和自己的兒子有關。說實話，你把事情想得這麼嚴重，倒使我感到驚異。難道你有什麼證據證明德拉卡先生和這起凶殺案有所牽連嗎？」

「不，不——不是這樣。」女傭趕緊否認。

萬斯緊緊地皺著眉頭，看著窗外。他突然回過頭，用一種嚴厲的眼神看著她。

「親愛的曼徹爾，羅賓被殺的當天早上，你在哪裡？」

聽到這話，她的臉上發生了很大的變化。她的臉色發白，嘴唇顫抖，雙手緊緊地扭握著。

她一直躲避著萬斯的眼光，可是萬斯卻緊盯著她不放。

「回答我，你在哪裡？曼徹爾！」他的語氣變得尖銳起來。

「我在……在這裡啊。」女傭回答道，但有點口吃，她仍然不敢看萬斯。

「你是說你在廚房嗎？」

女傭點點頭，似乎已經失去了說話的力氣。

「那麼，你看到德拉卡先生從迪拉特家回來了嗎？」

她又一次點頭回應。

「嗯，好！」萬斯說，「既然這樣，如果你當時在廚房的話，德拉卡從後門玄關走了進來，然後爬上二樓，你不可能完全不知道的，而你卻只是說自己在廚房……我想，你早已經知道羅賓的死訊了，就在德拉卡回來的前幾分鐘……昨天，夫人吩咐你，叫你告訴別人說德拉卡先生是在早上九點才起床的，而附近剛好又有人被殺了，所以你就不由得害怕了起來……我說得對嗎？曼徹爾？」

女傭開始抽泣起來。顯然，不用等到她回答，萬斯就已經將她的心思猜了出來。

希茲斜視著曼徹爾，嘴裡叼著一根香煙。

「看來你是有意要欺瞞我們了！」警官此時非常憤怒，瞪著她說，「我們之前問你話的時候，你也總是胡言亂語。你知不知道，這樣會給我們的破案增添多少麻煩嗎?!」

女傭用求助的眼神看著萬斯，顯得很委屈。

「警官！」萬斯說，「曼徹爾並不是故意那樣做的。況且，現在她已經講了許多真話，這才是我們最想要達到的目的啊！」不等希茲回答，萬斯立刻轉向女傭，用職業化的口吻問道，「每天晚上你都會把通向玄關的門鎖起來嗎？」

「是！每天晚上都會鎖。」女傭坦率地回答。可以看出，她心中的恐懼已經被驅除了，現在，她的臉上浮現出十分平靜的表情。

「那麼你可以肯定，昨晚也鎖了嗎？」

「是的，我可以肯定，是在九點三十分──睡覺之前鎖上的。」

萬斯徑直來到走廊下面，開始檢查那把鎖。

「噢，原來是把彈簧鎖。」他回來的時候，說道，「告訴我，誰擁有這個門的鑰匙？」

「除了我以外，德拉卡夫人也有一把。」

「還有誰會有呢？」

「那就只有迪拉特小姐了，其他人就不可能會有了……」

「迪拉特小姐？」從萬斯的聲音中，可以聽出，他對這個問題表現出了莫大的興趣，就連說話的聲音也不自覺地高昂了起來，「她為什麼會有鑰匙？」

「因為這些年來，她就像是我們家的人一樣──平均一天要來兩三趟。每當我外出的時候，都會將後門鎖上，因此，她來找夫人時，就會非常方便了。」

「嗯！聽上去很有道理。」萬斯表示贊同，「非常感謝你，曼徹爾！」說著，他就走向了後門的玄關。

等我們身後的門一關上，萬斯就立刻指著那扇面向庭院裡的窗子對我們說：「也許你們也已經發現了，這個鐵絲網架其實已經壞了。看，手都可以從這裡伸進來，這樣，就能很容易地將門鈎打開；然後，就可以用鑰匙——德拉卡夫人或迪拉特小姐的——當然，最可能是迪拉特小姐的——輕而易舉地打開這扇門。」

希茲聽完後點了點頭。現在，警官終於明白了，整個事件從現在起，才實際地展開了。但是，不知道馬克漢心裡在想什麼，他默默地走到一邊，一個人在那裡抽煙。等到他再度走回房間的時候，看樣子是已經下定了決心要怎麼做了。但萬斯一把將他的手腕抓住。

「不可以——這樣做是最不可取的！這是最笨的方法！你可千萬不要輕舉妄動啊！」

「噢，那你說現在我們該如何是好呢？」馬克漢揮開了他的手，「德拉卡在說謊，他說自己在羅賓被殺之前，就已經離開了迪拉特家，這太荒謬了……」

「我知道他在說謊。我原本就認為對於那天早上的行動，那個男人所交代的事實太可疑了。不過，我們現在最好不要立刻上樓去和他當面對質，因為也有可能是女傭在自圓其說呢！」

顯然，馬克漢還不了解情況。

「那麼，昨天早上的事又如何解釋呢？八點半女傭準備去叫他的時候，他人在哪裡呢？而德拉卡夫人讓我們相信德拉卡的確在睡覺，這又是為什麼呢？」

「也許夫人去他房裡看過，所以知道德拉卡不在。但是當她聽說史普力格死了，於是想幫助兒子製造不在場的證明。可如果你一定要追究那個男子所說的話的話，就真的太多此一舉了。」

「我可不這麼認為。」馬克漢說，「也許這樣做就可以解決所有的事情。」

萬斯沒有立刻回答他，只是看著柳樹傻傻地發呆。

過了好一會兒，他才低聲說道：「我們不能盲目地採取措施，否則會壞了全局的。你現在所想的，已經被證明是真的了。昨晚來訪的那個人也許想要破壞我們的線索，可能又來二樓走廊下徘徊了。我想，這一次他一定不會只將主教棋子放在門外！」

此時，馬克漢的眼睛裡充滿了恐懼。「你的意思是，假如現在我把曼徹爾的證詞用來指正德拉卡，這樣做反而會害了她嗎？」

「在真相尚未查明之前，我們將會遇到各種各樣的危險。」

此時門被打開了，矮小的德拉卡突然探出個巨大的頭來，瞇縫著細小的眼睛，一副狡猾的表情。他遊移的視線突然定在馬克漢的臉上，之後奸詐地放聲大笑。

「我打擾到你們的討論了嗎？」德拉卡故意斜睨著眼睛說道，「女僕剛剛告訴我，她對你們說在羅賓被射死的那天早上，她曾看見我走過後門。」

「嗯，」像是為了調解氣氛，萬斯故意再抽出一支煙，「沒錯！」

德拉卡用探詢的目光快速掃視了萬斯一眼，用一種蠻橫的表情正對著我們。

「你還有什麼要說的？」馬克漢義正詞嚴地問道。

「我來這兒只是提醒你們，曼徹爾搞錯了。」他說道，「她完全記錯了那天的時間。我幾乎天天從後門進出。不過在羅賓被射死的那天早上，我是從七十五街的街門出來，穿過了射箭場，才到公園散步的，從後門回的家。我告訴你們的才是事實。在聽了我的話後，曼徹爾已經承認她所犯的錯誤了。」

萬斯平靜地聽完了德拉卡的話，隨後以微笑的目光看著德拉卡。

「我想，或許你沒有對曼徹爾說關於西洋棋的事吧？」

他突然抬起頭，大口喘起氣來。臉上顯出扭曲的神色，臉部的肌肉也開始劇烈抽搐，青筋暴起。顯而易見，此刻德拉卡完全失去了自控力，但是還在盡力壓抑著自己的失態。

「我根本不知道是怎麼回事。」他憤怒的聲音穿透在場的每個人的耳膜，「這件事與西洋棋子又有什麼聯繫？」

「請注意，西洋棋有著許多不同的叫法。」萬斯一字一句地說著。

「我還用得著你來教我怎樣玩西洋棋嗎？」他輕蔑地說道，「當然是有許多叫法，國王、王后、城堡、騎士與——」他突然停頓了一下，「主教——」像是耗盡了所有的力氣，他頹然地把頭靠在門柱上說，「真的嗎？這就是你要說的主教嗎？你們真是一群傻瓜，專門泡在小孩子的遊戲裡。」

「我們有充分的證據。」萬斯相當冷靜地說，「這一遊戲的玩法，完全是依照主教行動的安排。」

這時，德拉卡又恢復了常態。

「你們最好不要去找我母親的麻煩。」他警告道，「她可是個喜歡胡思亂想的人。」

「你為什麼要在這種時候提到你的母親呢？」

「你們不是剛和我母親談過嗎？抱歉，我已經聽到了你們的談話內容。恕我直言，你們現在的思路與我母親的被害妄想症非常相像。」

「可是，」萬斯仍然用平靜的語調說，「你母親根本無法對她的那些假設，提出真實的證據。」

德拉卡眉頭緊鎖，迅速地望向馬克漢。「真是蠢透了！」

「什麼？」萬斯深深呼出一口氣說，「你可不要笑得太早！」然後又安詳地說，「尊敬的德拉卡先生，如果你願意告訴我們，昨天早上八點到九點這段時間你的去處的話，這將是我們重大的線索。」

他張了張嘴巴，很快又閉緊了，但過了一陣兒，還是說道：

「我在書房裡——從六點一直到九點半——都在工作。」他停了一會兒，好像在想用什麼樣的措辭會更好，「幾個月以來，我正在研究怎樣把光介入的艾鐵爾線理論搞清楚。這很難用量子力學來說明。教授曾經說我無法一個人完成這項研究。」他的目光邪惡，「然而，昨天早上，當我一睜開眼睛，就突然想到這個問題的因素能夠解決膠著的一些情況，所以才起床到書房去——」

「也就是說你一直在書房裡。」萬斯隨後又說，「這不算是什麼大事。對不起，打擾了！」萬斯向馬克漢遞了個眼色，然後就往玄關那邊走去了。

我們一走到射箭場，萬斯就轉過頭來，微笑著說：「我們一定要盡到保護曼徹爾的責任，如果她有什麼危險的話，我們可就損失慘重了！」

德拉卡如同被催眠了似的，像個木頭一樣站在那裡看著我們離去。

當我們走到離他足夠遠——他聽不到我們說話的距離時，萬斯馬上靠近希茲說：「警官，」萬斯的聲音中暗含著一絲擔心，「我想那個老實的婦人大概並不知道她已經把一條致命的繩索套在了自己的脖子上。說句實在話，我真的很擔心她的安全。我認為你今晚最好派一個人對這棟房子嚴加監視——如果你們在那個後門旁的柳樹下聽到一聲尖叫，請立刻衝進去……希望你會像守護天使那樣保證葛莉蒂．曼徹爾的安全。」

「放心吧。」希茲的臉上顯出一些恐怖的表情，「今天晚上，那個討厭的下棋人會來嗎？」

巔峰對決

四月十二日
星期二
上午十一時三十分

我們緩緩地走向迪拉特家，決定對所有與這次可怕的凶案有關的人進行一次徹底調查。

「但是，我們千萬要謹慎，不能將德拉卡大人告訴我們的事情透露給他們。」萬斯警告說，「也許，那個深夜造訪的主教使者，還沒有覺察到我們是為了昨晚的事而來的。我想，他一定認為那位可憐的夫人絕對不會告訴我們那些話。」

馬克漢並不這樣認為：「你未免把事情想得太嚴重了！」

「你在說些什麼？」萬斯突然停了下來，把手搭在馬克漢的肩膀上，「懦弱——這是你最大的缺點。你喜歡把任何事都想得過於美好，其實你更適合去當一個詩人或者是散文家。但是我和你不一樣，我考慮問題比較實際。我要說的是，那個人在德拉卡夫人房間門口放了主教這顆棋子，絕對不是在玩愚人節的遊戲，而是一種死亡警告。」

「你覺得夫人自己認識到這一點了嗎？」

「我想她知道，她會看到躺在射箭場上的羅賓的屍體，也會看到其他東西——一些她不願意看到的東西！」

一路上，我們再也沒有說過話。我們本來想繞到迪拉特家的正門，但是，當經過射箭室的前面的時候，看到地下室的門是開著的，蓓兒．迪拉特出現在我們的面前，她看上去有點心神不寧。

「我是看著你們從射箭場那邊走過來的。」蓓兒心事重重地說，眼睛直直地盯著馬克漢，「一個多鐘頭前，你辦公室那邊打來電話，他們說一直等著要和你聯絡……」她有些不安，「好像有什麼事情發生了，哦，不過也許不是什麼大不了的……今天早上，我想要去看望五月夫人，在經過射箭室的時候，不知自己是怎麼了，直接走到了放道具的櫃子邊，拉開了抽屜——可是令人吃驚的是，我看到前幾天被偷的那把槍又回到了那裡——並且還和另外一把槍擺在了一起。」蓓兒深深地吸了一口氣，繼續說道，「馬克漢先生，我想應該是有人在昨天晚上又將它放回了原處！」

聽到這個消息，希茲像觸電般挺直了身體。

「你應該沒有碰過它吧？」警官興奮地問道。

「沒有——不過，你為什麼要問這個呢？」

警官看了她一眼，沒說什麼，就徑自走到櫃子跟前拉開抽屜。裡面橫放著一支大手槍，我們前幾天剛剛看到過的，它旁邊還有一支珍珠貝槍把的點32手槍。警官看著這些，眼睛閃閃發光，他小心翼翼地用鉛筆將槍提起，放到眼前，對著光，在槍的前端嗅了嗅。
「輪盤有一個空穴，」他滿意地點了點頭，向我們報告，「這表示，這把手槍最近一定發射過……嗯，這肯定是個重要線索！」警官用手帕仔細地將槍包了起來，放到上衣口袋裡。
「我現在就叫杜柏士過來採集這上面的指紋，再讓海基頓警官檢查一下槍彈的情況。」
「警官，」萬斯用嘲弄的語氣對他說，「我們想要找到的這位紳士，恐怕已經將他的弓和箭都擦拭乾淨了，你覺得他會將指紋留在手槍上嗎？」
「我可沒有像你一樣豐富的想像力。」希茲反駁說，「但這是必須要做的事！」
「不過，你說得也對。」萬斯微笑著說，「很抱歉，我剛才向你澆了一盆冷水！」
萬斯回頭看著蓓兒．迪拉特一眼，「本來我們是要去拜訪教授和亞乃遜先生的。但是，我現在想先和你談談。對了，你有德拉卡家後門的鑰匙吧？」
蓓兒用疑惑的目光打量著萬斯，點了點頭。
「是的，我有，因為經常往來，為了不增加大人的麻煩，所以……」
「我們只想知道一件事，是關於這把鑰匙的，那就是會不會有人明明沒有這把鑰匙，卻暗地裡使用過它？」
「不，這不可能，因為我從沒把它借給任何人，我一直都把它放在皮包裡。」
「你有德拉卡家的鑰匙，這件事大家都知道吧？」
「應該是吧！」她猶豫了一下，「我從來沒有刻意隱瞞過這件事，所以家裡的人應該都知道。」

「那麼，這件事情他們有沒有曾在別人面前提起過？」

「嗯，好像有——但是，我一時想不出確切的名字來。」

「那把鑰匙現在確實在你這嗎？」

聽到萬斯這樣問，蓓兒有些驚訝，她什麼也沒說，拿起小皮包很快地打開，開始用手在裡面摸索。

「當然有了！」她好像鬆了一口氣似的：「就放在我原來放的地方……可是，你為什麼這樣問我呢？」

「我想知道的是，到底誰能夠在德拉卡家自由出入。」萬斯解釋道，接著，他沒有給蓓兒任何發問的機會，就直接問，「鑰匙昨天晚上有沒有離過你的手？也就是說，會不會趁你不注意，被別人拿去用了？」

蓓兒的臉上浮起了恐懼的表情。「啊！究竟發生了什麼？」她叫喊著。

萬斯打斷了她，說道：「請不要擔心，沒有什麼。我們只是想要得到更多的信息，這樣對我們的搜查行動有利。那麼現在你告訴我，昨晚會不會有人偷偷拿走了你的鑰匙？」

「這不可能。」她不安地強調說，「昨晚八點我到劇場去的時候，手提包還一直都在我的身上。」

「那麼，你回想一下，最後一次使用這把鑰匙是在什麼時候？」

「昨天用過晚餐，我就去看望五月夫人，然後和她互道晚安。」

萬斯眉頭緊皺，似乎對蓓兒的回答不是很滿意。

「你是說在用過晚餐之後用了那把鑰匙？」萬斯重複著她的話，「昨天一整晚，手提包都沒有離開過你，是這樣嗎？」

蓓兒重重地點點頭。

「就在我去看戲的時候，皮包還是一直放在我的膝蓋上面。」蓓兒解釋說。

萬斯看了一眼那個皮包。「好吧，鑰匙的事情就先到這裡。」他的語氣變得輕鬆起來，「不過，麻煩你幫我們去通報一聲，我們現在想要去打擾一下你的叔叔。」

「我叔叔不在家裡，他到河邊散步去了。」蓓兒告訴我們說。

「那麼亞乃遜先生呢，他還沒有從學校回來嗎？」

「沒有，不過，他大概會在午飯時間回來。因為星期二下午他都沒有課的。」

「好吧，那我們就趁這段時間先和碧杜兒、派因談一談。如果你現在去看望一下德拉卡夫人的話，我想她會很高興的。」

蓓兒好像有什麼苦衷，勉強地笑了笑，輕輕點了點頭，從地下室的出入口離開了。

希茲很快就把碧杜兒和派因帶到了客廳，萬斯問了他們一些關於昨晚的事情，但是，並沒有得到任何有用的情報。他們兩人都說自己在十點左右就上床睡覺了。他們的房間都是在側面的四樓裡，根本發現不了什麼，連迪拉特小姐從劇場回來的聲音都沒有聽到。萬斯問他們有沒有聽到從射箭場傳來的聲音和午夜時分，德拉卡家玄關紗門被關上的聲音。不過，萬斯知道，問也是白問，因為他們早就已經睡著了。最後，萬斯警告他們，不可以將今天訊問他們的事情告訴別人，然後就將他們打發走了。

五分鐘之後，迪拉特教授回到了家中，他看到我們都在那裡，顯得有些吃驚，不過還是很熱情地招待了我們。

「馬克漢先生，只有這一次你是挑對了時間的。」教授上了樓梯，等我們一行人坐下之後，他從書櫃裡取出了一些酒杯，給我們每人倒了一杯酒。

「如果現在德拉卡在就好了。」教授說，「偶爾，他才會喝一點酒。我喜歡陳年酒。我也經常會勸他多喝一點波爾多酒，但是他總是認為波爾多酒對身體不好，不過我倒是覺得這和身體一點關係都沒有，而且我的痛風症和波爾多酒也沒有關係——他太迷信了！波爾多是一種葡萄酒，波爾多那個地方從來就沒有痛風這種病。我告訴過他，適當的肉體刺激會對人體有幫助的，但是德拉卡從來不聽，他真是個可憐的人。他的精神慾望就是將自己點燃，這真是一個了不起的想法。馬克漢，如果他的身體能夠跟他的頭腦一樣好的話，恐怕早就是一個世界有名的物理學家了。」

「聽他說，」萬斯問，「你不相信他能一個人完成關於光之介入的量子說的修正？」

老人傷感地笑了一下。

「是的。我之所以這樣批評他，是想給他一些刺激，使他能夠付出自己最大的努力。事實上，德拉卡現在正在做的是一項革命性的工作，也許在不久的將來，會有幾個有趣的定理被發現呢！但是，我想你們今天來的目的並不是想知道這個問題吧？那麼，有什麼可以幫忙嗎？或者你們是要來告訴我什麼事的嗎？」

「很遺憾，我們並沒有給您帶來什麼新消息，只是希望再借助您的力量……」馬克漢說得很委婉，好像已經不知道該如何說下去，猶豫了半天，一旁的萬斯趕緊接著他的話說：「在我們昨天晚上拜訪過您後，現在，事情又有了一些小的變化。因為又接二連三地發生了一些事情，所以我們想再一次將府上每個人的行蹤都進行清楚的了解，以便更好地進行搜查行動。也許貴府一些人的行蹤，會對此次事件產生重要影響。」

教授吃驚地將頭抬起，只是簡單地說：「那麼，在我們家裡，你想知道誰的行蹤？」

「並不是一個特定的人。」萬斯回答。

「那麼……」教授取出了煙斗，裝了一根香煙上去，「六點的時候，我和蓓兒、席加特一起用了晚餐；之後，在七點三十分左右，德拉卡和帕第相繼來了。八點蓓兒和席加特一起去看戲，十點三十分過後，德拉卡和帕第就離開了。隨後，我將門窗鎖好，準備在十一點的時候上床就寢──派因和碧杜兒已經先睡了──就是這些。」

「迪拉特小姐去看戲的時候，亞乃遜先生也一起去了嗎？」

「是的。雖然席加特很少去看戲，但是他每次去都會帶著蓓兒一起。他非常欣賞易卜生的作品，雖然從小生長在美國，但是他對挪威的東西還是很喜愛的。他從內心發出一種忠誠的愛國情結。他對挪威文學也非常了解，在這點上，他絕不會輸給任何一個大學教授。葛利格是他最喜歡的音樂家，也是一個挪威人。所以，只要是挪威作家的音樂會或者是戲劇，他一定都會出席的。」

「那麼，他昨天看的一定是易卜生的戲劇了？」

「我想是那部《洛斯梅魯霍姆》吧！現在整個紐約都很流行易卜生的戲劇！」

萬斯點點頭。

「在迪拉特小姐和亞乃遜先生回家之後，你有沒有再和他們見過面呢？」

「沒有。估計他們很晚才回到家的。今早，蓓兒告訴我，說他們在看完戲之後，又到餐廳去吃了夜宵，然後才回家的。等席加特回來之後，你們再向他問問詳情吧？」教授一直都耐著性子說話，看來他對這些問題不感興趣。

「對於昨晚帕第先生和德拉卡先生來訪的情形，你可以再談一下嗎？」萬斯接著說。

「他們大概是傍晚的時候來的吧！他們經常來，也沒有什麼特別的事情。德拉卡為了和我討論量子說的修正事宜，帕第後來也加入了我們的討論。帕第也是一位出色的數學家，尤其是在高等物理學方面，與專家相比都毫不遜色。」

「在蓓兒小姐出門之前，她有沒有和德拉卡先生或是帕第先生碰過面？」

迪拉特教授將煙斗拿開，看起來似乎有些不耐煩了。

「很抱歉，」教授回答說，「我不知道這個問題對你們有什麼作用。」然後，緩和了一下語氣，「當然，如果在我家發生的一些芝麻小事對你們進行偵查工作能夠有所幫助的話，我也很樂意奉告！」教授看了一下萬斯，「昨晚，帕第和德拉卡都曾和蓓兒見過面。還包括席加特，在劇場開演之前，我們還一起在這間房子待了將近三十分鐘，還一起討論了易卜生的才華，德拉卡還說他覺得赫普曼比較優秀，這點還曾引起席加特的不悅呢！」

「八點的時候，蓓兒小姐和亞乃遜先生一起出去了。之後，就只剩下你、德拉卡先生和帕第先生三個人了？」

「是這樣的。」

「你剛才說過，帕第先生和德拉卡先生大約是在十點半鐘離去的。那麼請問，你看到他們兩人是不是一起走的？」

「我只看到他們兩個人一起走下樓梯。」教授回答，「我想德拉卡應該回家去了，而帕第則去了曼哈頓國際西洋棋俱樂部，因為他在那裡有約。」

「似乎德拉卡先生回去得太早了點！」萬斯說，「他是專程來和你討論一個重要問題的，怎麼會那麼早走呢？」

「因為德拉卡覺得有點不舒服。」教授不高興地說，「我之前告訴過你們，他是很容易感到疲倦的。昨晚也是這樣，他的精神又不太好，於是我就催促他早點回去睡覺。」

「嗯！這樣就很吻合了！」萬斯自言自語著，「他剛才還告訴我們，說他昨天早上六點就起床工作了。」

「這真令人感到驚訝。他是個工作狂，只要一想到什麼問題，就要立刻動手擬清。他真是可憐，他根本沒有辦法調節自己的情緒，減少自己對那些消耗他的精力的數字的喜愛。我真擔心他，如果再繼續這樣拼命下去，不知道他的精神會不會受到什麼不良影響。」

不知道為什麼，萬斯突然轉移了話題。

「你剛才說，昨晚帕第和西洋棋俱樂部有約，是嗎？」萬斯點燃了一根香煙，「他告訴過你說，他要去那裡幹什麼嗎？」

教授似乎有點生氣了。

「關於這方面的事情，他足足向我講了一個多鐘頭。現在正來我國進行訪問的名叫魯賓斯坦的棋手，是西洋棋界的天才棋王——他即將和帕第進行一次三回合的觀摩比賽。昨晚是最後一個回合的比賽。比賽從下午二點開始，六點中場休息，八點將再繼續對峙，但是因為魯賓斯坦是某個晚宴的主客，比賽只好延到晚上十一點。帕第在第一回合輸了，第二回合是平局，如果昨晚，他能夠戰勝魯賓斯坦的話，那麼帕第就和他是同一級別的了。帕第和德拉卡正好是在十點半左右離開的。」

「魯賓斯坦是個強大的對手，」萬斯饒有興趣地說，「他在西洋棋界可以算得上是一個大人物了。一九二一年，他在聖西巴斯其安戰勝了卡巴布藍卡，從一九〇七年到一九一七年這幾年，他又曾向握有當時的世界選手權的拉斯卡博士發起挑戰。如果帕第先生能夠打敗對方，那麼他就成了真正的世界級選手了。其實，只要能夠和魯賓斯坦同台競技，就已經是莫大的榮譽了。帕第先生發明了一種著名的下棋方法——定跡下法，但是他暫時還沒有躋身名家行列。我真的很期待昨晚比賽的結果！」

我發現，教授的嘴角逐漸浮現出了一些笑容，就好像是一個擁有超高智慧的巨人，在慈愛地看著孩子們玩遊戲。

「我現在還不知道比賽結果。」教授回答說，「他還沒來過，不過我估計帕第會輸。雖然德拉卡給了他一些指點，使帕第有了信心。德拉卡是個非常謹慎的人，如果沒有十足的把握，他是不會輕易下結論或提意見的。」

萬斯眉毛上挑了一下，說：「你的意思是，在比賽結束之前，帕第就和德拉卡討論過戰況了？這種行為似乎違反規定，甚至還會關聯到參賽者的人格問題。」

「我對西洋棋比賽的規矩不是很了解。」迪拉特教授說，「不過，帕第的做法應該也不算是犯規的。當時他在這張桌上擺了棋，正在思考的時候，德拉卡靠過去看，帕第不准他發表言論。於是，他們才開始談論有關棋譜的事情，所以我覺得這根本不是存心違規。」

萬斯在煙灰缸上按熄了香煙，動作非常謹慎、認真。萬斯的這種表現，其實顯示出了他此刻正在努力地壓抑著自己的興奮之情。

過了一會兒，他起身走到角落的那張桌子旁，上面擺有棋盤。然後，把手放在棋盤上說：「這麼說，德拉卡先生和帕第先生就是在這裡研究棋子了？」

「是的，」迪拉特教授回答得有些做作，「德拉卡坐在帕第對面看他下棋，只要德拉卡一想要發言，帕第就會叫他安靜。十五分鐘過去了，帕第將棋子擺完了，德拉卡告訴他，你這局棋肯定會輸的——德拉卡有自己的看法，他認為帕第的這種走法，表面上看好像對自己有利，實則根本就有許多弱點。」

萬斯用手指不經意地在棋盤上來回走著。然後，他從箱子中拿出兩三顆棋子，然後又將棋子放了回去，這樣做似乎只是為了消遣一下。

「你還記得德拉卡先生說過些什麼嗎？」萬斯沒有抬頭問道。

「我當時根本沒有注意聽——因為我對這種事沒什麼興趣。」他的回答帶有明顯的嘲諷意味，「但是，我記得德拉卡以前說過，只要帕第下手夠快，得勝的可能性會很大。魯賓斯坦一定可以看出帕第的弱點，以為他是出了名的慢手，對待每一個對手都非常謹慎。」

「對於他的批評，帕第有沒有發怒呢？」不知什麼時候，萬斯又走回了自己的椅子旁，又取出一根煙，但他並沒有坐下。

「他當然非常生氣了。因為德拉卡當時的態度很不友好，他認為帕第在西洋棋的事情上太過敏感了。事實上，是德拉卡說了一些話才使得帕第如此氣憤的。但是，我很快便轉移了話題，結果，兩個人又漸漸忘記了剛才的爭吵，在回去的時候，我看倆人又和好如初了。」

之後，我們又在那裡小坐了一會兒，為我們對教授的再次打擾，馬克漢向他表示了歉意。對於萬斯向教授問了一大堆無關緊要的問題，比如帕第下棋比賽的事情，檢察官感到很不高興。一到客廳，他立刻表現出了不滿：「對於你問這裡昨天晚上發生了什麼事情，我可以理解你的用意。但是，對於你問那麼多關於德拉卡和帕第下棋比賽的事情，我就不知道你想幹什麼了。除此之外，你還問了許多廢話！」

「馬克漢！」萬斯看著檢察官說，「我問這些『廢話』自有我的道理。這一點你應該知道的。」

「我知道什麼？」馬克漢的語氣很是尖刻。

萬斯意味深長地看了看走廊那邊，將身子稍稍向前傾了傾，低聲對馬克漢說：「親愛的檢察官大人，我知道在書房的西洋棋子中，唯獨少了一顆主教，我想，這應該就是在德拉卡夫人房外發現的那一顆吧！」

拜訪帕第

四月十二日

星期二

中午十二時三十分

這一消息讓馬克漢興奮不已，他站起來，將雙手背在身後，開始在房裡踱步。而希茲則在一旁大口大口地抽煙，他正努力揣摩著萬斯的心思。

在意見還未統一之前，兩個人就已經從走廊下的後門走到了客廳。蓓兒．迪拉特剛從德拉卡夫人那兒回來便趕到了這裡。

她的眼神裡滿是擔憂，看著馬克漢問道：「今天早上，你對阿爾道夫說過什麼沒有？他好像很害怕。將房門鎖、窗戶的閂子全都仔仔細細檢查了一遍，那樣子就好像是怕強盜來犯似的。他還粗聲粗氣地警告葛莉蒂，一定記得要把大門都鎖好才行。」

「啊！原來他是叫曼徹爾要小心！」萬斯似乎想起了什麼，說道：「這聽起來可真是有趣啊！」

蓓兒很快將視線轉到了萬斯這裡。

「是呀！但是他始終不肯告訴我發生了什麼，看起來神祕兮兮的。最奇怪的是，他竟然一直避免到他母親的身邊……這究竟是為什麼？萬斯先生，我現在感到毛骨悚然呀！」

「我也不知道是怎麼回事。」萬斯聲音低沈，似乎很疲倦，「我想還是不要胡亂猜測比較好，以免說錯話了……」他很快閉起了嘴巴，「就讓我們等著看吧！也許就在今晚，一切就能真相大白了……但是，對於你，其實沒什麼好害怕的。」

萬斯安慰地笑道：「對了，德拉卡夫人現在情況怎麼樣了？」

「她還好。不過看起來仍舊好像是在擔心什麼。我想大概還是和阿爾道夫有關吧！我和她在一起的時候，她一直在談阿爾道夫的事。而且，她還問我，最近有沒有發現阿爾道夫有點奇怪。」

「這些都是很自然的。」萬斯回答說，「但是，你可千萬別被他的那種病態所影響。我們還是換個話題吧！昨晚，在看戲之前，你好像在書房待了大約三十分鐘的時間，我想問，在那段時間裡，你的皮包放在哪裡？」

萬斯的問題令她很吃驚，過了好一會兒，她才慢慢地回答：「當我走進書房的時候，我把它和外套一起放在入口處的一張小桌子上面。」

「你的皮包是帶鎖的吧？」

「是的，因為席加特總是不喜歡穿晚禮服，所以我們一起出去的時候，我通常都會換上白天的外出服。」

「那麼，你除了將皮包放在桌上三十分鐘以外，昨天一整晚，那個皮包都沒有離開過你的手嗎？——那麼，今早呢？」

「吃早飯前，我曾經出去散步，還是帶著皮包去的。回來之後就把它掛在了走廊下的衣帽架上，但是，當十點鐘的時候，我準備去看望五月夫人，又將皮包一起帶走了。而且我還看到那支小手槍又放回了原處，這是發生在去看望德拉卡夫人之後的事情。在你和馬克漢先生來之前的那段時間裡，我的皮包一直都放在下面的射箭室裡，之後就一直帶在身上了。」

萬斯向蓓兒表示了感謝。

「現在，我已經將你的皮包每個時段所放的位置都弄清楚了，關於這件事，以後就不提了，大家將它忘了吧！」蓓兒好像還要問什麼，但是，萬斯不等她開口，就說，「我們問過你叔叔了，他說你昨晚到廣場上的一家餐廳去吃夜宵，很晚才回去。」

「每次我和席加特一起出門的時候，沒有一次回來得很晚。」她像是一個受到母親責備的小孩在反駁一般，「他根本不喜歡晚上出去玩。雖然我請求他晚一點再回來，但是他非常絕情地拒絕了，所以，我們十二點半就到家了。」

萬斯發出一陣怪笑。

「我問了那麼多煩人的問題，對此我覺得很抱歉，對你們的合作我深表感謝……我們現在要去帕第先生家一趟。希望可以從他那兒得到一些有用的線索，我想他這個時候應該會在家吧？」

「一定在家，」蓓兒陪著我們走到了門口，「你們來的前不久，他才剛來過的。他說他有一封信要寫，就匆匆回去了。」

就在我們正要走出大門的時候，萬斯突然停住了腳步。

「噢，對了。我還有件事情忘問你了。昨晚你和亞乃遜先生一起回來的時候，怎麼那麼肯定是十二點半呢？你當時看錶了嗎？」

「是席加特說的！」蓓兒回答，「因為他這麼早就帶我回來，所以我不太高興，一進門，就馬上惡作劇地問他，現在是幾點？他就看了看錶，說是十二點半……」

就在此時，玄關的門突然被打開了，亞乃遜走了進來。看到我們，他有些驚訝，沒多久，他又發現了站在一旁的蓓兒。

「啊，你們！」他側過身子對倍兒叫道，「是憲兵嗎？來抓人了呀？」他向我們投來愉快的目光，「在開什麼會議嗎？看來我們這裡越來越像個警察局了。我來給你們講個故事吧，有一個教師因為嫉妒他的學生史普力格的天賦，所以就親手將他殺死了……怎麼樣？你們來這是為了逼問狩獵女神黛安娜嗎？」

「你不要再胡說了！」蓓兒脫口而出，「他們都是非常有禮貌的人。我正在告訴他們，你多麼可惡——竟然在十二點半就把我帶回家來了！」

「哦，我覺得這樣做比較好。」亞乃遜笑著說，「像你這樣的孩子，怎麼可以在外面逗留到很晚呢！」

「難道你不覺得自己像一個糟老頭在說話？只會一個勁兒地研究那些討厭的數學問題。」蓓兒越說越興奮，笑著跑上了二樓。亞乃遜一直看著蓓兒，直到她消失在樓梯口，才轉過身來戲謔地看著馬克漢。

「不知道你們給我們帶來了什麼好消息？難道你們有了什麼新發現嗎？」亞乃遜邊說邊走向客廳，「我真為失去那樣一個優秀的年輕人而備感惋惜。事實上，他不該取名為約翰．史普力格。」

「很遺憾，我們並沒有帶來什麼新消息，亞乃遜先生。」對於他的這種調侃的態度，馬克漢頗為不滿，插嘴說，「目前情況還沒有任何改變。」

「這樣說來，你們這次來是純粹的社交訪問了？那麼，一起吃飯吧？」

「我們認為有權力以任何方法來調查本案。」馬克漢語氣非常生硬，「所以，我們並沒有義務將我們的行動向你報告。」

「噢？是嗎？那麼現在有什麼事情在困擾著你呢？」亞乃遜依然一副嘲弄的語氣，「我以為我就是一個你們所認可的協助者呢！其實一個人在黑暗之中摸索前進是很痛苦的呀！」他以誇張的姿勢嘆了一口氣，拿出煙斗，說了一句，「現在失去了導航器——俾斯麥和我都為之嘆息啊！」

萬斯聽著亞乃遜的訴說，超然世外般地站在門口，猛抽著香煙，之後，又悄悄地踱回屋裡來。

「馬克漢，剛才亞乃遜先生說得很對。我們之前已經跟他講好了，不管發生任何事情都要通知他。並且他也願意為我們提供幫助。」

「但是，你之前不是說過，」馬克漢抗議道，「叫我們不要提起任何關於昨晚發生的事情，否則可能會有危險發生……」

「是的。我當時完全不記得自己和亞乃遜先生之間的承諾。我相信，他是一個值得信賴的人。」之後，萬斯將德拉卡夫人講述的昨晚她的經歷，告訴給了亞乃遜。

亞乃遜聽得非常認真，嘲弄的表情頓時消失得無影無蹤，而是換上了一副陷入沈思的沈鬱表情。在幾分鐘之內，他都只是拿著煙斗，站在那裡一言不發。

「這是問題的關鍵。」好久之後，他才終於開口表達自己的觀點，「看來現在，我們的定數發生了變化。那麼我們必須從全新的角度出發，來重新計算這條公式。我想，主教一定是在我們中間的。但是，我不明白他為什麼要去威嚇五月夫人呢？」

「還記得嗎？當看到羅賓死亡的那一瞬間，夫人叫了起來！」

「啊！」亞乃遜興奮地站了起來，「我懂了！就在羅賓死亡的那天早上，夫人看到了主教！所以，主教特意回來，想要通過打開夫人房門的方式，給夫人一個警告。」

「大致就是這個樣子吧？那麼現在你的公式中需要用到的整數似乎已經備齊了。」

「那個主教的黑棋子你放在哪裡了？我想看一眼。」

萬斯把手伸進口袋，取出了那顆棋子。亞乃遜將它放在手上，仔細觀察了一番。幾乎就在一瞬間，他的眼眸裡迸發出一種奇異的光芒。他轉動著手中的棋子，之後，將它交還給了萬斯。

「這顆特別的棋子你應該也看過吧？」萬斯心平氣和地問亞乃遜，「你猜對了，這正是從你們書房裡的那個棋盤上拿來的。」

亞乃遜點了點頭。「嗯，我知道，」他說得很快，又望向了馬克漢，眼中的嘲弄表情再次浮現，「之前我一直都裝聾作啞，就是因為這個。兇手真是陰險狡詐啊！竟然能夠將棋子偷偷藏到隔壁家裡去。」

馬克漢起身向走廊的方向走去。

「亞乃遜，你沒有嫌疑。」馬克漢回答，「半夜十二點的時候，主教親手將這顆棋子放到了德拉卡夫人的房門外面。」

「看來，是我慢了三十分鐘？很抱歉，這一定很令你失望。」

「如果你的公式寫好了，請第一時間告訴我們。」在即將走出玄關的時候，萬斯這麼說，「我們現在要去拜訪一下帕第先生。」

「你們要去找帕第？為什麼要去向一位西洋棋專家請教有關這個案子的問題呢？哦，我明白了——你是想單純地直接接觸問題的核心！」

亞乃遜站在那裡，一直目送著我們，直到我們過了街口。

到了帕第家，迎接我們的依舊是他那一成不變的安靜態度。他看上去似乎已經對人生失去了興趣，一切的行為都很機械化。他請我們在書房的椅子上坐下。

「帕第先生，今天來，」萬斯停頓了一下，「是想跟你了解一下有關昨天早上史普力格在河岸公園被殺的事情。需要聲明，從現在起，所有我們問到的事情都是有證據的。」

帕第點了點頭。「不論什麼問題，我都會盡力回答的。我剛剛從報紙上得知，目前你們的偵查工作進行得似乎並不順利。」

「首先，我想請教你，昨天早上，在七點到八點之間的這段時間裡，你人在哪裡？」

聽到這個問題，他的臉上才稍稍地泛起了紅暈，回答說：「當時我還在睡覺，我通常都是九點才起床的。」

「你有沒有早餐前到公園散步的習慣？」我知道，通常萬斯喜歡在調查時問一些自己也不確定的問題。雖然帕第的生活習慣對於我們的整個搜查行動是無關緊要的。

「是的，」他沒有絲毫的猶豫，立馬作答，「但是，昨天早上我卻沒有出去散步──那是因為我在前一天晚上工作到很晚才睡覺。」

「你是在什麼時候聽到史普力格死亡的消息的？」

「在早餐時間，廚子告訴我的。至於對整個案子的了解情形，則是從《太陽晚報》上看到的。」

「那麼今天早上你也一定從早報上看到了有關主教的信的報導了？──對於這件事情，你怎麼看？」

「我根本不知道該說些什麼。」他說著，眼角卻浮現出一抹難得一見的生氣表情，「這真是令人難以置信。就算是用數學上的機率來計算，也絕對不會如此巧合的！」

「是的，」萬斯表示贊同，「說到數學，那麼請問你知道坦索爾公式嗎？」

「當然，」他肯定地回答，「在德拉卡教授所著的一本書中，引用過這個公式，那是一本有關世界線的書。但是，說到我自己的數學和物理學，就有些不一樣了。我現在已經不會再以自己的西洋棋藝而感到驕傲了。」帕第微笑著，可是笑容中卻透出了一絲寂寞，「我現在想成為一個天文學家。為了在精神上獲得更大的滿足，我已經開始投身於天體的研究工作，希望能夠發現新的行星。現在在我的屋頂上，就裝有一架專為天文研究所用的五寸大的天體望遠鏡。」

萬斯認真地聽著帕第說話。幾分鐘後，他竟然開始和帕第教授談論起天文學的問題，他們說到了有關皮卡林格教授最近對處於海王星對面的新星所下的判斷，全然沒有顧及到在一旁的馬克漢和希茲的感受。談話結束之後，他又將話題很自然地轉回到了坦索爾公式上。

「上個星期四，你和史普力格、德拉卡還有亞乃遜三人一起討論坦索爾公式的時候，你們當時是在德拉卡家嗎？」

「是的。我記得很清楚。」

「那麼，你能說說你和史普力格的交情怎樣嗎？」

「我們只是在亞乃遜那裡見過一兩次面而已。」

「好像史普力格也有早飯前散步的習慣，而且他也會去河岸公園。」萬斯不動聲色地問：「那麼，你們在那裡遇見過嗎？」

他的身體似乎有些顫抖，猶豫了好一會兒。

「沒有，從來都沒碰到過。」他終於作出了回答。

萬斯似乎並不在意他的答案，自顧自地站了起來，走到窗戶旁，看著外面的風景。

「不是聽說從這裡可以看到對面的射箭場嗎？但是現在從這個角度看過去，什麼也沒有。」他有意無意地提起。

「是的。事實上，從外面根本就看不見射箭場。因為牆的對面就是一片空地，誰都沒有辦法看到箭場這邊的情況……不過，我覺得可能會有人看到羅賓被殺的現場的情形。」

「是的，我也這麼認為，」萬斯坐回到自己的位子上，「你會射箭嗎？」

「哦，很抱歉，我不擅長這種運動，雖然迪拉特小姐曾經教過我，但是，我卻不能做一個好徒弟，我曾經也和她比賽過幾次。」

說到這裡，帕第的聲音透出一股前所未有的溫柔。雖然我不敢妄下結論，但是明顯感覺得到帕第對蓓兒・迪拉特有著濃濃的愛意。萬斯似乎也感覺到了這一點，在沈默了一會兒之後，才又繼續說：「我能體會你的感受，不過我們並沒有要揭露他人隱私的意思。目前，我們還在就這兩起殺人案件的動機展開進一步的調查。對於羅賓的死因，我們暫時解釋為純粹因爭風吃醋所引起的。如果現在能夠知道迪拉特小姐的選擇，也許可以以此作為我們調查的一個參考。作為他們的朋友，我想你應該會知道一些內情吧？那麼能告訴我嗎？」

帕第不自覺地嘆了一口氣，視線已經飄出了窗外。

「其實我一直認為亞乃遜和蓓兒兩人會結婚。但是，這也只是我單方面的一個猜測而已。我還記得，蓓兒曾經清楚地告訴過我，她在三十三歲之前，肯定不會結婚的。」關於蓓兒‧迪拉特為什麼會和帕第談到這個問題，我想其中的道理是顯而易見的，因為帕第的感情生活和現實生活也許都不算太成功。

「你覺得蓓兒小姐對史柏林的關心是發自內心的嗎？」

帕第使勁地搖搖頭。

「但是，史柏林現在的遭遇，很容易引起蓓兒的同情。」帕第解釋了一下。

「聽迪拉特小姐說，今早你曾去拜訪過她。」

帕第的心情似乎不太好，困惑地說：「我一般每天都會去一趟的。」

「那麼，你應該認識德拉卡夫人吧？」

帕第用充滿疑問的眼神看著萬斯。

「我雖然認識她，但並不是很熟，」他說，「只是有過幾次碰面而已。」

「你曾經去拜訪過夫人嗎？」

「偶爾也會去的，不過每次都是因為要去找德拉卡，因為這幾年來，我開始對西洋棋和數學之間的關係產生了濃厚的興趣。」

萬斯點點頭，問了一句，「聽說昨晚你和魯賓斯坦交手了，那麼請問結果如何呢？今早我還沒看報紙。」

「唉，在四十四回合的時候，我棄子投降了。」他垂頭喪氣地說，「在中場休息的時候，魯賓斯坦已經看出了我在進攻上的弱點。」

「迪拉特教授說過，在昨晚你和德拉卡討論棋盤局勢的時候，德拉卡就斷言會有這樣的結果了。」

我不明白，萬斯怎麼這麼輕易地就把昨晚發生的事情說了出來。不過現在，我可以想像得到帕第此時此刻痛心的感覺。馬克漢眉頭緊鎖地看著萬斯，似乎也在責備他的草率。

帕第坐回椅子上，臉立刻紅了起來。

「德拉卡昨晚說得實在太過分了！」他雖然這樣說，可是卻絲毫沒有怨恨之意。「他雖然不是一個標準的棋友，但卻能夠預言比賽的勝負，這就可以表示出他對西洋棋的規矩是十分熟悉的。不過，說實話，我已經將他的預言銘記於心了。在我自認封手的時候，當時的局勢已經對我有些不利了，而他卻能比我更早地看出對方的心思。並且，他的見解還非常深刻。」他自嘲道。

「勝負是經過多長時間之後才見分曉呢？」萬斯問道。

「昨晚我們只下了十四手，是在過了一點鐘左右，才分出勝負的。」

「當時一定有很多觀眾吧？」

「嗯，雖然時間已經很晚了，但是觀眾還是很多。」

萬斯將手上的煙熄滅，走向了走廊，看樣子好像要走出玄關，但是他又突然站住了，帶著一絲讓人捉摸不透的冷笑直盯著帕第說：「黑色主教昨天夜裡在這裡徘徊過！」

這句話的效果相當驚人。帕第的臉立刻變得僵硬了，他的身體突然向後仰，臉色蒼白，嘴唇輕輕地動著，似乎要說什麼，但始終一句話也沒有說出來。看得出，他在極力克制自己的情緒，一會兒之後，他才踉蹌著走到門口，打開門，在那裡等著我們自動離開。

我們行駛在河岸大道上，準備將車停在七十六街德拉卡家門前，馬克漢轉向萬斯，質問他剛才為什麼要問帕第那些話。

「這個嘛！」萬斯解釋說，「我本來想嚇一嚇帕第的，想了解一下他到底知道多少內情；但是，結果卻出乎我的意料！他反應那麼強烈，這讓我感到驚訝。我不知道這其中會有什麼緣由——真的不知道……」

萬斯立刻陷入了沈思當中。當車子駛過位於七十二街的百老匯劇場時，他突然直起了身子，對司機說，請他把車開到夏曼廣場飯店去。

「我想要弄清楚帕第和魯賓斯坦昨晚比賽的詳細情況。這沒有什麼特別理由——只是想這麼做而已。在聽教授講這件事的時候，我就已經想這麼做了。從十一點到一點——這麼短的時間，要收拾四十四的比賽殘局應該是不容易的。」

於是，車子在阿姆斯特丹街與對號街角轉彎，之後停了下來。萬斯下了車，立刻進入了曼哈頓西洋棋俱樂部。五分鐘後，他回來了，手上拿了一張字條，上面寫滿了字。不過他的臉上並沒有興奮之情。

「也許這只是我的臆測，不過還是很有趣的。」萬斯說，「我觸礁了。剛才我跟俱樂部的書記已經談過了，他說，昨晚的比賽一共進行了二小時十九分鐘。這場比賽相當精彩，每個人都施展著自己的絕技，是一場心理和棋藝的雙重較量。直到十一點半左右，帕第似乎有贏的趨勢，不過魯賓斯坦在經過了一番思考之後，終於將帕第的攻勢瓦解了——正如德拉卡之前所預言的那樣。可以說，他是一個很有眼光的預言家……」

萬斯對於目前所掌握的情況並不滿意，接著他又說：「和書記談話的時候，我突然想到了一個好辦法。於是我向書記借了昨晚比賽的棋譜，將它抄在紙上，想要拿回去好好研究一番。」

萬斯將寫有棋譜的紙折好，小心翼翼地放到自己的皮包裡。

駝背的憂鬱

四月十二日星期二——四月十六日星期六

午飯後，馬克漢和希茲依然停留在下街。他們知道，將要面對的是一個繁忙的下午。馬克漢本來要做的日常事務已經不少了，現在又加上羅賓和史普力格兩起命案，所以他真是忙得不可開交，不但要同時指揮兩個不同的搜查單位，要整理相關的報告和應付上司的質詢，還要對付一大群新聞記者。萬斯和我則去了妮多拉畫廊，欣賞了一場法國現代繪畫展，後來又到陽光茶藝中心喝了下午茶，直到晚飯的時候，才來到史蒂文森俱樂部，馬克漢正在那裡等著我們。而希茲警官和莫蘭警探也在八點三十分趕到，於是，我們舉行了一次非正式的會議。這次會議一直持續到半夜才結束，可是最終也沒能得到具體的結論。

到了第二天，同樣的，除了失望之外，我們什麼也做不了。從杜柏士警官的報告當中得知，他們並沒有從希茲拿去的那支手槍上檢查出任何有關指紋的證據。不過，貝席思警官證實了，那把手槍和射殺史普力格的是同一支。但是對於我們來說，這個已經被確定了的事實也只能當做證明來用，並不能為我們的調查提供任何新的線索。據被安排在德拉卡家後面進行監視的部下回報，他們並未看到有人出去，也沒有看到有人進入。晚上十一點的時候，所有的燈都熄滅了。到第二天早晨，直到僕人開始工作之前，屋子裡沒有一點動靜。剛過八點，德拉卡夫人出現在庭院裡。九點三十分的時候，德拉卡從大門出來，在公園裡看了大約兩小時的書。

兩天過去了，德拉卡家依然在警方的監視之下，帕第也被嚴密地監視了起來。在德拉卡家後門的柳樹下面，每天晚上都有一名刑警在那裡進行監視工作。但是，仍然沒有任何事情發生。無論警察們怎樣不辭辛勞地進行搜查，可那些看起來很有希望的線索，卻一個接著一個地全部自動消失了。馬克漢和希絲也都很擔憂。更使他們感到泄氣的是，報紙上接二連三地用刻薄的言辭報導警察總局和地方檢察局的無能，致使這兩起轟動一時的凶殺案的偵破工作毫無進展，並且還醜態百出，於是有逐漸向政治問題演變的趨勢。

萬斯又一次拜訪了迪拉特教授，概括地談論了此次事件。此外，星期四的下午，他還與亞乃遜談了一個多小時。他希望用數學公式作為出發點，或許能夠引出一些重要的線索來，使整個案情獲得一個新的進展。然而，對於此次的談話，萬斯覺得很不滿意，因為他知道，亞乃遜並沒有對他坦誠相告。萬斯還兩次去了曼哈頓西洋棋俱樂部，想看看帕第會不會向他吐露一些真實的情況，但是兩次都遭遇了帕第的冷漠對待，帕第始終守口如瓶。我感覺萬斯好像根本沒有要和德拉卡、德拉卡夫人聯繫的意思，於是就問他，為什麼這樣做。萬斯回答說：「事情發展到現在，已無法從他們身上獲得任何線索，因為他們兩個人各自都有所顧忌，還有點膽怯。不管怎麼樣，在沒拿到確鑿證據之前，詢問他們兩個，對我們來說只是有百害而無一益。」

沒想到，萬斯所說的這個確鑿的證據，在第二天就出現了。於是，我們就可以開始進入搜查工作的最後階段了——這個最後階段實在太慘忍了，那場可怕的悲劇，恐怖到了根本無法用言語來形容的地步；再加上其中蘊涵的怪異至極的情調，即使是在幾年之後，我坐在桌前寫這份報告的時候，仍然會覺得所發生的這一切都是那麼荒唐、邪惡，如夢魘般醜陋，簡直令人難以置信。

星期五的下午，馬克漢彷彿陷入了徹底的絕望之中，再度召開了一次會議。亞乃遜也被邀請參加。四點的時候，我們一起來到古老的刑事法庭大廈，在地方檢察官的辦公室見了面，之後，發現莫蘭警官也在那兒。

在會議進行的過程中，亞乃遜一直沈默不語，這與他往日的聒噪完全不同。他專心致志地傾聽著所有人的發言，卻儘量避免發表意見，即使是萬斯直接問他問題，他也是用這種態度來回答。

會議進行了半小時之後，史懷克悄悄地走了進來，將一張看起來像自白書的東西放在了馬克漢的桌子上面。馬克漢低頭看了一眼，隨後皺起了眉頭，又在兩張印刷的專用紙上很快地簽下了自己的名字，然後將它交給了史懷克。

「填寫好之後，趕快拿給警官。」馬克漢命令道，直到祕書離開之後，他才開始向我們解釋史懷克進來打擾的原因。「剛才，史懷克進來說，史柏林提出要求，要跟我當面談談。或許，他有什麼重要的情報要說吧！我想，此時此刻，最好還是見見他。」

約莫過了十分鐘，史柏林被帶了進來。他微笑著同馬克漢打了招呼，又客氣地朝萬斯點了點頭，還向亞乃遜彎腰鞠躬──我感覺他的行為有些不自然──他一定對亞乃遜出現在這裡感到很意料，也很困惑。馬克漢隨即示意他坐下，接著，萬斯拿出了一根香煙。

「馬克漢先生，我有幾句話想跟你說。」史柏林戰戰兢兢地說，「我想，也許這件事多少對你們有些幫助吧！……還記得嗎？你曾經問過我，和羅賓一起在射箭場的時候，還有德拉卡和我們分手時，是往哪條路走的。我當時說只知道那個人是從地下室的出口出去的……不過後來，我經過長時間的思考，將那天早上所發生的事情，一幕一幕都想了起來。到現在，大部分事情都被弄清楚了，不過，我實在不知道該怎麼說才好。但是，我還是覺得想起來的事情一定要跟你說一下。」

史柏林說完，低頭看著地板，沈思片刻才抬起頭來，繼續說：「我之所以請求與你見面，是因為我突然想起了和德拉卡先生有關的事情。回想起和羅賓講話的情景。突然，腦海中閃過後窗的景象，接著，我就想起了那天早上，因為想要外出旅行，所以我就探出頭去，想看看天氣怎樣，就在這時，我看到德拉卡先生正在自家庭園的花草叢中。」

「那是什麼時候的事？」馬克漢問。

「就在我跑到停車場幾秒鐘之前。」

「你是說，德拉卡先生並沒有從宅子出去，而一直坐在花草叢中，到你離開的時候都是在那裡的嗎？」

「看上去是這樣的。」史柏林似乎有些不敢肯定。

「你確定自己看到了那個人？」

「是的。我直到現在還記得非常清楚。並且，我清楚地記得他將腳放在身體下面，還擺了一個很奇怪的姿勢。」

「你敢對天發誓嗎？」馬克漢語氣凝重地問道，「你要知道，你的證詞很可能關乎到一個人的性命！」

「我發誓。」史柏林回答得很乾脆。

隨後，治安人員將他帶到了犯人房間。

馬克漢看著萬斯說：「似乎有點眉目啦！」

「嗯！僕人的證言並沒有太大的價值。德拉卡曾經很乾脆地予以否定。對那個女人來說，只要是對主人有危害的事情，就一定會附和主人的話。這個對我們來說，剛好可以作為有力的武器。」

「我看，」馬克漢在沈默很久之後，終於開口了，「對於德拉卡來說，這可以算是致命的證據了。在羅賓被殺的前幾秒鐘，那個男的待在迪拉特家中。所以，他很容易看見史柏林回來，那麼在此之前，在同迪拉特教授分手道別的時候，他也會對迪拉特家其他人是否外出的情況有所了解。而德拉卡夫人之前說過，那天早晨她從窗戶向外望去，什麼都沒有看到，然而，就在羅賓被殺的時候，她卻發出了尖叫聲，而當我們就此詢問夫人的時候，她明顯有些慌亂，還對德拉卡說我們都是敵人。我覺得夫人在說謊，當羅賓的屍體被放到射箭場之後，她很快就看見德拉卡回來了。其實在史普力格遇害之時，德拉卡並不在家裡。因此，那個男的同他的母親都對我們隱瞞了事情的真相，並且還加以狡辯。當我們一談到殺人事件的時候，德拉卡總是顯得異常興奮，好像他自己跟整個事件有著某種聯繫。事實上，那個男人在好多方面都值得懷疑。而且，他還是個精神不正常的人，情緒也不穩定，這些從他經常玩小孩子的遊戲也能夠看出來。據巴斯帖醫生所說，那個男人會將幻想同現實混雜在一起，當他處於精神錯亂的狀態下，就有可能做出犯罪行為。他不但能夠熟識坦索爾公式，並且當亞乃遜提及史普力格的事情的時候，他曾有點不對勁，這也許跟史普力格有什麼關係吧！主教的字條，也許是那個男人精神病發作的遊戲吧！——所有的孩子，對於新的遊戲，總是饒有興致的。至於為什麼會選擇『主教』這個詞，我想，大概因為他對西洋棋特別感興趣的關係吧！——用這個署名來愚弄人，使人們困惑。依照這個推論，就可以解釋『主教』的棋子出現在他母親房門外的事實了。那個男人，因為怕母親會在那天早晨看見自己，為了不讓母親公然說出自己是兇手，只好用這種辦法讓母親沈默了。從內側將走廊紗門打開，這麼簡單的事情，就算是沒有鑰匙也很容易做到。如此一來，就可以進行一個暗示，說明『主教』棋子的主人是從後門進出的。此外，那晚，在分析比賽情況的時候，他輕而易舉地從書房將主教的棋子拿了出來，對他來講，是很容易做到的……」

馬克漢將自己對德拉卡的懷疑，一一加以說明。

可以看出，他的這些分析理論，是經過長時間思考論證得出的。這樣詳細的結論，是他根據目前所掌握的證據得來的。這裡面集合了所有的主要因素，沒有採用任何假設的方法，這一點實在令人驚訝。馬克漢說完，大家都陷入了沈默當中。

過了一會兒，萬斯起身走到窗邊，似乎是為了緩解一下由於思考給自己帶來的緊張情緒。「馬克漢，你的想法也許是對的。」萬斯首先對檢察官的觀點表示了認同，「但是，對於你剛才所得出的結論，我第一個想要反對的地方，就是我覺得其中對德拉卡不利的證據好像太多了。剛開始的時候，我也曾經懷疑過那個男人，並且認為他的嫌疑是最大的。但是，越是看到周圍的情形對那個男人不利，我越是將他的可疑性降低了。試想一下，能進行如此凶殘的謀殺計畫的頭腦，一定是非常聰明的，並且他還能夠讓德拉卡產生諸多不利的情況，從而使證據落入你的手中，那麼他就不僅僅是聰明瞭，而是宛如惡魔般的狡猾。德拉卡的智商很高——不管是理性還是知識，都超乎常人很多。但是，如果兇手是他的話，他又怎麼會留下這麼多的漏洞，而給他自己造成諸多不利線索呢？」

馬克漢顯然有些不快：「從法律的角度來看，我們不應該因為案子進行得順利而認定其結論就是不可靠的！」

「但是就另一個方面來看，」萬斯不顧馬克漢的反駁，繼續著自己的演說，「即使德拉卡不是真正的兇手，但是，我們也很容易知道，他顯然與此事有著直接的、重大的聯繫。雖然僅僅是微不足道的提案，但是，我們卻可以試著從那個男人身上將重要情報引出來……把史柏林的證言，作為一個好的開端……亞乃遜先生，你覺得怎樣？」

「我沒有意見，」亞乃遜回答，「我只是一個毫無關係的旁觀者罷了。不過，我可不願意看到那個可憐的阿爾道夫被關進監獄啊！」亞乃遜雖然沒有表態，但是很明顯，他是同意萬斯的看法的。

希茲站起來了，「這個可惡的傢伙，我一定要想辦法讓他說實話，給他點苦頭嘗嘗！」

「看來事情變得越來越麻煩了。」莫蘭警官提出了異議。

「我們絕不能有任何閃失，如果只是聽信德拉卡的一面之詞就胡亂抓人的話，萬一抓錯了，我們會被眾人恥笑的。」

馬克漢點了點頭。「首先，應該將那個男人帶到法庭上來，試著讓他卸下心裡的包袱，將實情講出來。我們應該採取所謂人道的勸告，那麼就先用傳票將他找來吧！到時候，他如果還是不肯實話實說，那麼就有勞警官帶他到拘留所去。」

馬克漢正襟危坐，一直猶豫不決，無法立下決斷，不停地用指頭敲擊著桌面，機械地抽著煙，煙霧包圍了他的整張臉。終於，他抬起頭來，轉向希茲。

「明天上午九點，將德拉卡帶來。如果他抗議，就用警車和空白傳票將他押送過來！」馬克漢嚴肅地說，「然後，看看那個傢伙說些什麼，再下決斷吧！」

會議直到五點才結束。萬斯、馬克漢和我一起來到史蒂文森俱樂部。亞乃遜一個人坐地鐵回去了，他在同我們告別時，幾乎一言不發，這和他以往的能言善辯大相徑庭。吃過晚飯，馬克漢說有些累了，於是，我們就陪他去梅多倫波利達歌劇院看了一場歌劇。

第二天清晨，霧色濃重。七點半的時候，柯瑞叫我們起床，萬斯打算再見見德拉卡。八點，我們用完早餐，之後，就出發了。因為途中塞車，等我們到達地方檢察局的時候，已經是九點十五分了。但是，德拉卡還沒有來。

萬斯坐在皮椅上，悠閒地點了一根香煙。「今天早上，我們要提起精神，好好來幹一場了。」他說，「一定要讓德拉卡把他知道的事一五一十地說出來，如果他說的和我想的是一樣的話，那麼，就可以將保險箱的號碼組合起來了。」

話還沒說完，希茲就飛奔了進來，直衝到馬克漢跟前，舉起雙手，然後才鬆弛地放了下來，一副無可奈何的樣子。

「檢察官先生，對德拉卡的詢問不可能進行了——不只是今天，以後都沒有機會了！」警官的話令人感到非常意外，「昨天夜裡，那個男人從他家附近公園的石壁上摔了下來，連頭骨都摔碎了，直到今早七點，才被人發現。現在，他的屍體已經被送進了太平間……實在是沒有想到啊，竟然會發生這樣的事情！」警官坐了下來，看上去似乎已經精疲力竭了。

馬克漢看著警官，似乎不敢相信他說的是真的。

「你確定嗎？」這件事情來得太突然了，馬克漢不得不再問清楚一些。

「從辦公室出來之前，一轄區的派出所給我打電話，說在屍體被運走之前，他們已經派人到那裡看過了，已經清查過了，並且把能找到的證據都蒐集了起來。

「沒有重大的發現。早上七點左右，孩子們在公園裡發現了一具屍體——那一帶小孩很多，並且今天是星期六。接到報案後，轄區的警察很快趕到，同時呼叫了法醫。據醫師說，德拉卡的死亡時間是在昨晚十點左右，死因是從石壁上摔下來——立即死亡。那個石壁——就在七十六街正對著的地方——高有三十英尺以上，最高處沿著騎馬跑道，如果是從那裡摔下來的話，頭骨不裂才奇怪呢！經常有小孩子在上面走來走去，看上去真是太危險啦！」

「你們通知德拉卡夫人了嗎？」

「暫時還沒有。我告訴派出所那邊，說這事由我來處理，不過，我想先到這裡來，聽聽你們的意見。」

「對於這件事情，我們也幫不上什麼忙。」

「這件事情，還是讓亞乃遜知道比較好。」萬斯提議，「那個男人，多半是要負責善後的……馬克漢，這件事情簡直就像是一場噩夢。德拉卡，本來是我們最重要的證人，可是卻在我們要讓他開口講話的時候，從石壁上摔了下去——」說到這裡，萬斯突然停住了，「從石壁上……」萬斯不斷重複著這句話，似乎想起了什麼，突然從坐椅上跳了起來，「那個駝背的男人從牆上掉了下來……那個駝背的男人……」

萬斯看上去像發瘋了一樣，兩眼發直，如同看到了一個可怕的幽靈，臉上那種恐怖的神情，讓人毛骨悚然。終於，他慢慢轉向馬克漢，用一種怪異的聲音說：「這又是瘋子的一場鬧劇——還是那首鵝媽媽的搖籃曲……不過這次換成了《駝背的憂鬱》！」

接著，現場陷入了一陣驚人的沈默。之後，警官爽朗的笑聲打破了沈靜。

「萬斯先生，你這樣說是不是太過牽強了？」

「荒謬，荒謬至極！」馬克漢似乎並不在意萬斯的話，直盯著他，說，「你呀！對這件事情也太過敏感了，只不過是一個意外事件罷了，一個駝背的男人，從公園石壁的最高處意外摔下來。當然，這確實是件很不幸的事情，尤其是發生在這個時候，更是雙重的不幸。」檢察官來到萬斯身旁，將手搭在了他的肩上：「這件事，警官跟我會去處理的。就讓我們來處理吧！畢竟這種事我們見得多。至於你，還可以像往年一樣，到春天的時候就外出旅行散心吧，好好去休息一下。何不今年去一趟歐洲呢！」

「對啊！」萬斯長長地舒了一口氣，疲憊地微笑著，「海邊的清新空氣，一定會對我大有裨益，它能使我恢復理智，讓我從渾渾噩噩中清醒過來，把留在腦海裡的一切不快統統忘掉……這場恐怖悲劇的第三幕，幾乎就發生在你的眼前，可是你卻想無視它的存在！」

「我看，你的心智一定是被你的想像所蒙蔽了。」馬克漢克制住自己的不耐煩，回答他，

「好了，不要再為這件事操心了！今晚我們一起吃飯，有什麼話，到時邊吃邊談吧。」

這時，史懷克走了進來，向警官報告。

「警官，《世界日報》的記者奇南說要見你，他已經在門外等候了。」

馬克漢把臉轉向他。「好！快請他進來吧！」

奇南快步走進辦公室，熱情愉快地同我們所有人揮手打招呼，隨後，將一封信交到了警官手上。「這應該又是一封情書吧——今早剛剛收到的——看起來似乎很大方，有什麼值得保存的嗎？」

希茲當著我們的面把信拆開。很快，我們就注意到，這封信也是用淡綠色的信紙寫的，上面依然是精緻的字體。信上寫著：

——憂鬱的駝背，坐在城牆上面。

憂鬱的駝背，從高高的城牆上摔下來。

國王的馬兒和侍從都趕來了。

憂鬱的駝背，不會再回家了。

在信的末尾，依然像以往一樣，用大寫字母赫然簽上了那個不祥的名字——主教。

長明燈下的死屍

四月十六日
星期六
上午九時三十分

因為希茲之前和新聞記者們約定過，所以現在不得不將奇南送走了。也許是因為緊張，辦公室裡接連幾分鐘都沈默著。「主教」再度製造了恐怖事件。事件發展到現在，已經演變成了三重令人恐怖的命案，而對於問題的解決似乎還遙遙無期。但是，給我們打擊最大的，不是對破案失去了信心，而是感受到了這起凶案中所彌漫出來的獨有的恐怖氣氛。

萬斯看上去心情非常沈重，不停地在屋裡走來走去，終於，他抑制不住內心的憤恨，脫口而出：「實在太可恨了！馬克漢——這個傢伙的惡劣行徑，簡直已經到了無以言表的地步……你想想看，在公園裡玩耍的那些孩子們——他們一向都在那做遊戲，可是今天一大早，他們起床沒多久——還沈迷在遊戲的愉悅之中……突然，眼前發生了如此殘酷的一幕——以最恐怖、最具壓倒性的力量，將他們的美夢吹得無影無蹤了——你說，這是不是太過殘忍了？孩子們驚訝地發現，那個憂鬱的駝背——一向同他們一起玩耍的駝背——竟慘死在熟悉的圍牆下面——即便用力搖晃他，在他身旁大聲哭泣，憂鬱的駝背，他那彎曲的、支離破碎的身體，卻再也無法活過來了……」

萬斯停在了窗邊，眺望著窗外的景色。此時，濃霧已漸漸散開，和煦的陽光照耀在灰色的石頭上。遠處，紐約保險公司的金色鷲形招牌在陽光的照耀下閃閃發亮。

「不過，不可以這麼輕易地陷入感傷，」萬斯轉身面向屋內的人們，勉強微笑著說，「感傷會使人喪失思考的能力，並且還會蒙蔽人內心理性的一面。德拉卡絕對不會這樣白白犧牲的，他一定能夠指引我們，給我們以幫助。現在，大家好好振作起來，一起狠狠地幹一場吧！」

萬斯激勵的話語，很快就緩和了剛才沈痛的氛圍，如同是給大家注射了一劑興奮劑，把大家從頹唐的狀態中喚醒。馬克漢打電話叫來莫蘭警官，又指派希茲親自負責調查德拉卡一案。然後，又打電話拜託法醫盡快將驗屍報告送來。希茲此刻看起來精神飽滿，他站起來，一口氣喝下三杯冰水，之後，用力跺了一下腳，將帽子向上拉了拉，等待著檢察官下令。

馬克漢絲毫沒有懈怠，立即開展了各項工作。

「警官，你應該已經派人在德拉卡和迪拉特家監視了吧！那麼，你今早跟他們其中的哪一位談過話呢？」

「我還沒來得及找他們談話。不過，我已經交代下去了，要他們一直等到我回去才可以離開。」

「那法醫是怎麼說的？」
「他只是說德拉卡大概是在十小時前死的……」
萬斯插嘴問：「除了說他的脖頸折斷以外，還提到頭蓋骨破裂了嗎？」
「雖然沒有提到頭蓋骨破裂，但是，他說死者摔下去的時候，是後腦先著地的。」希茲喃喃自語，「果然又是頭骨破裂——這和羅賓、史普力格的死狀相同。」
「這是當然！我們這位兇手慣用的殺人方法，是既簡單而又最有效的。為了盡快置對方於死地，首先要在目標者頭部狠狠一擊。似乎事先已將木偶在這一齣戲裡的角色選好了。可以肯定，在德拉卡從石壁上朝下看的時候，兇手從後面給了他致命的一擊。只要稍微抬高一下，德拉卡就這樣悄然無聲地從牆壁上滾了下去——如此一來，在鵝媽媽的祭壇儀式上，就又增添了第三個冤魂。」
「太可惡了！」希茲火冒三丈，咒罵道，「在德拉卡家後門監視的那個傢伙就是其魯霍伊，昨天德拉卡一晚上都不在家，為什麼他沒有向我報告？我出門的時候，其魯霍伊還沒到警局，所以我還沒有和他碰面。那麼現在我們就將他叫過來，先來聽聽他怎麼說吧！」
馬克漢也同意這麼做，於是希茲立刻打電話將其魯霍伊叫了過來。十分鐘之內，其魯霍伊就飛奔而來。他剛一進門，警官立刻就撲上去質問他。
「你知道昨晚德拉卡是什麼時候出去的嗎？」
「大概是吃過晚飯後，八點鐘左右。」其魯霍伊戰戰兢兢地回答。

「他到哪裡去了？」

「我看見他從後門出來，經過射箭場，後來又從射箭室出來，到迪拉特家去了。」

「他去迪拉特家是一般性的串門子嗎？」

「我想是吧！警官。他在那裡待了很長時間。」

「嗯，那麼，他是在什麼時間回家的呢？」

聽到這個問題，其魯霍伊似乎有點忐忑不安、不知所措了。

「這個……我……我想他沒有再回家，警官。」

「什麼！你想他沒回家？」希茲語氣極具諷刺意味，「難道一個頸骨折斷的人，還會回家再跟你過上一天嗎？」

「警官，我是想說……」

「你想說的是，德拉卡——那個你負責監視的傢伙——八點鐘去迪拉特家拜訪，而你呢？是不是就一直坐在大樹底下，舒舒服服地睡了一覺……那麼請問，你是什麼時候醒過來的呢？」

「不！警官，請聽我說，」其魯霍伊情緒激昂，「我昨天一整晚都在認真執勤，絕對沒有睡覺，更沒有玩忽職守，不能因為碰巧沒有看到那個男的回家去，就說我偷懶！」

「噢？是嗎？那麼，如果你沒有睡覺，那麼在沒有看到那個傢伙回家的情況下，為什麼不立刻向總局報告？」

「我想，他一定是從正門回去的。」

「又是你想！你今晚怎麼總是說『我想』，你的腦袋是不是進水了？」

「警官，請稍微替我考慮一下吧！我接到的任務裡並沒有跟蹤德拉卡這一項。你之前只命令我監視他家，留意人員的進出情況，還有就是在遇到麻煩的時候及時上前處理。因此，我現在就要來談談昨晚都發生了些什麼。首先，八點鐘的時候，德拉卡出門去了迪拉特家。然後我就繼續在德拉卡家監視，一直緊盯著他家的窗戶。在九點鐘左右，我看見僕人爬上了二樓，之後，她就把房間的所有燈都點亮了。又過了三十分，亮光全都熄滅了，我當時認為他們家的人可能都已經入睡了。然後，一直到大約十點的時候，我又看見德拉卡房裡的燈亮了——」

「什麼？」

「我是說，我看見德拉卡房間裡的燈，大約在十點的時候被點亮了，並且還看到裡面有人影晃動——因此，我才會以為是那個駝背從前門回來了。請問警官，如果您看到這種情況，難道不會這樣認為嗎？」

「也許我也會這麼想，」警官承認了這一點，「那麼你能確定是十點鐘嗎？」

「我當時並沒有看錶。不過，是十點鐘，肯定錯不了。」

「那麼，你看到德拉卡房間裡的燈，是在什麼時候熄滅的？」

「一整晚都點著，沒有熄滅過。我當時想，那個傢伙真奇怪，好像一點時間觀念都沒有。

到目前為止，我看見過那個房間有兩次都將燈一直點到將近天亮。」

「噢，原來是這樣啊！」萬斯的語氣很輕鬆，「最近，我們要處理的難題太多了——不過話又說回來，其魯霍伊，你昨晚看到德拉卡夫人房裡的燈光，是怎樣的情形呢？」

「和以往一樣。那個阿婆，總是在房間裡點上一整夜的燈。」

「昨天晚上，負責監視德拉卡家正門的是誰呢？」馬克漢向希茲警官詢問。

「白天派了一個人一直在跟蹤德拉卡，不過，六點以後就沒有了，因為後來派其魯霍伊去後門監視，先前的那個人就被撤了回來。」

突然，大家都不吭聲了。過了一會兒，萬斯轉向其魯霍伊。

「昨晚，你所處的位置，離那兩間公寓巷口有多遠？」

其魯霍伊沒有立刻作出回答，似乎正在回想當時的情形。

「大概是四十英尺到五十英尺之間的距離吧！」

「這麼說，在你和巷口之間，有一些鐵柵欄或是樹枝遮擋著吧！」

「是的。是有些遮擋視線。」

「如果有人從迪拉特家的方向走過來，而你剛好又沒有留意到，那麼，這個人是不是就能從那個出入口自由進出呢？」

「這種情況也可能會發生，」刑警承認，「當然，如果昨晚那個傢伙知道有人在監視，而想刻意逃避的話。當時霧色濃重，周圍的光線也非常暗，並且還有很多汽車來來去去，噪音也很大，只要那個傢伙夠警覺，就一定可以悄無聲息地進行他的行動。」

接著，警官命令其魯霍伊回總局待命。而萬斯對剛才其魯霍伊所說的話似乎存在疑問，他闡明瞭自己的看法。

「看起來，情況更加錯綜複雜了，德拉卡是八點的時候到迪拉特家的，結果十點就被推下公園的石牆了。從剛才奇南拿來的信中可以看到，上面的郵戳蓋的時間是十一點。可見，兇手在行凶之前，就已經將這封信打印好了。也就是說，主教總是喜歡把一齣戲的情節先寫到劇本上，將持續寄給報社的信也都事先準備好。這種做法實在是太大膽了！但是，從這裡我們也可以推斷出，兇手對德拉卡從八點到十點這段時間所處的位置瞭如指掌，並且可以據此預定行動。」

馬克漢說：「那麼，依據你的這個理論，兇手應該是從巷口進出的。」

「不！事實上，我的理論並不能說明什麼。我剛才之所以問有關巷子的事情，是想知道除了德拉卡，還有誰從公園走出來過。根據目前我們所掌握的情況來看，我們可以大膽地進行假設，凶犯也許是為了掩人耳目，穿過巷子，然後從街區中央地帶進入公園的。」

「如果兇手是通過某條馬路……」馬克漢的聲音聽起來很沈痛。

「就算他和德拉卡一起走出來，那也不是什麼問題。」

「你說得對。正在表演的這個狡猾的傢伙，說不定就大搖大擺地從警察的嚴厲警戒之下走進公園，也可能是從小巷子悄悄潛入的。」

馬克漢點點頭。

「但是，我覺得最不可理喻的是，」萬斯繼續說著，「為什麼那天晚上德拉卡房間的燈一直是亮著的呢？並且幾乎就在那個可憐的男孩與世長辭的同時，房間的燈便亮了起來。據其魯霍伊所說，燈被點亮之後，還有人在裡面走動……」

萬斯突然停了下來，沈思了幾秒鐘。「啊！警官，當德拉卡的屍體被發現時，你知道在他的口袋裡，是否有大門的鑰匙？」

「這個我不清楚，不過想知道的話，可以立刻打個電話問問。在屍檢之後，他口袋裡的所有物品都被保管起來了。」

希茲立即撥通了六十八街派出所的電話，找到了內勤警官。可是過了好幾分鐘後，他似乎很不高興地將電話掛斷了。「他說一把鑰匙也沒看到！」

「啊！」萬斯深深地吸了一口煙，慢慢地吐了出來，「照目前的情況來看，我們可以斷定，是主教將德拉卡的鑰匙拿走了，在殺了人之後，他再次潛入德拉卡的房間。這聽起來似乎令人難以置信。但是，這可以說是整個離奇凶殺案的全部過程了。」

「可是，到底兇手的殺人動機是什麼呢？」馬克漢疑惑不解地問。

「現如今我還沒有想清楚。但是，想要了解罪犯的殺人動機，我們為什麼不走出大門，去尋找一下？」

馬克漢從衣架上取下帽子，神情嚴肅地說：「到現場勘察一下不是更好嗎？」

然而，萬斯好像根本沒有要走的意思。他仍然站在桌旁慢慢地吐著煙圈。

「對了，馬克漢。」萬斯說道，「我想起來了，我們現在應該去拜訪一下德拉卡夫人！關於昨晚她家發生的慘案，我們有必要向她說明。到目前為止，或許我們可以從夫人那裡得到關鍵性的祕密。雖然我們還未正式將德拉卡的死訊告訴她，但是，她家附近的人們一定已經就這件事情展開激烈的討論了，這些閒言碎語絕對會很快傳到她的耳朵裡的。我擔心的是，在得知實情的時候，她能否經受住這樣大的打擊。我想，我們最好叫上巴斯帖醫生一起去。我現在就打電話聯絡他，你覺得怎樣？」

馬克漢點了點頭。於是，萬斯打電話給醫生，並向他進行了簡短的說明。

我們匆匆出發去接巴斯帖醫生，接著就立刻趕到了德拉卡家。為我們開門的是葛莉蒂·曼徹爾。從她的表情中不難看出，她已經知道德拉卡的死訊了。

萬斯使了個眼色給她，把她帶進了會客室，低聲問道；「德拉卡夫人已經聽說了嗎？」

「她目前還不知道，」曼徹爾用顫抖的聲音回答，「大概一小時前，迪拉特家的小姐來過，說要見一下太太，我擔心她會上二樓，所以就告訴她太太已經外出了。我總覺得一定是哪裡不對勁……」女傭人全身都在不停地哆嗦著。

「那麼你覺得哪個地方不對勁呢？」萬斯把手溫柔地搭在了她的手腕上。

「不知道。不過，太太整個早上到現在都非常安靜，一點兒聲音都聽不到，並且沒有下樓吃早餐……我也不敢到樓上去叫她。」

「你聽到這個不幸的消息是在什麼時候？」

「是今天早上很早的時候，大概是八點過後。送報紙的人告訴我的。而且我還看到有很多人朝這個家的方向看著。」

「噢，不要害怕，」萬斯安慰她，「醫生也跟著一起來了，相信我，有我們在，一切都會好起來的。」

萬斯走回到樓梯口，自己先上了二樓，直接來到德拉卡夫人的房前輕輕地敲門，不過卻沒有得到任何回應，因此，他直接打開門走了進去。我發現，桌上的長明燈仍然亮著，床上也是整整齊齊的，絲毫沒有睡過的痕跡。

萬斯默默地折回到走廊。那兒還有另外兩扇門，我們知道，其中的一扇，就是通往德拉卡書房的門。萬斯毫不猶豫地走向那扇門，連門都沒敲就進去了。屋內的窗簾都垂了下來，是白底半透明的料子，可以看到灰白的光線從窗外照進來，和天花板上垂下來的古典吊燈的燈光夾雜在一起，產生了一種奇異的黃色光線，這麼看來，其魯霍伊昨晚所看見的亮光還沒有消失。

萬斯在門檻處停了下來，馬克漢則搶先一步走了進去。

「噢，天哪！」馬克漢立刻屏住了呼吸，迅速在胸前畫了一個十字架。

接著，我看到，德拉卡夫人衣著整齊地躺在小床鋪旁邊的地上。她臉色慘白，兩眼睜開著，看上去令人不寒而慄，她的雙手緊緊地抱著放在胸前。

巴斯貼醫生立刻來到她的跟前，蹲下來聽她的心跳，可是不一會兒，醫生就站直了身子，緩緩地搖了搖頭。

「她已經死了，死亡時間大概是昨天夜裡。並且她幾乎是即刻致死的。」醫生又將屍體仔細地檢查了一遍，「正如你們知道的那樣，她患有一些長期的疾病：慢性腎臟炎、動脈硬化以及心臟肥大症……因此，她一旦受到強烈的刺激，心臟就會立刻急性擴張……啊！她幾乎和德拉卡一樣，在同一時間死亡的……都是在十點左右！」

「那麼，你覺得她像是自然死亡的嗎？」萬斯問道。

「是的，這一點我可以肯定。不過，如果當時能給她打一針腎上腺素的話，也許還能把她救活……」

「難道沒有發現有人行凶的痕跡嗎？」

「是的，沒有，她只是因為受到強烈的刺激，引發心臟擴張才死亡的。她的症狀很明顯——所有現象都表明，她死於典型的心臟併發症。」

石牆上的血跡

四月十六日
星期六
上午十一時

德拉卡夫人的屍體被醫生抬到床上，屍體上覆蓋著白布，其他人回到樓下。巴斯帖醫生對警官說一個星期內他會把死亡證明書送過來，然後就匆忙告別了。

當房間裡只剩下我們的時候，萬斯說：「他們說夫人由於受到打擊而自然死亡，這從科學的角度講是毋庸置疑的。現在我們面臨的問題更加嚴峻了，很明顯，夫人的死、同德拉卡的死有很大的關聯。不過，我仍然認為發生的一切有些不可思議……」

萬斯怒氣沖沖地轉身，走進會客室裡，見曼徹爾仍然待在那裡，一連串所發生的事情嚇壞了她，她似乎等待災難降臨般虛弱地坐在椅子上。

萬斯試圖安慰她，走到她身邊，用溫柔的聲音說：「昨晚，德拉卡夫人因心臟痲痹而去世了。在她死前，她不知道她的兒子已經先她而去，這不是很好的結局嗎？」

「願上帝保佑，請讓她永遠安息吧！」女傭態度虔誠地禱告，然後喃喃自語，「是、是啊！這個結局很好，比什麼都好……」

「德拉卡夫人的死亡時間是昨夜十點。曼徹爾，十點你睡了嗎？」

「整個晚上我都醒著。我睡不著。」女傭低聲說著。

萬斯看著她，「整個晚上你都醒著。現在請你告訴我你都聽到了什麼？請仔細回想。」

「昨天晚上十點左右有人來過。」

「十點嗎？那麼，誰會在晚上十點來訪呢？那個人是從前門進來的嗎？那你聽見那個人進來的聲音了嗎？」

「沒有，我沒有聽到。當時我躺在床上，聽到德拉卡先生的房間裡有交談的聲音。」

「晚上十點多，在德拉卡先生的房間裡有交談的聲音，這不是很奇怪嗎？」

「但是，我並沒有聽清德拉卡先生的聲音。他講話的聲音向來都很大，可是昨天晚上他的聲音低沈，語氣很不客氣。」女傭的眼神裡充滿了恐懼，她抬頭看著萬斯，「還有一個聲音是太太的，太太以前從來不進德拉卡先生的房間……」

「房間的門是關著的，你怎麼聽得一清二楚呢？」萬斯平靜地問道。

「我的房間正好在德拉卡先生房間的正上方，」女傭解釋說，「並且，最近接二連三地發生恐怖事件讓我很恐懼，所以格外留神。當時我就起來，走到樓梯的最高的地方聽房間裡的聲音。」

「很警覺的做法！」萬斯說，「那麼，你都聽到些什麼？」

「開始，是太太不停哭泣的聲音，然後那聲音立刻變成笑聲，緊接著聽到男方詛咒似的說話。然後，那個男的也發出了笑聲。再接著是太太悲哀的祈禱聲。她不斷地叫喊著。隨後那個男的用非常冷靜、低啞的聲音繼續說著，過了好長時間，才聽到太太發出的聲音——好像是在朗讀一首詩或是什麼……」

「現在讓你再聽一遍那首詩，你還能夠回想起來嗎？『憂鬱的駝背，坐在城牆上面。憂鬱的駝背，從高高的城牆上摔下來』是這首詩嗎？」

「啊！天啊！上帝！就是這首，和我昨晚聽到的一模一樣。」女傭頓時臉色煞白，然後她突然大叫，「啊！昨天晚上，德拉卡先生就是從石牆上摔下來……」

「冷靜下來。曼徹爾，你還聽到其他的什麼聲音了嗎？」

女傭把德拉卡先生的死和這首兒歌聯繫在一起，這恐怖的聯想使她陷入了沈思，完全沒有在意萬斯的提問。

過了好一會兒，她驚恐地緩緩搖著頭。

「沒有了，什麼都沒有聽到，接下來一切都是靜悄悄地。」

「那你聽到有人從德拉卡房裡走出來的聲音了嗎？」

女傭朝萬斯使勁點點頭。

「大概過了三分鐘，我聽到有人輕輕開門又關門的聲音。然後，我聽到漆黑的走廊上傳來輕微的腳步聲，樓梯發出吱吱咯咯的聲響，有人關上大門走出去了。」

「聽到這些聲音後，你做了些什麼呢？」

「後來聽不到任何聲音，我就上床休息了，可是我根本睡不著……」

「好了，曼徹爾。」萬斯安慰女傭，「別胡思亂想，沒有什麼可怕的。請留在你的房間裡，我們會再來找你。」

聽到萬斯的安慰，葛莉蒂．曼徹爾點了點頭，勉勉強強地上樓去了。

等女傭走後，萬斯說：「昨晚這裡發生的事，我們來模擬一下當時的場景。兇手拿到德拉卡的鑰匙，然後打開大門進來。他很清楚德拉卡夫人的房間在哪裡，本來他打算在德拉卡房裡整理一些他想要的東西，然後再和進來時一樣從容地離開。可是，德拉卡夫人聽到了聲音。夫人可能把進來的那個男的跟主教聯想到一起，於是夫人認為她的兒子有危險。無論如何，她都要去兒子的房間裡看看。於是夫人匆匆打開門，這時夫人看見了闖入者，夫人當然知道那是誰。驚訝之餘，夫人顫抖地問那個男人為何闖進來。也許當時闖入者回答說他來的目的是告知德拉卡的死訊——於是夫人先哭泣，又發出歇斯底里的笑聲——人在極度悲傷的時候，這些情緒都是可以理解的。但是，對那個男人來說，夫人的出現打亂了他原來的計畫，於是那傢伙設法利用當時周圍的情況計畫著無論如何都要殺掉夫人。哦！這一點是毋庸置疑的，他絕不會讓夫人活著出去。也許他費了不少口舌告訴夫人這場悲劇。接著，他為自己的計畫大笑出聲。這個瘋子為了滿足自己的某種心理，將一切的真相都說給夫人聽。夫人聽到這些後『天啊！天啊！』地叫個不停。那傢伙還說他是怎麼把德拉卡從石牆上推下去的。在他看來，把這件殘忍至極的事情說給死去的人的母親——她應該是一個最理想的聽眾。夫人過度悲傷和敏感的神經無法接受這最後的告白。她甚至有些神志不清，她驚恐萬分地重複著那首兒歌，最後心臟因為承受不住這樣嚴重的打擊而破碎。兇手親自把夫人的嘴巴合攏，又在房間裡整理了一些東西，待這些工作一一完成之後，兇手才不聲不響地離開了。」

馬克漢在房裡煩躁不安地走來走去。

「在昨晚所發生的事件當中，有一點最令人百思不得其解，就是為何那個兇手在殺死德拉卡後，必須來到他的房間。」

萬斯也陷入了沈思。

「的確，這一點很難解釋，我們去聽聽亞乃遜怎麼說吧，或許他會有什麼看法。」

「是啊！可能吧！」希茲附和著，在萬斯說話期間，他都苦著臉玩弄他的煙卷，「啊！這裡有人能為我們作進一步的說明吧！」

馬克漢站在警官面前。

「不知你的部下，對昨晚那幾個傢伙的行動有何發現，當時，有幾個人在呢？每個人都負責些什麼呢？你把他們幾個帶來，我有幾個問題要問他們。」

警官的神情略帶緊張地說：「有三個人，檢察官。除了其魯霍伊之外，艾枚利跟蹤帕第，希尼多金守在七十五街的車道角落監視迪拉特家。還有赫尼希被安排在七十五街。現在這三個人都在發現德拉卡的地方隨時待命。我馬上把他們帶過來。」

五分鐘後，三名刑警都回到辦公室來了。對我而言，這三個人都很面熟，因為這幾個刑警在萬斯插手調查這起事件中工作過。馬克漢先詢問了希尼多金，為獲取與前天晚上發生的事件有直接關係的情報。其證言如下——

帕第六點半出門，直接來到迪拉特家。

八點三十分，蓓兒．迪拉特身著晚禮服，搭乘計程車朝河岸公園的方向開去。蓓兒出來的時候亞乃遜跟隨著她一起從家裡出來，並幫她叫了計程車，然後亞乃遜立刻回到屋裡。

九點十五分時，迪拉特教授和德拉卡離開迪拉特家，他們慢慢地往河岸公園的汽車道方向走。兩人在七十四街穿越車道，轉向跑馬道。

九點半，帕第從迪拉特家出來，走到車道上，然後轉向城裡去。

剛過了十點，迪拉特教授獨自一人在七十四街越過車道回家。

十點二十分，帕第從離開的方向回到家裡。

十二點半，蓓兒．迪拉特被一群年輕的夥伴開車送回來。

接下來詢問的是赫尼希。他的陳述只能證實希尼多金的陳述，沒有其他更多的發現。從公園的方向，沒有一個人接近迪拉特家，也沒有任何可疑之物。

這時，馬克漢將注意力轉向艾枚利，因為艾枚利六點鐘接班，他說帕第在下午到曼哈頓西洋棋俱樂部，四點左右回的家。

「然後，就像希尼多金和赫尼希所說的那樣，帕第六點半出發到迪拉特家。一直到九點半，他走出來之後，我便一直保持半條街的距離在後面跟蹤他。那個男人先走到七十九街的上坡路，然後走進公園的左側，繞過草坪，穿過假山，直奔尤都俱樂部。」

「通過史普力格被射殺的那條路了嗎？」萬斯問。

「是的，絕對要通過，因為除了穿過大馬路外，沒有其他路可走。」

「他一直走到了什麼地方？」

「他在史普力格被殺的附近站了一會兒。然後又走相同的道路回去，在七十九街南側運動場的小公園裡，他慢悠悠地沿著跑馬道旁邊的小道走。然後順著有飲水噴泉的石牆最高處走，那時，他發現老人和駝背正在講話。」

「你是說帕第在德拉卡墜落的石牆旁，遇見了迪拉特教授和德拉卡？」

「是這樣的。帕第停下了腳步站在那裡是為了和他們打招呼。這時，我也走過去。經過他們身旁的時候，我聽見駝背說：『你今晚沒有下棋嗎？』聽他的口氣好像很討厭帕第似的，而且暗示說自己不喜歡被打擾。這時，我優哉游哉地沿著石牆步行到七十四街，看到那裡有兩三棵樹並排在一起，於是我就躲在了那下面……」

「那時你走到七十四街，從那裡能看清楚帕第和德拉卡嗎？」趁他停頓的時候，萬斯插嘴問道。

「哦。說真的，完全看不見。那時霧色很濃，而且他們講話的周圍也沒有街燈。不過，我想帕第會很快回來的，所以我就站在那裡等著。」

「那時接近十點了吧！」

「是的，大約九點四十五分。」

「路上有其他人嗎？」

「沒有看到其他人，霧氣太重，也不是什麼暖和舒爽的天氣，大概人們都待在家裡吧！就因為如此，我走在帕第後面，路上沒有一個人。帕第一再回頭看我，可能他懷疑有人跟蹤他。他也不是傻瓜。」

「噢，從那之後直到抓住那個男的之前，你大約花了多長時間？」

艾枚利把身體稍微坐正一點。

「事情並不像我想的那麼順利，」這個刑警苦笑著說，「大概三十分鐘後，帕第從來時的路折回去，他一定穿過了七十九街。因為我好不容易藉著公寓的燈光，看到那傢伙從七十五街的角落朝他家的方向走去。」

「可是，」萬斯打斷他的話，「如果你十點十五分還在七十四街上的話，應該會看到迪拉特教授。十點左右教授經過那條路回家。」

「是的，的確看到了。我在那裡等帕第等了大約二十分鐘後，教授一個人優哉游哉地穿過馬路回家了。那時我還認為帕第和駝背在那裡談話。事後證明我的判斷是錯誤的。」

「你是說，就在迪拉特教授走過你身邊大約十五分鐘後，你看到帕第從馬路對面的方向回來了，是嗎？」

「是這樣的。你知道嗎？」馬克漢聲音沈重地說，「當德拉卡從石牆上墜落而死時，正是你守在七十四街的時候！」

「是的，我知道。但不能怪我啊！霧色太濃了，而稍微亮一點的馬路上一個人都沒有，這樣監視起來就不那麼容易了。為了不被發現，我只能趁著空當稍稍探頭看看……」

「我知道這項工作不容易，」馬克漢解釋說，「我沒有任何責備你的意思。」

警官草草地把三個人打發出去。很明顯，所有的人對他們的報告都不滿意。

「事情，」警官抱怨道，「變得愈來愈複雜了。」

「警官，請打起十二分的精神，」萬斯向希茲建議，「現在雖然沒有頭緒，不過沒關係。艾枚利在七十四街的樹蔭下，瞪大眼睛等待的這段時間，究竟發生了什麼事，或許我們應該去聽聽帕第和迪拉特教授的說法，說不定會得到非常有趣的結論。」

這時，蓓兒．迪拉特從後門進來了，她穿過了走廊。看見我們都在會客室裡，就立刻走了過來。

「德拉卡夫人呢？她去哪裡了？」聽得出，迪拉特小姐很擔心，「一小時之前我來過了，可葛莉蒂說她外出了。到現在怎麼還不見她人影呢？」

萬斯站起來看著蓓兒，示意她坐到椅子上。

「她，德拉卡夫人，昨天晚上因心臟麻痹已經去世了。一小時前你來訪的時候，葛莉蒂因為害怕，沒有讓你上二樓。」

迪拉特小姐呆呆地站在那裡有好一會兒，然後她非常安靜地坐到了椅子上，她剛低下頭眼淚就撲簌簌掉下來。

「可能是聽到阿爾道夫遇難的消息的緣故。」

「很可能。但是，昨天晚上這裡究竟發生了什麼，我現在還不清楚。根據巴斯帖醫生的說法，德拉卡夫人是在昨天夜裡十點左右去世的。」

「幾乎是和阿爾道夫同一個時間！」迪拉特小姐恐懼地喊出聲來，「太可怕了，實在太可怕了！吃早餐的時候，我才聽派因提起這件事——現在，在這一帶的所有人都在談論這件不幸的事——因此，我想立刻過來陪陪德拉卡夫人，可我去拜訪的時候，葛莉蒂告訴我太太出去了……所以我不知道到底發生了什麼。可是，阿爾道夫的死，不知道為什麼，我總覺得很奇怪……」

「小姐，你所說的奇怪，有什麼含意嗎？」萬斯站在她身旁，不露痕跡地試探她。

「我——我什麼也不知道——我不知道我說的話是什麼意思。」蓓兒．迪拉特斷斷續續地說，「可是昨天下午的時候，德拉卡夫人和我說關於阿爾道夫的事，還有石牆……」

「是嗎？夫人說了那些話嗎？」萬斯用比平常還要溫和的語氣問道，但我知道他正全神貫注地期待著。

「我本來打算去打網球，就在我去打網球的途中，」迪拉特小姐低聲說，「我遇到了德拉卡夫人，於是我們一起沿著運動場上的跑馬道散步。夫人來到那裡是為了看阿爾道夫同孩子們一起玩耍，所以她經常來這裡——然後，我們越過石牆的側壁，有段時間站在那兒往下看。孩子們圍在阿爾道夫的四周，阿爾道夫拿著一架玩具飛機，向孩子們講解如何使它飛翔。那些孩子不把他當大人看，而認為他是他們中的一份子。這時夫人會感到驕傲和幸福。從她眼睛裡閃爍的光輝可以看出。她看著阿爾道夫，接著，她對我說：『蓓兒，他的駝背對小孩子們來說，一點也不可怕。孩子們都叫他憂鬱的駝背——他就是讓他們信賴的老朋友。那可憐的駝背！他小時候曾摔下去，大家都說是我的錯。』夫人一直都說那是她的錯。」說到這裡，蓓兒的聲音哽咽，她拿出手帕來擦眼淚。

「然後，德拉卡夫人就把憂鬱的駝背的事情告訴了你。」萬斯把手伸進口袋裡尋找他的香煙。

蓓兒點點頭，過了一會兒，似乎是想起什麼恐怖的事情，她猛地抬起頭來。

「是這樣的。但是接下來我們的談話就很奇怪了。有一陣，德拉卡夫人顫抖著把身體從石牆上挪開。我問她怎麼了，她戰慄地說：『啊！蓓兒，啊！萬一……萬一阿爾道夫從石牆上摔下去——那就真的和憂鬱的駝背摔落一樣了！』我聽著覺得恐怖得很，不過還是裝作不在意，說她是整天胡思亂想的傻瓜。不過我的安慰沒起任何效果，德拉卡夫人很不高興地瞪著我看，她的眼神令人不寒而慄。她說：『我不是胡思亂想的傻瓜！羅賓被弓箭射死，約翰·史普力格被手槍殺死——都在紐約市裡』。」說到這兒，蓓兒恐懼地環視我們，「這不是發生了她說的事了嗎？——被她預言中了。」

「是的！如同她所預料的那樣發生了這些不幸的事情。」萬斯點點頭，「不過，這不神祕。德拉卡夫人的想像力異常豐富，她在精神方面有些病態，一切滑稽荒唐的事她都想得出來。因為其他兩名死者都和鵝媽媽的童謠有關，這件事讓她記憶猶新，因而她才會聯想到孩子們叫他的兒子的綽號，再由綽號推測悲劇發生，不要驚訝。採用這種讓她最擔心最恐懼的辦法，殺死她的兒子，這種做法絕非偶然——」

萬斯猛地吸了一口香煙。

「那麼，迪拉特小姐，」萬斯若無其事地提問，「你跟德拉卡夫人之間的談話，是否有告訴過別人呢？」

迪拉特小姐有點吃驚地望著萬斯。

「昨天晚飯的時候，說過了。因為下午我實在很不放心——怎麼說才好呢？——我一個人無法解決。」

「那關於這件事，別人有什麼意見嗎？」

「我叔叔讓我儘量別和他來往——他說那個人由於身體不健全，行為有點怪怪的。現在，事情已經演變到這麼可怕的地步，我也沒有必要為德拉卡夫人有所隱瞞。帕第先生和我叔叔的意見一致。他說他很同情德拉卡夫人，還說該用什麼方法使她的精神情況好一些。」

「那亞乃遜呢？他怎麼說？」

「哦！席加特，他根本不把我們說的當一回事——有時候我很討厭他的態度，好像我們都在拿別人開玩笑似的。他還說什麼，如果阿爾道夫在新的量子說尚未解決之前就摔下來的話，那就太可恥了。」

「哦！亞乃遜先生現在在家嗎？」萬斯問道，「我想跟他談談德拉卡家的事。」

「他一大早就到大學裡去了。不過，我想，他午飯前會回來。他一定會盡力幫忙的，因為我們幾乎算是德拉卡夫人和阿爾道夫唯一的朋友。現在，除了我們幫忙照應，這個家只有葛莉蒂了。」

幾分鐘後，我們告別了蓓兒，去見迪拉特教授。

不祥的筆記本

四月十六日
星期六
中午十二時

正午時分，我們氣沖沖地來到了教授的書房，教授背對著窗戶坐在安樂椅上，他旁邊的桌上，照例擺著奢侈的葡萄酒。

還不等我們開口說話，「我正等著你們的到來呢！」教授根本不給我們說話的機會，「我們就別講那些客套話了。雖然我把這件事情與羅賓、史普力格的死一起相提並論，是有一些不切實際；但是，我還是想說德拉卡的死絕非偶然。當派因告訴我，德拉卡是墜落死亡的，我便知道這一切的背後必定有一個密謀已久的殺人計畫。因此，我敢肯定，他的死是有預謀的。想必，你們跟我一樣這麼認為吧！否則，你們也不會來我這裡了。」

「是的，的確如此。」萬斯坐在教授的正對面，「現在有一個恐怖的問題擺在我們的面前。昨天晚上，就在兒子被殺的同時，德拉卡夫人因為心臟麻痺也死亡了。」

「也許，對她來說這反倒是好事！」停頓了一會兒，教授接著說，「兒子死掉的話，她也沒有活著的意義了；再說，她的精神早已出現問題了。」教授瞪大眼睛望著我們，「那麼，有什麼需要我幫忙的嗎？」

「除了兇手，也許你是最後一個與德拉卡說過話的人了。我們想知道昨晚發生了哪些事情，你儘量講得詳細些吧！」

迪拉特教授點了點頭。「昨天晚上，八點左右，德拉卡來到我這裡；當時帕第也在我們家，他看見帕第在，就立刻露出了個高興的表情。看見他情緒不好，亞乃遜就說了一些俏皮話來嘲弄他，結果他更生氣了。我和德拉卡想單獨說說話，於是，我們決定去公園走走……」

「是不是沒走多遠，就停下來了？」馬克漢頗有一番深意地詢問。

「是的！不幸的事發生了。當我們來到跑馬道之後，就走到了他被殺的地方。我們在那兒談了大概三十分鐘，這時帕第也來了，帕第打斷了我們的談話，所以德拉卡非常生氣，他惡狠狠地說著話，不到三分鐘，帕第就原路返回了。結果，德拉卡的情緒開始混亂起來，我們也無法再繼續話題了。就在那個時候，我的腳突然有些不舒服，而德拉卡的心情又很糟，他不想回家，於是，我就自己回來了。」

「你有沒有把這些事告訴亞乃遜？」

「當我回到家的時候，沒有看見他，他或許已經睡了。」

這時，萬斯很不禮貌地問：「那麼，巷子的鑰匙你知道放在哪兒嗎？」

「這個我怎麼會知道！」教授憤憤地說，但是很快又笑著說道，「但是，我似乎記得，鑰匙一直都掛在射箭室門邊。」

告別了迪拉特，我們就直接去了帕第家。帕第冷冷地將我們請進了書房，當我們坐好之後，他仍然一言不發地站在窗戶邊，用極不友好的眼神看著我們。

馬克漢首先打破了沈寂，他說：「帕第先生，昨晚十點左右，德拉卡身亡了，就是在你和他說話不久後發生的，你聽說了嗎？」

「我今天早上才剛剛聽說的。」帕第的神情有些不自然，臉色也越發蒼白起來，「真是讓人悲傷啊！」過了好一會兒，他游移的視線才停在馬克漢身上，「教授昨晚一直跟德拉卡在一起，你們應該去問他……」

「我們剛剛已經拜訪過他了，然後直接來你這裡的。」萬斯插嘴，「昨晚你和德拉卡有些不愉快？」

帕第很不自然地走向桌旁，慢慢地坐了下來。

「昨晚我是在迪拉特家吃的晚飯，當時，德拉卡也來了，但是他看見我在非常不高興。他是一個不會隱藏自己感情的人；因此，當時的氣氛很不好。但是，我了解他的脾氣，所以並沒有計較，還努力想改善這種氛圍。可沒過多久，教授就和他出去散步了。」

「他們走之後，你還在迪拉特家嗎？」萬斯明知故問。

「是啊！他們走後，我又待了將近十五分鐘；後來亞乃遜說他睏了，所以我就走了。結果，在繞過跑馬道的時候，看見了德拉卡和迪拉特教授，我覺得不過去打招呼似乎很不禮貌，於是便走了過去；但是，德拉卡對我的態度很不好，一副盛氣凌人的樣子，所以我就離開了他們，來到第七十九街準備回家。」

「那麼，你在回家的路上有沒有做別的事情？」

「我抽了一支香煙，就在七十九街入口的地方。」

這次的訊問花了半小時，但是毫無所獲。當我們離開的時候，亞乃遜在迪拉特的家門口跟我們打招呼，然後便一路朝我們小跑過來。

「我剛剛聽說了德拉卡的事情。我剛從大學回來，教授就告訴我你們去帕第家了。有線索了嗎？」我們還沒有來得及回答，又聽他說，「真是太恐怖了！德拉卡一家就這樣完了！哎！又是一個離奇的鬼故事！你們有什麼線索了嗎？」

「什麼線索都沒有！」萬斯回答道，「你來得正好，我們正想找你幫忙呢！」

「可是我對這件事情一點也不了解啊！」

萬斯沒有說話，徑直朝前走，我們只好跟著他往射箭場的方向走去。

這時，萬斯才開口說：「首先，我們要去德拉卡家處理善後的事情。就由你來負責德拉卡家的葬禮吧！」

亞乃遜皺著眉頭說：「這是肯定的！但是，我不想參加葬禮，我討厭那種死氣沈沈的氣氛。我想，德拉卡夫人一定有遺言的！你們一定要找到它，大多數女人都會把遺書藏起來……」

我們從迪拉特家的地下室進入射箭室，觀察了門口的環境之後，一同來到了射箭場。

「我剛剛找過了，鑰匙不在那兒。你知道在哪裡嗎？亞乃遜先生。」

「你是說木板門的鑰匙嗎？如果是，我就不知道了，我從來沒有注意過。我向來是從大門直接出來的，這樣比較方便！據我所知，沒有人會走那條巷子。早在幾年前，蓓兒就已經把鑰匙收起來了。」

當我們從後門進入德拉卡家時，我們看到蓓兒．迪拉特和曼徹爾正在廚房裡忙活。

「嘿！親愛的。」亞乃遜很溫和地向蓓兒打招呼，平時詼諧逗笑的態度已然消失得無影無蹤，「這種事不適合你這樣年輕漂亮的女性做，走吧！我帶你回家。」他一邊說著，一邊伸手拉住蓓兒的手腕，他就像一個父親一樣帶著蓓兒走到出口處。

蓓兒轉向萬斯，然後猶豫不決地看著他。

「放心吧！我已經跟亞乃遜說過了，」萬斯安慰她，「把這一切都交給我們來處理吧。但是，我們有一個問題想要問問你。巷子出入口處的鑰匙，你一直都放在射箭室嗎？」

「對啊！一直都放在那裡的。怎麼了？是不是不見了？」

亞乃遜故作輕鬆地回答著：「是啊！不見了！一點蹤影都沒有了，真是讓人悲傷啊！我想，一定是鑰匙收藏家太喜歡它了，就把它偷偷拿走了。」

等蓓兒離開之後，亞乃遜這才神情嚴肅地問萬斯：「那把生鏽的鑰匙，與這件事是不是有關係？」

「也不是啦！」萬斯打趣著說，「去客廳吧！那裡氣氛好一些。」說著他站起來向走廊走去，「對了，還有一件事情需要你幫助。你盡可能詳細地把昨晚發生的事情告訴我吧！」

亞乃遜取出煙斗，坐在了窗邊的安樂椅上。

「好的。昨晚帕第來家裡吃晚餐，他每個星期五都會來這裡吃飯。然後，德拉卡和教授因為思考量子說的問題而煩躁不已；但是，德拉卡看見帕第在，就很不高興。更重要的是，德拉卡從來都不掩飾自己的情緒，所以他表現得相當明顯。教授為了不讓大家尷尬，就和德拉卡出去散步了。大概過了十五分鐘，看到帕第有些坐立不安，於是我告訴他我有些睏了，他這才告辭離去。我上床睡覺之前，還批改了幾份試卷。」亞乃遜點著煙斗接著說，「這就是德拉卡死之前發生的事情，不知道對你們有沒有幫助？」

「目前為止，似乎並沒有什麼幫助，」萬斯說，「但是，我想問你，你有沒有注意到迪拉特教授什麼時候回家的？」

亞乃遜笑了起來：「他？他那中風了的腳，走路的時候需要拄手杖，走樓梯時『咚咚』的聲音，誰都會知道他回家了。但是，昨天晚上我沒有注意到，因為家裡實在太嘈雜了。」

「那麼，你覺得這件事情會如何發展？」過了一會兒，萬斯再次向他詢問。

「這個，我也不知道啊。想必教授也只是猜測吧！但是我認為這是一個陷阱。目前最清楚的事實是：昨天晚上十點左右，德拉卡從石牆上摔了下來，今天早上他的屍體被發現。但是，德拉卡夫人又是怎麼死的呢？是誰用某件事情刺激了她？」

「兇手拿了德拉卡的鑰匙，殺害德拉卡之後很快來到了他家；而德拉卡夫人在兒子的房間裡遇見了兇手。在樓梯上偷聽的女傭說，當時兩人發生了爭執。就在那個時候，德拉卡夫人死了，死亡原因是心臟破裂。」

「也就是說，兇手並沒有親自殺死夫人？」

「是的，這一點很清楚。」萬斯肯定地回答，「可是，兇手為什麼會來這裡呢？你會怎麼認為？」

亞乃遜緊鎖著眉頭，咬著煙斗，過了一會兒他說：「我也說不清楚，德拉卡是一個很憨厚的人，既沒有貴重的物品，也沒有特殊的書籍；實在想不出誰會對他的房間感興趣？」

萬斯一副愜意的樣子靠在椅背上。「那麼，量子說又是什麼呢？」

「這個啊！很神奇呢！」亞乃遜頓時來了精神，「德拉卡對愛因斯坦的光放射學說很有研究，他克服了愛因斯坦假設過但是並沒有實現的事項，研究工作很順利，現在已經開始著手用統計方式來對這一研究加以說明瞭；只要完成的話，這會是物理學上一個很大的成功！德拉卡也一定會聲名遠播。真是太可惜了！研究工作還沒有真正結束，就被人殺害了！」

「那麼，德拉卡的研究記錄寫在哪裡？你知道嗎？」

「一本紅色筆記本，活頁式的，表皮上還有索引。他是一個愛乾淨的人，把什麼都弄得整整齊齊的，就連在筆記本上記錄的數據，也像是印刷一樣工整。」

「你知道筆記本裡面具體是什麼樣子的嗎？」

「當然！他經常給我看他的筆記本。有著紅色的軟皮，紙張是薄薄的黃色紙，他還會在每一頁寫有註解的地方夾上迴紋釘，或者作上記號。那個可憐的人啊！他還把自己的名字印在了封面上，用的是燙金的字體。」

「筆記本現在在哪裡？」

「書房的抽屜裡，或是臥室的寫字櫃裡。白天他都會在書房進行研究，有時他還會為了解決問題，把工作帶回臥室。為了方便記錄突然來的靈感，他在臥室裡放了一張寫字櫃。但是，第二天早晨他都會把筆記本帶回書房，他總是很有原則，做什麼事都一絲不苟。」

萬斯一邊聽著，一邊悠然自得地看著窗外的風景，似乎，對於德拉卡的習慣並不太在意。但是，沒過多久，他便用疲憊的眼神望著亞乃遜。

他懶洋洋地說：「能麻煩你把德拉卡的筆記本拿給我看看嗎？」

亞乃遜表現得有些猶豫，然而，他還是立刻站了起來。

「好的！這樣做也許對案情有所幫助吧！」說完，他大步地走了出去。

等待亞乃遜的這期間，我們都有些忐忑不安，馬克漢踱起了方步，希茲猛地抽著香煙，緊張的空氣彌漫著整個客廳。我們每個人對此都充滿了期待，但是好像又在害怕著什麼，這種感覺實在難以形容。

十分鐘後，亞乃遜出現在客廳門口。他聳了聳肩，「沒有找到，所有可能的地方我都找過了，就是不見蹤影。」他坐下吸著他的煙斗，「實在想不通！難道德拉卡把它藏起來了？」

萬斯低語：「也許是吧！」

一籌莫展

四月十六日
星期六
中午一時

一小時之後，我、馬克漢還有萬斯一起乘車來到了史蒂文森俱樂部。希茲還在德拉卡家做最後的工作總結，他所要面對的是那些好事的新聞記者。

吃過飯後，我們去了絲克莉書廊，參觀了喬治亞．歐奇福的現代畫展。三點左右，馬克漢和警政署署長有約；於是，我就和萬斯去聽了交響樂。夕陽快要落山時，我們來到了熱鬧非凡的第五街；接著，萬斯又開車來到了史蒂文森俱樂部找馬克漢，我們三個人又在一起聊了一下子。

「我啊！對什麼事情都不清楚，就像一個小孩子一樣單純、天真。」萬斯悲嘆道，「這起案件實在太詭異了，我真的理不清頭緒來了；這種感覺糟糕極了，真令人生厭。」萬斯很沮喪，嘆了口氣之後端起茶來就喝。

「我一點都不同情你的這種自憐自艾。」馬克漢絲毫不在意萬斯的沮喪，「今天下午，就在你們享受音樂會的時候，我還在辛苦地工作呢！」

「你啊！怎麼能說出這樣的話呢？」萬斯生氣了，「這個世上有很多人都在馬不停蹄地工作，很多很多。我們現在所面對的這件事，是不能意氣用事的；我們必須保持冷靜的頭腦，認真、謹慎地處理好每一個環節。」萬斯的表情越來越嚴肅了，「馬克漢，我認為，罪犯留下了很多犯罪線索，也許是我們找錯了方向，所以才會這樣毫無頭緒。可是，對方的本領似乎真的超出常人。他就如同幽靈一樣在我們面前胡作非為，這只是我的直覺，是不是有點神經兮兮的？」

馬克漢開始憤怒了：「好啊！那你就呼喚靈魂的到來吧！」

萬斯全然不在意馬克漢的嘲諷，繼續說：「一定是有什麼事情被我忽略了！這起案件一定有一個很神祕的暗號，只是我還沒有發現它隱藏在哪個地方。哎！煩死了！這件事一定有它的規律，看來有必要好好將它整理一下！首先，羅賓被殺害，史普力格又被射死，隨後，德拉卡夫人被主教威脅，接著德拉卡從石牆摔死。在罪犯這種離奇、詭異的幻想當中，已經出現了四個獨立的插曲，這其中有三個計畫是十分巧妙的。首先，德拉卡夫人門前留下了主教的蹤跡，罪犯在作案前進行了充分的準備工作，他絕對會不達目的不罷休的……」

「你能不能就此說一下你的推理？」

「很明顯，那個男人是為了白衛才拿了主教的棋子，在他的作案計畫裡，根本就沒有想過會有危險發生，所以，他才採取了這種手段。就在羅賓即將被害的時候，德拉卡從射箭室來到了庭院中，在那裡他可以將屋內的情況看得一清二楚；而且，德拉卡還看見了是誰在跟羅賓說話；就在德拉卡準備回家的時候，他看見羅賓的屍體被扔進了射箭場。德拉卡夫人也看到了當時的情景，而且，她應該也看見了德拉卡，驚嚇之中她發出叫聲。這很自然，對嗎？德拉卡聽見了母親的叫聲，所以，在我們的詢問當中他講了這件事情，目的是為了證明他不在場。雖然罪犯不知道德拉卡夫人都看見了什麼，但是，他並不會聽天由命地放過德拉卡夫人，所以，半夜三更的時候，帶著主教一同去了夫人的房間，目的是為了讓夫人保持沈默；然而，夫人的房門是鎖著的，他就將主教留在了外面，想以此來警告夫人如果不保持沈默的話，她的生命將會有危險。可是，兇手根本就不知道，那個可憐的夫人以為自己的兒子是兇手。」

「可是，德拉卡為什麼不把誰與羅賓聊天的事情告訴我們呢？」

「我想，德拉卡一定同兇手談過話了，他一定沒有想到誰是兇手，這種事情不是他能想像得到的。反正，是德拉卡將自己推上了斷頭台。」

「那麼根據你的推斷，又將會發生什麼樣的事情呢？」

「這些事情，只能證明兇手在作案之前沒有認真準備過。他不知道，即使是祕密的行為，也會有意外發生。這三起案件中，最讓人捉摸不透的就是，誰都有不在場的證明。

「顯然，罪犯也是經過巧妙安排的。他選擇了恰當的時間，等到角色都上場後，他才開始出場。不過，我可以確定，半夜裡走訪德拉卡夫人的行動，並不是事先計畫好的，出於無奈，他只有鋌而走險。可是，等他到夫人家的時候，德拉卡和迪拉特教授還在；亞乃遜和蓓兒直到十二點三十分才從外面吃完夜宵回來；帕第一直待在西洋棋俱樂部。所以，除了已經死去的德拉卡，還會有誰呢？」

「但是，」馬克漢插了一句，「事情還沒有明確落實之前，其他人到底有沒有不在場的證明啊！」

「我知道，我並沒有忘記！」萬斯不屑地仰起頭，朝著天花板吐出一排規則的煙圈，突然，他掐掉香煙，緊接著神色凝重地看了看手錶，然後立刻跳起來，用怪異的眼神看了馬克漢一眼說：「現在還不到六點，走吧！我們去找亞乃遜，說不定他可以幫我們一個忙。」

「現在？你瘋了嗎？我們去做什麼啊？」

「當然是調查啊！」萬斯一把抓住馬克漢的手，「走啦！不是要去尋找帕第不在場的證據嗎？」

半小時之後，我們就被引進書房和迪拉特教授、亞乃遜坐在一起。

「還是要來麻煩一下，」萬斯解釋道，「或許跟我們的搜查有重大關聯。」他從皮夾裡取出一張紙，將它攤開，「亞乃遜先生，請你看看這個。這是帕第和魯賓斯坦在那盤棋上的公式記錄，很有意思，我已經仔細分析過了，現在想聽聽你的看法。這盤棋在前半部分並沒有特殊之處，但是，後半局就非常有趣了。」

亞乃遜接過字條，面無表情地看了起來。

「哈！這場記錄，帕第慘遭滑鐵盧啊！」

「馬克漢，這究竟是什麼意思？」迪拉特教授不滿地問，「打算通過一盤西洋棋來追捕殺手嗎？」

「是啊！萬斯希望能從這裡得到些靈感。」

「真是讓人受不了。」教授為自己斟滿了一杯葡萄酒，接著翻開一本書，若無其事地看了起來。

亞乃遜正專注於那盤西洋棋的記錄。

「這個地方有點奇怪，」他說，「時間是不是有錯？這上面寫著，在將軍之前，帕第的白棋子用了一小時四十五分鐘；魯賓斯坦的黑棋子用了一小時五十八分鐘，目前為止還算正常。但是，比賽就要結束，帕第宣布失敗的時候，白棋只用了二小時三十分鐘，而黑棋用了三小時三十二分。也就是說，在下半回合，帕第用了四十五分鐘，而魯賓斯坦足足用了一小時三十四分。」

萬斯點點頭，說道：「是的。棋局從十一點開始，直到凌晨一點十九分結束，一共用去了二小時十九分鐘。魯賓斯坦的確比帕第多用了四十九分鐘。但是，這到底是怎麼回事呢？你是怎麼看待的？」

亞乃遜緊咬著嘴唇，仔細地看著記錄。

「不是很清楚……」

萬斯拿過記錄，說：「我曾做過在被將軍之前的模擬，我想聽聽你的想法。」

亞乃遜站起來，朝角落的小西洋棋走去。

「我需要好好想想。」亞乃遜一邊打開棋盤，一邊說，「咦？黑主教怎麼不見了？對了，什麼時候能把它要回來？」他看著萬斯扮了個鬼臉，「但是，沒有關係！現在用不著了，黑主教已經死了一個了。」亞乃遜坐了下來，開始研究將軍之前的棋子來。

「我認為帕第的狀況並非處於劣勢嘛！」萬斯說道。

「是啊！我也這麼覺得。可是怎麼會輸了呢？」亞乃遜看著記錄，「我們來對照一下吧！看看哪裡不對勁。」亞乃遜走了六步，然後想了幾分鐘，突然大叫出聲，「啊！我明白了！魯賓斯坦真是老謀深算啊！居然可以想到這種手法。我覺得，魯賓斯坦想出這一著，一定花費了很長時間。」

「為什麼這樣說？」萬斯問，「與兩人用的時間不同有關嗎？」

「是的！是這樣的！魯賓斯坦的狀況也不容樂觀，所以才差了這麼多時間。他想這一著足足用了四十五分鐘！我怎麼這麼愚蠢啊？」

「那麼，你認為魯賓斯坦是在什麼時候用完這四十五分鐘的？」

「比賽十一點開始，在這之前雙方走了六步……嗯，大概是十一點半到十二點半之間……對！上半回合走了三十步，加上下半回合一共走了三十六步；接著，魯賓斯坦用了主教7，這才讓帕第宣告失敗！在十一點半至十二點半之間，魯賓斯坦想出這一招的。」

萬斯看著棋盤上的棋子，這時，帕第已經輸了。

「因為好奇，昨天晚上我也把這一局重新走了一遍。」萬斯低聲說道，「亞乃遜先生，你說說看吧！我想聽聽你的意見。」

亞乃遜集中精神再次研究了局勢。接著，他忽地抬起頭來看著萬斯。「我明白你的意思了！實在太精彩了！再走五步，黑棋就獲勝了。這種局面真是前所未聞！一個主教7，竟然就扭轉了局面。也就是說，帕第輸在了黑棋主教上，真是讓人難以置信！」

迪拉特教授放下手中的書，問：「怎麼回事？」他走到西洋棋桌子前，「帕第輸在了主教上？」教授神色複雜地看著萬斯，「你不停追問這盤棋，一定有別的理由。」他低頭看著棋局，臉上充滿了哀傷的神情。

馬克漢也不解地皺著眉頭，問道：「主教竟可以置對方於死地，很罕見啊！」

「這是前所未聞的局面！也許只會發生這一次吧！偏偏被帕第碰上了。」亞乃遜笑著站了起來，「你們相信天意嗎？在過去的二十年裡，帕第一直很害怕主教，最終還是主教害死了他。真是太可憐了！帕第彷彿命中注定會被黑主教害死一樣。主教騎士走到5，就已經超出他的估算，他的一世英名毀在了這顆棋上。」

幾分鐘後，我們離開了迪拉特家。

「是有一些道理。」馬克漢在車上說，「難怪那天下午說到黑主教在半夜出現的時候，帕第會一臉蒼白。也許他覺得，你是有意污蔑他，讓他面對失敗。」

「也許是吧！」萬斯像是做夢般地看著窗外，「為什麼這麼多年來，主教會是帕第的剋星？真是太奇怪了！這種失望反反覆覆出現，即便意志再堅定的人，也會承受不了的，對這個社會抱有復仇的念頭。」

「很難想像帕第會有復仇的想法！」馬克漢不同意他的看法，「對了，你不停地追究帕第和魯賓斯坦比賽時間的差異，究竟有什麼目的？哪怕魯賓斯坦用了四十五分鐘想那一著，棋局也是在一點多鐘結束的。實在不明白詢問亞乃遜有什麼意義？」

「這是因為你不了解棋手的習慣。比賽中，棋手並非一動不動地坐在椅子上的。他們有時候會站起來走走，伸伸懶腰、透透氣，喝喝冰水，或者吃點東西。去年我在曼哈頓參觀了一場名人比賽，一共擺了四張桌子，其他兩三個位子空著，是很正常的事情。帕第的神經容易緊張，他不會安靜地坐在位子上等待魯賓斯坦思考的。」

萬斯緩緩地點燃了香煙，說道：「馬克漢，按照亞乃遜的分析，帕第至少有整整四十五分鐘的時間，可以自由活動。」

陰謀與數學

四月十六日

星期六

晚上八時三十分

吃晚餐的時候，誰都沒有再提起這件事情。但是，當我們到達俱樂部找了一個安靜的角落坐下來之後，馬克漢又再次提到了這件事情。

「依我來看，就算真有帕第不在場證明的漏洞，對案情也沒有絲毫用處。」馬克漢沮喪地說，「這件事情越來越讓人鬱悶了！」

「是啊！」萬斯嘆了口氣，「太傷神了！為什麼越調查，事情會越複雜呢？最可氣的是，明明覺得真相就在我們眼前，但是不管我們怎樣努力，就是看不見！」

「沒有任何指引，也無法根據理性來判斷，任何線索都找不到！」

「我可不這麼認為！我覺得，我們應該以一個數學家的犯罪行為來看待這起案件。」

在搜查線索的這段時間裡，我們像往常一樣羅列出了有關人員的姓名和細節，但是我們仍然沒有任何收獲。對我們而言，每一個人都有可能是兇手，但是，這種無謂的猜測讓我們很沮喪。

「你說什麼？什麼叫數學家的犯罪？」馬克漢詫異地問，「我認為，這起案件只不過是一個偏激分子獨自演出的一場鬧劇，他所做的一連串的行為也都是毫無意義的。」

萬斯對馬克漢這話，實在很無奈。

「馬克漢，這個兇手只不過是一個有著正常思維的超人而已；這完全不會是毫無意義的行為，甚至可以說這是有著精密計畫的行為。而且，他的行為異常的冷酷無情，我們可以認為他是用一種諷刺的態度來進行這場凶殺的。但是，我可以肯定地說，他的個人行為是非常正常的。」說完，他低頭陷入了沈思。

「難道你把數學的精神與鵝媽媽的犯罪，聯繫在一起了嗎？」他問道。

「這類案件都是不正常的，只有魔鬼才做得出來！你為什麼一定要以理論性的觀點，來看待它呢？」

萬斯將身體埋進了椅子裡，開始玩弄起煙草來，過了好幾分鐘，他才開始從整體上分析這起案件。的確，從案情表面上看，罪犯的行為過於瘋狂；我們的破案焦點應該聚集在所有登上戲台的角色身上。如果，我們的分析正確的話，那麼有一場最為悲慘的劇作將要登上舞台了。

「想要了解這起案件，」萬斯說道，「我們就應該首先了解數學家的習慣。數學家不管面對什麼事物都是從計算的角度來看待的，對他們來說，地球上所有物體都是沒有意義的，而人類也是微不足道的。但是，這僅僅是數學家的處世態度。其次，他們會以光年為單位，來證明空間是無限大的；也會用公釐的百萬分之一來計算無限小。對他們而言，地球，以及人類，都只不過是一個小點而已。伽利略說銀河的直徑約三十萬光年；而宇宙的直徑是銀河系的幾萬倍；太陽的重量又比地球高出三十二點四萬倍；宇宙又是太陽的十億倍。那些與這些龐大數字有親密關係的研究者，根本不可能對世界的數字觀念持有平衡的心態。這一點不足為奇。」

萬斯扭動了一下身體，接著說：「但是，對一個數學家來說，這只是最基本的數學理念。對於高等數學家而言，他所涉及的領域是更為寬廣的，那些普通人是根本無法了解這些理論的。那些高等數學家們生活在三次元的第四坐標裡，在這個領域當中，距離是不存在的，它們只代表了無數個最短的路徑。在這個領域裡，原因、結果這樣的名詞不過是為了解釋目的的符號而採用的最簡單的手段而已；對他們來說直線也是不存在的，也是無法定義的。因為光速、質量可以無限制地膨脹；空間本身只是一個測量的結果而已，它是有高低之分的。地心引力可以被空間的特性所取代，它成為了動力的一種。例如，蘋果之所以從樹上掉下來，不僅僅是因為地心引力，還包括測地線的關係。在現代數學家的領域當中，曲線是沒有切面存在的。以前，牛頓、萊普尼茲他們就沒有想像到微積分倍數這一點，但這對於數學家而言，卻是最平常的。當然了，誰也無法預料到這一點，除了數學家外。還有，我們上學的時候覺得很神奇的圓周率，在今天也已經不是永恆不變的了。今天，圓周和直徑的比例，是要用圓是否靜止來測量的。我說這些，是不是很枯燥？」

「廢話，枯燥透了！」馬克漢不顧修養地回了他一句，「但是，你還是繼續吧！也許它能指引你分析案情的具體方向！」

萬斯嘆了一口氣，無奈地搖了搖頭，但是很快他又神色凝重，繼續說：「在現代數學的理念中，人們已經從實際的世界裡被抽離了，只存在於人們的思維中，就好比愛因斯坦所說的「引導病理的個人主義」，這種最墮落的想像形式。巴魯巴就認為，可能有第五或者第六空間的存在，他還主張人類可以看見未來所要發生的事情。還有一位科學家認為，有一種架空的生物比光速走得還要快，而且是朝相反的方向行進的。經歷這些之後，人類所有的歷史就盡收我們的眼底了。只要選擇好地點，我們可以從銀河看見四千年前的地球，而且還可以同時眺望冰河時代。」

萬斯往椅子後面靠了靠。

「這些無限的理念，就足以讓一個正常人精神崩潰了。但是，在現代物理學上，有一個眾所周知的主張，人類不可能離開出發點，而直接進入空間的。簡單來說，我們可以一直向前到天狼星，但是，不論我們前進多遠，都不會離開宇宙，而且，我們還會從另一個方向回到原來的起點。馬克漢，這是不是屬於我們所謂的正常思維？但是，不論它有多麼複雜、多麼矛盾，和數學家所推斷的理論相比，還是很簡單、很單純的。對於數學家來說，那些普通人看起來很不合理的事情，在他們眼中只是普通的常識而已。愛因斯坦也是數學家，曾經指出空間的直徑是一億光年，總而言之，即使是無限大也還是有限的。就像科學家所說的，太空是沒有邊界的，但還是有盡頭的。馬克漢，好好思考這個問題吧！多聽半小時，你一定會瘋掉的！」

萬斯停了下來，點了一支香煙。

「數學家思考的領域就是空間與物質。耶特恩將物質視為空間的特性之一；而懷依魯則認為空間是物質的一項特性，在他看來，沒有物質的空間是索然無味的，因此也就失去了哲學的意義。因為，當實體和現象可以互相掉換的時候，所有的法則也就不值一提了。當我們認為空間是無限的，那麼一切理性原則也就無法成立了。例如，在愛因斯坦的眼中，空間是圓筒形狀的，越靠近周線，或者說『邊界狀態』，物質越趨近於零。對懷依魯來說，空間是呈馬鞍狀的。例如，要推翻上述這些概念的時候，所謂的自然、我們所居住的這個世界或是人類的存在，又會變成什麼樣子呢？所以，懷依魯認為，自然法則是不存在的；也就是說，自然界是無法依據法則來預測的。如果這和世界不存在的話，那麼生命還有什麼意義呢？或者說存在的本身又算什麼呢？」

萬斯看著馬克漢，馬克漢不自覺地點了點頭。

「是的，有很多事情是我們無法了解的。」馬克漢開口說，「但是，重點在哪裡？這讓我感覺很模糊，甚至有些神祕。」

「人只不過是這個浩瀚世界中的一小分子，是如此渺小，如此的微不足道。但是，如果有一天，人類對於世界的各種價值觀都不屑一顧的話，你不會覺得驚訝嗎？」萬斯說，「是的，不會。因為對於當事者而言，這只不過對他的心靈世界造成了干擾；漸漸地他會變得容易譏諷和嘲弄，在他眼裡，所有的一切都毫無價值。也許，在這樣的人心中，還隱含了一些虐待的成分，因為，譏諷和嘲弄本身就是虐待的一種表現形式。」

「但是，這總不會是一場精心策劃的殺人計畫吧？」馬克漢不太贊同萬斯的推測。

「我們要從這幾樁案件的裡層來探討。對於一個正常人而言，只要每天都懂得放鬆，他的意識和潛意識都會在放鬆中獲得平衡，因而也就維持了心理的健康和平衡。但是，對於一個精神緊張的人來說，他無法將情緒發泄出來，久而久之就積存了煩躁和鬱悶。這種長期的情緒壓抑一旦爆發的話，就會發生極端的暴力行為。不管這個人有多麼的優秀，他都無法抵擋這樣的結果。拒絕承認自然法則的數學家，當然也就遵守這些法則的規範了。而事實上，他們長期思索這些物理學，本身就會加深他們情緒上的壓力。想要維持平衡，他們就不得不做出一些變態的事情。」

萬斯狠狠地吸著煙，看了馬克漢一眼。

「馬克漢，這是不可避免的事實。這一連串的假設，似乎讓人難以置信，但是，它的確是一位遭受極度的心理壓力，想要宣泄情緒的數學家所精心策劃的殺人事件。這起案件所有的作案手法都是那麼乾淨利落，並且手法非常完美，讓人覺得他並沒有殺人動機。這樣的案犯，一定是一位心思縝密、智慧超群的純科學家想要釋放情緒的結果。」

「那麼，他為什麼要玩這種讓人恐懼的遊戲呢？」馬克漢問，「還有，他是怎樣利用鵝媽媽的動機的？」

「壓抑的存在，」萬斯解釋道。「足以造成這種有力的氛圍。哲學家說幽默可以讓人釋放緊張的情緒，他們還大聲呼吁人們要從壓抑的情緒中製造幽默。弗洛伊德也主張，只要發揮幽默，鬱悶也就會被隨之取代。在這幾樁鵝媽媽的凶殺案裡，是數學家為了平衡他的倫理性和思想，而採取的荒誕至極的行為。他似乎想要極度譏諷地告訴我們：『看啊！這就是你們重視的世界！實際上你們一點也不了解這個五彩繽紛世界。』他的這種態度與我之前講過的心理狀態是一樣的。長期的精神緊張，又得不到宣泄，很自然地就導致了這種變態行為的發生。所謂的返老還童，也可以理解為越是認真、保守的人越會利用最可笑的兒童遊戲。這對一個精神已經崩潰的人來說，只是本能的反應……

「另外，所有心理變態的人都有一種孩童情結，孩童是沒有道德觀念的，所以在他們心中也沒有善惡之分。現代許多數學家甚至認為，所有的習性、義務、道德觀，如果不存在自由意識的想像，就無法存在。對他們而言，道德觀是一個充滿了概念的幽靈世界；沈迷於這些想法的數學家們，心態往往是扭曲的，並且還會產生蔑視人類的心態。我們現在所要面對的這起案件，正好符合了所有要求和條件。」

萬斯結束推論之後，馬克漢靜靜地坐了很久。最後，他忐忑不安地開口問：「我明白了，與案件相關的這些人，都可以用你上述推論來分析，」他說，「但是，現在我們對報社也這樣解釋嗎？」

「是的，但是要看對象是誰；而且，在這起案件中，還要有一種表現欲的衝動存在。」萬斯回答道。

「那麼，又如何解釋『主教』的代號呢？」

「嗯！這是最關鍵的一點。所有這些令我們毛骨悚然的案件，都是因為一個神祕的署名。」萬斯有點無奈地說。

馬克漢緩緩地移動了一下身體。

「西洋棋手、天文學家是不是也會像數學家那樣，與你的推論相吻合呢？」

「當然，」萬斯回答，「文藝復興時期，西洋棋是藝術領域的一種學科；但是，現在看來，這已經演變為一種精密的科學了，甚至成為了一門數學理論。事實上，馬羅茲、萊斯卡、威德瑪這些著名的數學家，至於那些真正看到宇宙的天文學家，還有那些真正的物理學家，對他們來說，星球上生命的存在，也許遠比地球上的現實生活要重要得多。當他們透過望遠鏡觀察火星的時候，假想火星上的居民們遠比地球上的生命更加有智慧、更加聰明，而且人數更多，一時之間，他們也就很難去適應地球生活了。」

大家沈默了很久，馬克漢才開口問道：「那麼，那天晚上帕第為什麼要拿走亞乃遜的黑棋主教，而不是從俱樂部隨便拿一個呢？」

「現在，我們也無法解釋他是出於什麼樣的動機。但是，他既然這樣做了，一定有特殊的目的存在。可是，問題是，就算他這麼做了，我們也沒有證據去指定他的罪行。現在找到的任何嫌疑，都還不能將他繩之以法。哎！馬克漢，他真是狡猾的角色，他所有的計畫、所有的行為都是經過慎重策劃的，我們實在對他有些無可奈何。現在，我們只能乞求，能從他的某些遺漏中找到缺口，尋找我們需要的證據。」

「明天早上第一件事，」馬克漢說，「我會讓希茲去調查帕第那晚不在場的證據，我會多派些人尋訪所有參觀了比賽的人，中午以前一定把調查報告送過來。對了，還要調查曼哈頓俱樂部和德拉卡家附近所有的房子。如果發現有人的確半夜時分看見帕第出現在德拉卡家周圍的話，那麼，我們也就掌握了充分的證據。」

「沒錯！」萬斯也同意這樣做，「這將會是一個新的起跑點。這樣一來，帕第就很難證明自己在和魯賓斯坦對弈期間，還走過六條街，去到德拉卡夫人的房間了……太好了！一定要讓希茲和他的手下們仔細搜查，這樣案情就有了很大的進展了。」

但是，希茲永遠也不能完成這項任務了。

第二天早上還不到九點，馬克漢就到萬斯家告訴他，帕第自殺了。

詭異的紙牌屋

四月十七日
星期日
上午九時

對於帕第死亡的事情，萬斯顯得異常慌亂和驚訝，一副不敢相信的樣子，呆呆地望著馬克漢，然後又匆匆忙忙地按鈴呼叫柯瑞，請他幫忙準備好咖啡和外出時穿的衣物。就連換衣服的動作也是火急火燎的樣子。「啊，馬克漢！」他慌慌張張地問，「這實在是太意外了……你是怎麼知道這件事情的？」

「大概在半小時之前，迪拉特教授把電話打到了我的公寓，他說帕第昨天晚上不知道什麼時候在迪拉特家的射箭室裡自殺身亡了。派因今天早上發現屍體之後，馬上就通知了教授。我將這件事情告訴了希茲組長，然後就趕到你這裡了。」馬克漢停頓了一會兒，點燃了香煙，「無論如何，主教的事件總算是告一段落了……雖然結局並不能夠令人完全滿意。可是，對於所有相關的人來說，這算是最好的結局吧！」

萬斯並沒有立刻表達自己的意見，而是心不在焉地端起了咖啡。忽然，他站了起來，拿起帽子和手杖。

「自殺……」萬斯和我們一起下樓的時候不停地喃喃自語，「似乎很合乎邏輯。但是，就像你所說的，並不能夠完全令人滿意——甚至是相當不滿意啊……」

我們到了迪拉特的家中，派因接待了我們。就在教授從客廳走出來的時候，玄關的門鈴響了，希茲的情緒顯得有些激動，精神抖擻地衝了進來。

「這樣一來就萬事大吉了，檢察官。」警官顯得有些興奮地說著，「就是那些沈默寡言的人……這種人是靠不住的！誰會想到最終的結局會是這樣啊！」

「是嗎，警官！」萬斯無精打采地說，「好像並沒有那麼簡單吧！這是相當令人頭痛的。現在只不過是像沙漠那樣乾爽罷了！」

迪拉特教授在前面走著，將我們帶進了射箭室。窗簾全部都放了下來，電燈仍然亮著。我發現，窗戶也關上了。

「一切都保持著原來的狀態。」教授對我們說。

馬克漢朝正中間那張寬大的藤製桌子邊走去。帕第的屍體朝向射箭室的方向，坐在椅子上，一副頹然的狀態。身體向前傾，頭和肩膀都搭在桌上，右手垂了下來，手中還握著手槍。腦袋右邊的太陽穴上有一個黑紅的傷口，頭下的桌子上是一攤凝固的血塊。

我們的視線在屍體上停留了一會兒，突然，一個與現場極不協調的東西，吸引了我們的注意力。桌子上有幾本雜誌，在死者的正前方還有一個房子的模型，是一個用製作精美的撲克牌搭起來的紙牌房子，四張牌圍成了院子的圍牆，排列整齊的火柴組成了小徑。這是小孩子們最喜愛做的事情。我和萬斯突然想起了前天晚上的事情，有一個人在專心致志地玩小朋友們的遊戲。充滿稚趣和孩子氣的紙牌建築物，與慘死的人並列在一起，看起來總是覺得有一種難以名狀的恐怖感。

萬斯的眼睛裡充滿了悲傷和懊惱，靜靜地注視著眼前的一切。「約翰．帕第，安息吧！」他恭恭敬敬地低聲說著，「這是傑克建築的家……紙牌之家……」

萬斯想更進一步地察看現場，於是向前走了走。但是，在接觸到屍體的時候，桌子稍微動了一下，虛幻的紙牌之家頓時就崩塌了。

馬克漢問希茲：「通知法醫了嗎？」

「當然！」警官把視線從桌角移開，「巴庫也會跟著來的，或許會有需要他的地方。」

希茲走到窗邊，拉開了窗簾，耀眼的陽光照進了屋子，然後他又回到了帕第的屍體旁邊，仔細地觀察著，突然，他跪了下來。

「好像是點38口徑的手槍。」他注意到了。

「確實如此，」萬斯也同意這個觀點，他拿出了香煙盒。

希茲站了起來，拉開桌子的抽屜進行搜查。

「等醫生來了之後，讓法醫進行鑒定吧！」

就在這個時候，亞乃遜來到了這間紅黃相間的豪華房間，異常激動地衝進了屋子。

「啊！實在太令人驚訝了！」他大叫著，「是派因告訴我的。」然後他走近桌旁，注視著帕第的屍體，「是自殺嗎？……但是，為什麼不在自己的家裡做這種事情呢？這樣做，給人家添了多少麻煩，真是不合情理！」他抬頭注視著馬克漢，「看起來，這對於我們來說是相當不愉快的，已經是臭名昭著了。快把屍體弄走吧！我不想讓蓓兒看到這一切。」

「等法醫驗屍完畢，他們馬上就會運走。」馬克漢有些生氣地回答，「有必要把法醫請到這裡來！」

「好吧！」亞乃遜仍然凝視著帕第的屍體。他的臉上露出了略帶諷刺和疑問的神情：「真是個可憐的傢伙。人生對於他來說就是一個沈重的負擔，有些神經過敏——而且膽子還特別小。對於任何事情都太過於認真了。比如說，看到天空中的雲霧散開了，也會聯想到自己悲慘的命運。卻很少往好的地方去想。黑色主教大概給他帶來了不少困惑。他竟然會有自殺的勇氣，實在是太不可思議了！把自己想像成了西洋棋中的主教——妄想著扭轉乾坤，贏得這個世界。」

「這真是個好想法，」萬斯說，「我們剛才進來的時候，桌子上還有一棟用紙牌搭建的房子。」

「啊！這跟紙牌有什麼關係呢？我不明白。大概他在臨死之前做的最後的遊戲就是用紙牌搭建一個家吧。進行得還算順利。對此你又怎麼解釋呢？」

「我也不知道。或許可以從《傑克紙牌之家》這首童謠中找到答案吧！」

「是嗎？」亞乃遜一副不可思議的表情，「在生命的最後，還自己玩了一把小孩子的遊戲，真是太奇怪了。」接著他又換了一個話題，「啊！我要去換一件衣服。」說完，就跑上二樓了。

迪拉特教授仍然在那裡站著看著亞乃遜，剎那之間，他顯現出懊惱的表情，這是一種父親式的表情。過了一會兒，好像很困擾似的轉過臉，面對著馬克漢。

「席加特平時總是一副玩世不恭的態度。他總認為流露出自己的情感，是一件非常可恥的事情。」

馬克漢還沒有回答，派因就把巴庫帶進來了。萬斯利用這個機會，詢問管家有關帕第屍體被發現的情況。

「今天早上為什麼會到射箭室來呢？」

「因為放餐具的房間有些悶熱，」對方回答，「所以想來打開樓梯下面的窗戶，讓空氣流通一下。然後就發現窗簾放了下來——」

「這麼說，平時窗簾都是不放下來的嗎？」

「是的——這個房間的窗簾平時都是拉開的。」

「那麼窗戶呢？」

「也是一樣的，平時都會打開一點。」

「那麼昨天晚上也打開了嗎？」

「是的。」

「好，那麼，今天早上開門之後呢？」

「燈還亮著。我想，可能是小姐昨天晚上忘記關燈了吧，就在這個時候，突然發現那個可憐的人正坐在桌子旁邊，我立刻就跑上去通知了教授。」

「碧杜兒知道這件事情嗎？」

「在你們到來之前，我已經告訴她了。」

「昨天晚上，你和碧杜兒是什麼時候休息的？」

「十點鐘左右吧。」

派因出去之後，馬克漢對迪拉特教授說：「請您儘量在等候德瑞摩斯醫生到來的這段時間裡，把這件事情清楚地告訴我。希望您能夠配合我們。我們先上去吧！」

巴庫一個人在射箭室裡待著，其他人都到書房裡去了。

「我所知道的情況並不是很多，」教授坐了下來，取出煙斗。很明顯，一副非常保守，謹慎的樣子——看起來似乎有些勉強：「帕第昨天在晚餐之後就到我這裡來了。我想可能不是來找亞乃遜聊天的，而是來看蓓兒的。不過蓓兒很早就說了，她有些頭疼，所以想早點休息，儘管如此，帕第還是一直待到了十一點半左右，然後才回家。可能在今天早上派因通知我之前，我是最後一個看到他的人……」

「但是，如果帕第先生是來看你姪女的，」萬斯插話道，「那麼，為什麼小姐去休息了，他還會待到那麼晚呢，你怎麼想？」

「我沒有什麼好說的。」老人一臉疑惑的表情，「不管怎麼說，我都要好好地招呼人家吧！事實上，我也只能很疲倦地等著他離去。」

「昨天晚上，亞乃遜人在哪裡？」

「蓓兒去休息以後，席加特和我們又聊了一小時，然後也去睡覺了。一整個下午他都在忙德拉卡家的後事，實在太累了。」

「那是幾點鐘的事情？」

「大約十點半！」

「你剛剛說，帕第在跟你談話的時候有些心事重重？」

「不是很明顯，」教授皺著眉頭吸了一口煙，「但是看起來很憂鬱而且精神也不好。」

「那麼，你覺得他在害怕什麼嗎？」

「不是，完全不是。感覺他像是陷入了某種痛苦之中，無法擺脫悲傷的情緒。」

「他要回去的時候，你有沒有送他到走廊？我的意思是，你有沒有看見他是從哪個方向走的？」

「沒有，我們把帕第當自己人，他都是獨自離開的。」

「你馬上就回到自己的房間了嗎？」

「大約十分鐘之後，我才離開的，我把書籍整理了一下。」

萬斯陷入了沈思，顯然，教授的一席話讓他困惑不已。

接著，馬克漢又繼續問：「你有沒有聽見槍聲，或者其他聲音？」

「昨晚屋子很安靜。」迪拉特教授答道，「再說，即便射箭室有槍聲，就算是在走廊裡也聽不見的；而且我們這所房子有兩道樓梯，大廳和走廊之間還有厚厚的三道門；牆壁又特別的厚。」

「而且，射箭室的窗戶全是密封的，」萬斯補充說明了一句，「從街道上誰也不會聽見槍聲。」

教授點點頭，用奇怪的眼光望著萬斯。

「是的，你也發現這個奇怪的特點了？真不明白，帕第為什麼要把窗戶全都關上。」

「目前為止，我們仍然無法解釋人類自殺前奇妙的心理活動。」萬斯回答著，過了一會兒之後，他接著說，「帕第離開之前，還跟你說了些什麼？」

「我們也沒有談什麼，他對我寫的《物理學評論》一書很感興趣，就聊了一下阿魯卡利的雙極子問題。但是，就像你知道的那樣，他的腦子裡只有西洋棋，跟他說他也不明白。」

「是嗎？真是太有意思了！都要死了還這樣？」

萬斯機警地望了一眼棋盤。棋子依然在棋盤上，萬斯快速站了起來，穿過房間走到了棋盤旁。接著，他又重新回到椅子上坐了下來。

「太奇怪了啊！」萬斯一邊喃喃自語，一邊點燃了手中的香煙，「很明顯，帕第先生離開之前，還在思考他和魯賓斯坦的那盤棋。而棋子的擺放和他被宣告失敗時的局面一樣；當然，最後他還是被黑主教將死了！」

教授神色凝重地朝那盤棋望去。「黑棋主教，」他低聲重複著，「原來，昨天晚上他的心思都放在這盤棋上面，真是令人難以置信，他竟然因為這點小事情困惑到這種程度。」

「教授，你不要忘了，」萬斯提醒他，「黑棋主教象徵著他的失敗，代表了他的希望即將破滅。為微不足道的事情喪命的人有很多。」

幾分鐘後，巴庫告訴我們法醫來了，告別了教授，我們又回到了射箭室，德瑞摩斯醫生正忙著檢查帕第的屍體。

法醫看見我們走進來，便揮起一隻手向我們示意。「究竟要鬧到什麼程度才能結束這件事情？」法醫埋怨道，「這裡的氛圍讓我很不舒服。先是殺人，接著心臟病突發死亡，現在又是自殺，真讓人渾身不舒服，我好像來到了屠宰場！」

「我想，這應該是結束吧！」

法醫眨了眨眼睛，說道：「真的？現在，整座城市的人都在談論主教自殺的事情。但願跟你說的一樣，沒有別的意外了。」他說完再度彎腰開始檢查屍體，他將死者的指頭掰開，把手槍放在了桌子上。

「警官，交給你了，把它放進你的武器庫裡吧！」

希茲接過手槍放進了口袋裡。「醫生，他死了多久了？」

「噢！昨天半夜吧！可能更早一些。還有什麼問題要問嗎？」

希茲笑著問：「會不會不是自殺？」

德瑞醫生瞪了他一眼，反問道：「那你認為會是什麼原因？」隨即，法醫的表情又回到一貫的認真態度，「他手拿著手槍，而且傷口和槍是完全吻合的，並且倒下的位置也沒錯。看不出有什麼可疑的地方。還有什麼疑問嗎？」

這時，馬克漢插話道：「是的，從我們的角度來看，這件案子自殺的可能性較高。」

「自殺的結果不是好一點嗎？但是，讓我們再進行進一步的檢查吧！警官，過來一下，請幫我個忙。」

就在希茲幫法醫將帕第的屍體移到椅子上，準備進一步詳細檢查的時候，我們回到了客廳。沒多久，亞乃遜也過來了。

「檢驗結論是什麼？」亞乃遜坐在了離萬斯最近的椅子上，「我認為，那個傢伙是自殺的，毋庸置疑！」

「亞乃遜先生，你為什麼這麼認為？」萬斯反問他。

「沒有什麼特別的理由。不過是隨意認為的，最近不是接二連三地發生了很多稀奇古怪的事情啊？」

「跟你認為的一樣，」萬斯吐了一個煙圈，「法醫也認為是自殺。那麼，昨天晚上你看見帕第的時候，有沒有感覺到他有自殺的意圖？」

亞乃遜想了想，說道：「很難說。他雖然不是那種很樂觀、很開朗的人，但是也不至於會是想自殺的人……」

「那倒是。對於這件事，你的公式又作何解釋呢？」

「這不符合我的方程式邏輯，因此也就無法推理。但是，我真的不明白，他為什麼要選擇射箭室呢？如果自殺，家裡不是更方便嗎？」亞乃遜一臉難以置信的表情。

「也許因為射箭室有手槍吧！」萬斯說，「這倒提醒了我！希茲警官，需要法醫鑒定一下手槍。」

「這很簡單，手槍在哪？」

希茲把手槍交給亞乃遜，他便起身走出去了。

「對了！」萬斯又叫住他，「還有一件事情，你問問蓓兒射箭室為什麼有撲克牌？」

幾分鐘後，亞乃遜回來了，他告訴我們手槍是放在工具箱裡的，射箭室的抽屜裡有撲克牌，而且蓓兒知道帕第在射箭室裡。

不久，德瑞醫生也出現了，他再次說明帕第是自殺的。

「報告都在這裡了，」法醫說，「的確是自殺。當然了，也有很多自殺是假的，但這就是你們的工作範圍了。就我的立場而言，完全沒有可疑之處。」

馬克漢點點頭，臉上露出了滿意的表情。

「醫生，我們沒有理由懷疑你的判斷。事實上，自殺與我們的調查也是很吻合的。今天，主教鬧劇總算有了合理的結論。」他站了起來，一副如釋重負的樣子，「警官，解剖屍體的事情就交給你來安排了，我們在史蒂文森俱樂部等你。今天是星期天，我們也該好好放鬆一下了。」

當晚，我、萬斯和馬克漢坐在休息室裡，希茲還沒有來，他還在忙著準備新聞發言稿。萬斯一直沒有多說話，他拒絕就此事作出公式性的說明，他也不想發表任何意見，對這種事情他是從不關心的。不過，最終他還是把心中的困惑說了出來：「這件事情太簡單了！馬克漢，怎麼會這麼簡單呢？我總覺得有什麼不對勁的地方。是的，這一切都太合邏輯了。但是，這樣的結果實在很難理解啊！我無法想像，這位赫赫有名的主教，竟然會以這種方式結束這一切，實在太讓人失望了；而且這根本與鵝媽媽的殺人計畫完全不吻合。」

馬克漢不悅地說：「帕第的精神狀態只是你的猜測罷了，我倒是覺得合情合理。也許他知道自己走投無路了，對他來說這樣做也許是最好的解脫方式。」

「也許你說得沒錯！」萬斯嘆了口氣，「我沒有任何理由跟你爭辯，只是你的看法太讓我失望了。我覺得整件事情，開頭來勢凶猛，結果卻平淡無奇，這與我們的想像完全不符。好吧！你能告訴我帕第自殺的動機在哪裡嗎？」

「因為帕第喜歡蓓兒．迪拉特，」馬克漢說出了自己看法，「他害怕羅賓跟蓓兒在一起；而且他對德拉卡有著極度強烈的嫉妒心。」

「史普力格呢？」

「目前還不清楚。」

萬斯搖了搖頭。「在追查動機的時候，我們不能將案情拆開分析。但是無論如何，殺人都是內心突如其來的衝動，都是因為強烈的衝動引起的。」

馬克漢不耐煩地嘆了口氣，問道：「你到底有什麼疑問呢？」

萬斯猶豫著不知道如何回答，片刻之後，他有氣無力地問道：「我想知道，為什麼我們輕輕一碰，紙牌之家就會倒下來呢？」

「那又怎樣？」

「帕第自殺的時候，他的頭和肩膀為什麼是靠在桌上的？」

「這有什麼好奇怪的，」馬克漢說，「也許剛開始震動得不厲害吧！」他突然瞪著萬斯問道，「難道你覺得是死後才組合的？」

「啊！沒有，我並沒有暗示什麼，只是好奇罷了！」

顯露端倪

四月二十五日

星期一

傍晚八時三十分

八天過去了，德拉卡的葬禮在七十六街的小房子裡舉行。出席者有迪拉特一家、亞乃遜，以及學校幾位對德拉卡的研究工作由衷崇拜的人。

萬斯和我在葬禮的當天，來到了德拉卡家，這時一個手持鮮花的小女孩正拜託亞乃遜將花放在德拉卡的靈前。我以為亞乃遜會隨便敷衍一下這個小女孩，但是沒想到，他竟然很認真地接過花，而且用非常溫柔的語氣說：「瑪蒂，我會很快交給他的。駝背叔叔一定會非常感謝你，也會永遠記得你的。」

當小女孩很禮貌地離開後，他轉過頭對我們說，「她是德拉卡最疼愛的孩子……德拉卡真是個有趣的傢伙，他從不去看戲，也不喜歡旅行，他唯一的休閒就是和孩子們一起玩。」

我之所以在這兒提起這一段看似無關緊要的小插曲，是因為最後它成為了我們破案的最重要的線索；這也成為了主教殺人事件中最有力的鐵證。

帕第的死，為近代犯罪史書寫了特殊的一頁。地檢處在發表的聲明書中，暗示了這一連串殺人事件，帕第也許就是兇手。但是，不論馬克漢的心裡究竟怎麼想，沒有明確的證據就不能強加證明。可是，這幾樁離奇的殺人案，迫使他不得不盡快對外表示案件可以結束了。所以，在沒有對帕第公開起訴有罪的情況下，主教殺人事件總算可以告一段落，不再成為人們的噩夢了。

曼哈頓西洋棋俱樂部裡，也許是全紐約最少議論這件事情的地方。也許是因為俱樂部的成員們，覺得這件事情有損他們的名譽！也可能是因為帕第對西洋棋有著諸多的貢獻，人們對他產生了同情之心吧！可是，不管會員們是出於什麼原因逃避這個問題的，帕第喪禮的當天他們全都參加了。我不禁由衷地欽佩起這位棋手，不論他的個人行為如何，他都對這項古老的西洋棋遊戲作出了偉大的貢獻。

帕第死後第二天，馬克漢釋放史柏林。當天下午，各政署將主教事件公文歸檔結案，撤銷了對迪拉特家的監視。萬斯對後項措施極力反對，但是根據法醫的驗屍報告證實是自殺的論點，連馬克漢也無法收回成命。加之馬克漢本身始終確信帕第的死，便是代表著事件的結束，所以他對萬斯所懷有的疑問一笑置之。

發現帕第屍體之後的那個星期，萬斯什麼事情也不想做，情緒也異常的惡劣。我們嘗試了很多方法想要提起他的精神，但是一點作用也沒有。他顯得異常暴躁，平日裡的穩重不知道跑到哪裡去了。我總覺得，萬斯在期待什麼事情發生一樣。但是他的樣子，並不能看出他在等待什麼；只是他那種警戒的態度，讓人恐懼。

德拉卡葬禮後的第二天，萬斯去拜訪了亞乃遜先生。星期五晚上他還陪亞乃遜一起去看易卜生的《幽靈》，據我所知萬斯討厭的戲劇裡就有《幽靈》。最後，他從亞乃遜的口中獲知蓓兒．迪拉特已經離開了，去俄巴尼親戚家住一個月。經過這些事後，蓓兒受到了很大的影響，的確應該換個地方散散心。很顯然地，蓓兒不在他身邊，亞乃遜顯得非常的寂寞，他們本來打算六月結婚的。萬斯還獲知德拉卡夫人在遺書中寫道，如果兒子死了，所有遺產歸蓓兒．迪拉特和迪拉特教授所有。這個消息，無疑引起了萬斯很大的興趣。

如果我們事先能夠猜測到那個星期將會發生更驚奇、更恐怖的事情的話，我懷疑除了擔心之外，我們是否還能承受得了。主教殺人事件並沒有真正結束，詭異的事情隨時都有可能再發生。

如果不是萬斯對這一案情推理出兩種結果，我們很可能永遠不知道真正的謎底。萬斯的結論之一：帕第的死和案件沒有任何關係；而事情發展到最後，我才明白萬斯的另一個結論，是導致他精神極度緊張的癥結所在。

四月二十五日，星期一，結束一切的開始。我們和馬克漢約在銀行家俱樂部吃晚餐，然後去看華格納的《卡斯坦吉卡》歌劇。不過，那天晚上，我們的神經仍然有些緊張。當我們在愛科達魯大廈的圓形大廳和馬克漢會面時，我發現馬克漢似乎心事重重。當我們用餐的時候，馬克漢才告訴我們，下午他接到了迪拉特教授的電話。

馬克漢說道：「他說今晚必須見我一面。我本來想拒絕的，但是看他非常著急。而且他特別提到，亞乃遜今晚不在家，希望我不要錯過這個好機會，否則將會後悔莫及。我問他為什麼，他不願明說，堅持讓我吃完晚餐後去他那裡一趟。最後，我告訴他，如果有時間我會通知他去見他的。」

萬斯非常專注地聆聽著，隨後說：「馬克漢，我們非去不可！我一直在期待他的邀請，也許我們很快就能找出真相了。」

「什麼真相？」

「帕第是否有罪！」

馬克漢不再說話了，我們在沈默中用餐。

八點半，我們按響了迪拉特教授家的門鈴，派因直接把我們帶到了書房。

老教授似乎有點神經質，他掩飾著心中的緊張和我們寒暄著。

「馬克漢，很高興你的到來。」教授說話的時候並沒有站起來，「請坐，來支雪茄吧！我有事情要跟你講，這是經過我深思熟慮的。這對我來說是很困難的事情……」他停止了這個話題，開始往煙斗裡塞著煙絲。

我們靜靜地坐著等他再次開口。很明顯，教授正因某件事情困惑著。

「我不知道該從何說起，」教授開口了，「因為這並不是具體的事實，只是我的第六感。

一個星期以來，我都被這種莫名其妙的感覺困擾著。思來想去只能跟你們談談，沒有任何別的辦法了……」

教授躊躇地看著我們。

「我想利用席加特不在的時間，跟你討論一些事情。剛好今晚他去看易卜生的《覬覦王位》，那是他的最愛。所以才有機會請你過來。」

「是什麼令您如此困擾？」馬克漢問。

「我也說不上來，一切都很模糊，也有些莫名其妙，但是它們困擾著我，越來越讓我承受不了了！」教授接著說，「所以，我才想讓蓓兒暫時離開這裡。我真擔心她接受不了這一連串的事情。另一方面，我將她送走的真正原因，是為了我心中這些無法驅散的疑慮。」

「什麼疑慮？」馬克漢立刻來了精神，「到底是怎樣的疑慮呢？」

迪拉特教授沒有立刻回答。

過了好一陣子，教授才開口說話：「讓我用另一個問題，來回答你的提問吧！」他說，「你們真的相信，帕第是自殺嗎？」

「那麼，你的意思是他不是自殺？」

「是的！另外，你真的覺得他是疑犯嗎？」

馬克漢將身體往椅子裡挪了挪，然後問道：「你的意思是，對我們的判斷不滿意嗎？」

「我無法回答這個問題。」迪拉特教授有點突兀地說，「你沒有權利問我這個問題。我只是想知道，手中擁有全部資料的當局，真的認為這件事情已經水落石出了？」教授的神情表明他非常關心這件事情，「如果我能完全明白這件事，也許對困擾了我一個星期的想法會有所幫助。」

「假如我告訴你，我不滿意呢？」

老教授的眼睛裡充滿了沮喪，他抬起頭眺望著遠處，好像有什麼重擔壓著他，讓他喘不過氣來一樣。

「這個世界上最難的事情，」教授說，「莫過於清楚地認識到自己應盡的義務在哪裡。義務是一種意識上的機制，我們可以隨心所欲地去做。但是，如果一個人決定去做某件事情的時候，感情問題常常會攪亂他所有的原定計畫。或許我不應該叫你們來。因為，那些莫名其妙的想法只是我的猜測而已。也許，我的不安，來源於內心深處連我自己都無法察覺的原因。你能明白我的意思嗎？」教授這些模棱兩可的話，讓我們著實摸不著頭腦；但是，可以肯定，他的內心的確被什麼事情深深困擾著。

馬克漢同情地點了點頭。

「我們沒有任何理由質疑法醫的判斷。」他用職業性的口吻說，「雖然這件事情有很多可疑之處，但是，我覺得，您不用過分擔心。」

「希望你是對的。」教授低語道，但是，顯然這並沒有讓他安心，「但是，萬一……」

教授突然住口了，「好吧！或許你說得對。」教授再次重複了這句話。

萬斯從頭到尾始終沒有開口說話，他一直專心聆聽著這段對話。突然，他開口說：「迪拉特教授，不管是什麼念頭，都希望你能告訴我們！」

「沒有！沒有什麼！」教授斬釘截鐵地回答著，「我只是擔心，隨便想了想。這只是我的個人想法，沒有任何充分的理由。當一件事情與我們沒有任何關聯的時候，純理論是理所當然的。但是，當一個人的安全受到威脅的時候，人類的做法講求親眼見到的證據。」

「是啊！的確如此。」萬斯看著教授說道。我突然覺得，這兩個截然不同的人，突然有了一種心靈相通的默契。

馬克漢起身準備告辭，但是迪拉特教授希望他能夠多留一會兒。

「席加特很快就要回來了，我想他一定很高興見到你們。剛剛跟你們說了，他去看《覬覦王位》，很快就會回來了！對了，萬斯先生，」教授的目光轉移到萬斯身上，「席加特告訴我，上個星期你們一起看了《幽靈》，你也跟他一樣喜愛易卜生嗎？」

萬斯的眉頭稍微皺了一下，我知道這個問題讓他很難回答。但是，當他回答這個問題的時候，語氣中一點也沒有退怯的感覺。

「我讀過易卜生的很多作品；雖然他也算是一位傑出的天才創造者，但是與歌德的作品相比，易卜生的作品還有很多的不足之處。」

「原來，你跟席加特的見解完全不同！」

馬克漢再次回絕了教授的挽留。

幾分鐘之後，我們吹著涼爽的晚風，走在了大街上。

「馬克漢！你還記得嗎？」當我們轉到七十二街，準備朝公園走去的時候，萬斯用調侃的語氣說道，「除了你的同伴，還有人也在懷疑帕第的死是否是自殺！我覺得，教授對你的保證一點也不滿意。」

「教授生性就很多疑。」馬克漢接著說，「再說，這幾件殺人案件跟他家有太多的牽連了。」

「我認為，這絕對不是他害怕的真正原因。他一定對我們隱瞞了一些事情。」

「我實在沒有那種感覺。」

「啊！馬克漢，我最好的朋友啊！你難道沒有看出教授的猶豫不決和欲言又止嗎？他雖然什麼也沒說，但是已經暗示我們一些事情了。我們應該推理出他話裡的意思！對了！這就是他為什麼非要在亞乃遜看歌劇的時候，讓我們來的原因。」

萬斯突然不說話了，他愣在一邊一動不動，眼睛裡閃爍著耀眼的光輝。

「噢！對了！就在這裡！老天啊！我知道他為什麼問我易卜生的原因了！我竟然這麼愚蠢！」萬斯瞪著馬克漢，用一種極為溫柔的語調說道，「終於可以找到真相了！但是，破案的關鍵，不是你，不是我，更不是警方；而是一位去世二十年的挪威作家——易卜生，這才是整個案子的關鍵。」

馬克漢看著萬斯，覺得非常不可思議，還不等馬克漢開口，萬斯已經攔了一輛計程車。

當車子穿過中央公園的時候，萬斯說：「回家後，我再解釋給你聽。太令人驚訝了，卻千真萬確。我很早就已經注意到這件事情了，但是信上署名的含義，卻讓我百思不得其解……」

「如果現在不是春天，而是夏天……」馬克漢發著牢騷，「我一定以為你中暑了！」

萬斯不理會他，繼續說道：「最初，我以為有三個人是嫌疑犯。他們都有感情糾紛，而且精神也不穩定，從心理上分析都有可能殺人。我們只將焦點聚集在了有著不良症狀的人身上。首先德拉卡被殺了，接著帕第自殺了，從表面上看他似乎就是疑犯。我雖然否認了帕第畏罪自殺的合理性，但是始終心存懷疑。那張字條上的署名，讓我們陷入了僵局，因此，我只好等待，觀察第三種可能性的發生。現在，我終於確定帕第是無罪的，他不是自殺，而是被殺。他的死因與羅賓、史普力格、德拉卡一樣。他的死，是另一個殘酷的笑話——是兇手基於邪惡的目的。我想，兇手現在正在一旁竊笑呢！」

「你為什麼會有這種奇怪的結論呢？」

「這並不是因為推理。我終於知道字條上『主教』的意思了。等一會兒，我會讓你們看到無懈可擊的證據。」

幾分鐘之後，我們抵達了萬斯的公寓，萬斯立刻帶我們來到了書房。

「證據一直就在這裡！」

他走到書架前，拿出了亨利·易卜生著作集的第二卷。這一卷裡蒐集了《黑利格藍特海盜》和《覬覦王位》。萬斯並沒有注意第一劇，而是立刻翻閱了《覬覦王位》，他找出劇中人物那一頁，然後將書放到了馬克漢面前。

萬斯說：「看看亞乃遜喜歡的戲劇中的角色吧！」

馬克漢滿腹狐疑地將書拿了起來，從他身後，我們看到書上這樣寫著：

哈坤恩．德遜：布奇列庫選出的國王

威羅伊沙：德遜的母親

斯考爾大臣

萊希爾特夫人：斯考爾的妻子

希格莉：斯考爾的妹妹

馬格麗特：斯考爾的女兒

古多．恩科德

史卡德．利普葛

尼古拉斯．亞乃遜：奧爾陸的主教

「百姓」達固夫：哈德恩的保衛長

伊加達佛度：哈德恩的宮庭牧師

凡卡．庫拉爾：衛兵之一

格里克斯・尤亨：貴族
畢露・弗利略：貴族
貝爾魯：年輕牧師
柯拉・馬利姆：尼古拉斯的主教助理
弗達恩特：醫生
亞多克爾：冰島人
哈魯・布萊德：地方首領

但是，當我們看見「尼古拉斯・亞乃遜：奧爾陸的主教」的時候，都被嚇了一跳。那個名字就好像恐怖的魔爪一樣，讓我們當場愣在了那裡。我想起來了……亞乃遜主教，透過這些文學作品，表現出一個窮凶惡極的魔鬼——他醜化了人性的光輝，嘲弄了世間的一切。

離奇失蹤的瑪蒂

四月二十六日

星期二

早上九時

有了這個驚人的發現之後，主教殺人事件也開始邁入最後、最令人戰慄的階段。我們已經通知希茲，萬斯有了新的發現。這樣，大家也好隔天一早，去馬克漢的辦公室採取下一步行動。

當晚，馬克漢告辭的時候，我看見他眼中有著從未出現過的沈重與惶恐。他無助地叫著說：「我不知道到底應該怎麼辦！我們沒有任何證據逮捕他。也許，我應該採取一些行動，給他一些教訓，說不定就能得到有利的證據了。以前，我從來不相信嚴刑拷問；但是，現在也許這是最好的辦法了。」

第二天早上九點，我和萬斯來到了馬克漢的辦公室。史懷克接待了我們，並告訴我們馬克漢很忙，讓我們先在客廳等一會兒。當我們坐下沒多久，希茲就表情嚴肅地走了進來。

「萬斯先生！我必須要告訴你，這件事情只能委託你辦了！」他宣布道，「你的確發現了很重要的線索；但是，我們不能因為一本書上的人名就逮捕他啊！」

「我們也許還能找到一些新的線索。」萬斯回答說，「不管怎樣，我們現在至少有了偵查的方向了。」

十分鐘之後，史懷克過來告訴我們馬克漢有空了。

「抱歉，讓你們久等了。」馬克漢說，「正好有一個不速之客，」他的語氣中充滿了無奈，「又有新的麻煩了，但是，凶案發生地點竟然在德拉卡被殺的公園裡。不過，我實在沒有工夫理會這件事件……」他推開眼前的文件，「談正事吧！」

萬斯問：「公園發生了什麼事情？」

馬克漢皺起眉頭說：「只是一件誘拐案，沒什麼大不了的。如果你想知道的話，今天早上的報紙有一些簡單的報導……」

「我討厭報紙。說吧！到底什麼事？」萬斯堅持追問道。我實在無法理解萬斯為什麼如此關心這件事情。

馬克漢深深地吸了一口氣，不耐煩地說：「昨天下午，目擊者看見一個小孩子在運動場上和一個陌生男子說話，接著便消失了。他的父親拜託我幫幫忙。但是，這種案子歸「失蹤人口調查組」管。所以，我拒絕了他。好了嗎？滿意了嗎？」

「不，繼續說！」萬斯仍然堅持追問著，「跟我說說事情的詳細經過。現在，只要是公園附近發生的事情，對我都非常有吸引力！」

馬克漢疑惑地望著萬斯。

「好吧！」他屈服了，「有一位五歲的小女孩，名叫瑪蒂・摩法特，昨天傍晚五點半左右，跟一群孩子在公園玩耍，那個小女孩爬到了假山上，過了一會兒，保姆去找她，以為她還在那裡，結果發現她不見了。唯一的線索就是，有兩個小孩看見她在失蹤前，和一位男子講過話。但是，小孩子根本無法描述那個男的長什麼樣。警察已經展開調查了。到目前為止，我就知道這些。」

「瑪蒂，瑪蒂，」萬斯反覆念著這個名字，好像在思考什麼，「對了！馬克漢，你知不知道，這個小女孩認識德拉卡？」

「知道！」馬克漢緊張地回答道，「她的父親提到過，她經常去德拉卡家玩……」

「我見過那個小女孩。」萬斯站了起來，雙手放在口袋裡，一動不動地望著地板，「金色的鬈髮，是個非常可愛的小姑娘。葬禮那天，她還拿著一束鮮花讓亞乃遜轉送給德拉卡……現在，她和一位陌生的男子說話之後，便離奇失蹤了……」

「你到底在想什麼？」馬克漢大聲叫道。

萬斯彷彿沒有聽見他的問題，反問他：「她的父親為什麼來找你？」

「我和摩法特有些交情。幾年前，當時我在市政府工作；也許他是急瘋了，所以才會想起找我。失蹤事件正好發生在主教凶案現場附近，因此非常擔心女兒有生命危險……萬斯！我們今天的目的不是為了討論失蹤的！」

萬斯抬起頭，臉上的神情異常恐怖。

「別出聲，請讓我靜一下！」他開始在房間裡走來走去。

馬克漢和希茲只好默默地看著他。

「對了，對了！一定是這樣。」萬斯繼續說著，「時間上也吻合……完全吻合……」

萬斯伸手抓住馬克漢的手腕，叫道：「走！快點！這也許是我們最後的機會。一分鐘也不能耽擱！」說著就拉著馬克漢走到了門口，「一個星期以來，我都在擔心這樣的事情會發生！」

馬克漢用力甩開萬斯的手。

「萬斯，把話說清楚！否則我絕不離開這裡。」

「這是整場殺人戲劇的最後一幕！你們一定要相信我的話。」萬斯的眼睛裡閃耀著我從未見過的亮光，「現在輪到『可愛的瑪法朵姑娘』了。雖然她們的名字不同，但是面對的事情是一樣的。那個可惡的傢伙，一定是把小女孩騙到了草坪上，然後坐在她的身邊陪她聊天，接著，小女孩便神祕失蹤了……」

馬克漢半信半疑地向前走著，倒是希茲毫不猶豫地搶先出了門。每當萬斯同他們講解原因的時候，我都在想他們三個人又在想些什麼。他們真的相信萬斯的觀點嗎？也許他們只是擔心主教再度傷害別人。與其坐失調查的良機，不如大膽地試一次！不管怎樣，他們最終還是接受了萬斯的建議。不一會兒我們已經走進電梯了。由於萬斯的建議，我們在刑事法庭的刑事科等待多列席刑警一同前往。

我們坐在馬克漢的車子裡，車子完全無視紅綠燈的存在，飛快地行駛在大街上。一路上，大家都出奇的安靜，直到車子經過中央公園時，萬斯才開口說：「也許我判斷錯誤，但是，冒險總比不冒險好。我們不能等著信件來臨，否則一切都太晚了。我們要在這種不為人知的情況下，讓他措手不及！」

「你希望能發現什麼？」馬克漢的語氣裡充滿了不安。

萬斯只是搖了搖頭，說道：「這個，我也不知道。總之，會出現震撼人心的事情。」

當車子開到迪拉特家的時候，萬斯立刻跳下車，奔上了樓梯。他急切地按著門鈴，派因趕忙跑來開門。

「亞乃遜先生呢？」萬斯問道。

「還在學校。」老管家回答。在他的眼睛裡我看見了恐懼。

「也許他會提前回來吃飯。」

「那麼，先帶我們去見迪拉特教授吧！」

「對不起，先生。」派因告訴我們，「教授不在家。他到市立圖書館去了……」

「家裡只有你一個人？」

「是啊，先生，碧杜兒也出去了。」

「太好了！」萬斯高興地拉住老管家的手，向樓梯奔去。

「派因，現在我們要搜查這棟房子，請帶路。」

馬克漢走上前，攔住他：「萬斯，我們不能這麼做！」

萬斯轉身過身來：「我不管可不可以，現在我一定要搜查這棟房子……警官，你要不要一起來？」

「我當然支持你！」希茲原來也有這麼可愛的一面，讓我喜歡極了。

搜查工作是從地下室開始的。所有的走廊、櫃子、壁櫥都經過了仔細、徹底的檢查。希茲的盛氣完全鎮住了派因，他只好乖乖拿出鑰匙，在前面為我們帶路，為我們打開所有的門。雖然希茲對這次的搜查滿頭霧水，但是他很熱心、很積極地參與了搜查工作。只有馬克漢仍然不情不願地跟在我們身後，但是，他本身也是承認萬斯的確有某種目的的，否則他也不會謹慎、伶俐地跟著我們進行搜索工作了。

我們從地下室一路檢查到樓上。當我們來到書房還有亞乃遜的房間時，立刻展開了所謂的地毯式搜查。甚至包括蓓兒．迪拉特的房間，以及三樓已經長久沒用過的房間，我們也沒有放過。就連四樓的傭人房，也被我們翻得亂七八糟。可是，最終沒有發現任何可疑的東西。雖然萬斯極力掩飾，但是從他不死心到處搜索的動作中，我看得出來他很緊張。

最後，我們來到頂樓一扇上了鎖的門前。

「這門通到哪裡？」萬斯問派因。

「頂樓的一個小房間。但是，已經很久沒有用過了……」

「把門打開！」

派因慌忙從鑰匙串中尋找鑰匙。

「鑰匙不見了？應該在這裡的啊！」

「你上次見到鑰匙是什麼時候？」

「我忘了。但是據我所知，這間房已經好幾年沒人去過了。」

萬斯向後退，說道：「派因！讓開！」

當管家站到一旁時，萬斯開始用力地撞門。「吱咯」一聲，我們聽見木板斷掉的聲音，但是門鎖仍然紋絲不動。

馬克漢立刻衝上前來，一把抓住萬斯的肩膀。

「你瘋了嗎？」他叫嚷著，「這樣做是違法的！」

「違法？」萬斯帶著譏諷的口吻反擊說，「目前我們面對的就是一個無視法律的魔鬼！你如果真要如此放縱他，好吧！隨你的便吧！但是，我必須把這間屋子打開，哪怕要為這個行為坐一輩子牢我也願意！希茲，開門！」

這一刻，我對希茲再次佩服得五體投地。他迅速擺出撞門的架式，用力撞開了把手上的鑲板。木片撕裂了，鎖上的鉤環也斷開了；門向內側傾斜過去，「叭」地一聲，門終於被撞開了。

萬斯用力甩開馬克漢的手，踉蹌地跑上了樓梯，我們緊跟在他的身後。頂樓一片漆黑，為了讓眼睛適應這種突如其來的黑暗，我們暫時站在了樓梯上。不一會兒，萬斯點燃了一根火柴，我們跟著這微弱的光，慢慢向前走著，接著我們捲起了遮光窗簾。陽光立刻照耀進來，原來這是一間10英尺大小的房間，屋內堆滿了雜七雜八的物品。空氣非常混濁，讓我們有些喘不過氣來。所有的東西上面都布滿了一層厚厚的灰。

萬斯環顧四周之後，臉上露出了失望的神情。

「這是最後的地方！」他用很是失望的聲調說道。

接著，他仍然不甘心地再次搜查起來。萬斯來到窗邊，那裡放著一個被壓扁的旅行箱。箱子上面沒有上鎖，皮繩也搭拉下來了。萬斯彎腰打開了箱子。

「天哪！我們總算有所發現了。馬克漢！看吧！這就是你需要的東西！」

我們立刻圍了過來，原來旅行箱裡放了一台老舊的打字機。一張紙還夾在印台上，那張紙上有兩行淡藍色的字體：

瑪法朵姑娘，
坐在草坪上。

不知道出於什麼原因，字在這裡中斷了。也許是有其他的原因，才讓他沒能完成鵝媽媽的童謠。

萬斯說：「這是主教送來的新消息！」接著，他又從旅行箱中取出一些信封和白紙。打字機最低端，有一本紅皮筆記本。萬斯將它遞給了馬克漢，繼續說：「這就是德拉卡記錄量子說計算公式的筆記本。」

但是，萬斯的眼神中卻透出一種挫敗感。接著，他又立刻再次搜索起來。這次他把目光聚集在了窗戶對面一張老舊的化妝台上。他彎下腰，伸手摸了摸後面，然後突然向後退去，抬起頭聞了聞，似乎有什麼異味一樣，他捂住了鼻子；接著他又低頭看著地板，他把地板上的東西踢到了房子中央。

我們低頭一看，吃驚地發現，竟然是一個化學家用的防毒面具。

「你們往後退一點！」萬斯下令。他一手捂著鼻子和嘴巴，另一隻手將化妝台從牆壁上挪開，就在後面，我們發現一個三尺高的壁門，萬斯將門撬開，我們看見裡面擺著食器用品，接著他立刻又把門關上了。

雖然我只在剎那間看了一下食器壁櫃內的東西，但是已經清楚地看見了裡面的東西。櫃子內部有兩層，下面那一層放了幾本書；上面那一層有一個鐵架，鐵架上面放著一個燒瓶、一個酒精燈、一個電容器、一個玻璃燒杯，還有兩個小瓶子。

萬斯轉過身來，失望地看著我們說道：「走吧！這裡已經沒有什麼可以找的了。」

我們回到客廳，多列席留下來看守貞樓的那間房子。

「不管怎樣，我們還是有發現的。」馬克漢不得不承認這一點。他認真地注視著萬斯：

「但是，我實在不喜歡這樣的做法。如果沒有找到打字機……」

「怎麼又說這種話？」萬斯有些坐立難安，他走到窗邊看著射箭場。

「我不是在找打字機，也不是在找筆記本。那些根本就沒有用！」萬斯沮喪地閉著眼睛，「唉！也許我的推測是錯誤的。一切都太遲了。」

「我實在不懂你還有什麼不滿意的？」馬克漢問道，「至少你已經幫助我們找到一些證據了。只要亞乃遜從學校回來，我們立刻逮捕他。」

「大概是這樣吧！但是，我在意的，並不是亞乃遜，也不是逮捕疑犯，更不是凶案能否破獲。我是希望……」

萬斯突然停下來，自言自語：「也許還不算晚！剛剛怎麼沒有想到呢？」萬斯一個箭步衝了出去，「快點！去德拉卡家！我們應該搜查德拉卡家的！」萬斯跑著越過走廊，希茲緊跟其後，馬克漢和我跟在最後。

我們跟著萬斯一起來到了射箭場，真不明白萬斯腦子裡在想些什麼。我想，我們其中任何一個人也猜不出萬斯的心思。但是，萬斯內心的興奮已經感染到了我們，一定是有什麼重大線索，否則萬斯不會這麼緊張失措。

當我們到達德拉卡家門廊的時候，萬斯將手伸進鐵絲網中，扭轉把手。我們吃驚地發現，廚房門竟然沒有上鎖。也許，萬斯早就已經意料到了，他很快將門打開了。

「等等！」他讓我們停留在走廊上，「不需要全部搜查，最可能的地方……走吧！跟我來……樓上……這間房子最重要的地方……壁櫥是最有可能的……誰也不會想到那裡……」

說著，萬斯走向後面的樓梯，經過德拉卡夫人的房間、書房，我們來到了三樓。這層樓有兩扇門，一扇在走廊的盡頭；另一扇的門較小，在靠右邊的牆壁上。

萬斯迅速走向右邊那扇門，然後扭轉了一下鎖，門立刻打開了。我們眼前一片漆黑，萬斯蹲了下來，摸索著前進，並說道：「希茲！把手電筒給我。」

萬斯話音剛落，一道光亮就已經照在了地板上。這時，出現在眼前的場景，讓我們毛骨悚然。馬克漢首先叫出聲來，希茲也被眼前的景象嚇壞了。

地板上躺著的竟是那個在德拉卡葬禮上拿著鮮花的小女孩。她那金色的頭髮亂成一團，臉色蒼白極了，臉頰上還留著沒有乾涸的淚痕。

萬斯跪了下來，將耳朵貼在她的心臟上。然後，輕輕地將她抱了起來。

「可憐的瑪法朵小姑娘。」萬斯嘆著氣，向樓梯走去，希茲走在最前面替他帶路。來到大廳的時候，萬斯停住了腳步。

「請幫我開門，希茲！」

萬斯走到屋外對我們說：「去迪拉特家等我！」然後抱著孩子穿過了八十八街，走進了一扇懸掛著醫生招牌的屋子內。

撥雲見日

四月二十六日

星期二

上午十一時

大概過了二十分鐘，萬斯出現在迪拉特家的客廳裡，我們在那裡等他。他拿出香煙坐下來，然後點燃香煙，馬克漢注視萬斯的眼神十分友善。

檢察官向他表示歉意說：「十分抱歉！我那時不該阻攔你。萬斯，我很敬佩你對問題追根究底的精神……警官，你也一樣。我同樣非常敬佩和感激你們的果斷和誠實。」其實，馬克漢雖然在法律制度上有點固執，有時候顯得很死板，但他仍不失為一個性情中人。

這時，希茲倒有點難為情：「啊！不是！不是這樣的。請你千萬不要這麼說。萬斯先生，我很關心那個小孩。可以繼續聽聽那小女孩的事情嗎？」

馬克漢盯著萬斯問：「當我們找到那個孩子的時候，你就認為她還會活著是嗎？還是從一開始你就這樣認為？」

「哦！是這樣的，不過，在我發現她的時候，她已奄奄一息，差一點就死了。哦，我想，這或許是當時主教的矛盾與緊張造成的吧！」

希茲滿臉困惑。「我無法理解，」警官說，「主教做任何事情都是小心謹慎的，是什麼原因讓他大意地忘了鎖上德拉卜家的門呢？」

萬斯解釋道：「因為他相信我們一定會找到那個小女孩。主教是一個心思縝密的人。他所做的一切都是為了方便我們而準備的。不過，他錯誤地估計我們在明天才會發現那個孩子——就在接到他給我們『可愛的瑪法朵姑娘』的信時。他計算讓那封信繼續成為我們的線索。但是，他沒有想到我們會捷足先登。」

「那為什麼主教昨天不送信來呢？」

「主教最初的打算，是昨晚就送那封搖籃曲的信來。後來，大概他改變主意了，他想讓這個小女孩的失蹤引起人們的不安，同時增強瑪蒂．摩法特和可愛的瑪法朵姑娘之間的關係，借以迷惑他人。」

「等到明天，小女孩就死在那裡了。也就是說，他根本不用擔心小孩子會指認他。」

馬克漢看一下手錶，胸有成竹似的站起來，下達命令給希茲：「現在，我們在這裡等亞乃遜回來，然後逮捕他入獄。」

這時，萬斯插嘴說，「馬克漢！別做傻事。貿然採取行動，只會讓事情更加棘手難辦。我們哪有什麼真實證據逮捕他呢？還是謹慎行動比較好。」

馬克漢微笑著說：「只發現打字機和筆記本，不能逮捕他。但是，現在有那個孩子的指證——我們完全可以逮捕他了。」

「你在說什麼？單憑一個五歲又被嚇破膽、哭哭啼啼的小女孩的證言，而沒有其他有力的證據，陪審團會認為這些有多大價值？就算法庭認可了小孩的證言，但現在有多大作用呢？他們會承認亞乃遜和主教殺人案件有關係嗎？小孩子現在安然無恙，陪審團會認為他誘拐未遂——頂多只能讓亞乃遜關上兩三年吧。而整個恐怖事件沒有結束……不！不可以！怎麼可以貿然行事！」

檢察官不得不承認萬斯講得有道理，馬克漢怒氣沖沖地坐下來，然後他理屈詞窮地說：「那我們也不能放任他繼續為非作歹。應該阻止他繼續發神經。」

「是的，我們必須阻止，」萬斯來回踱著步，「或許我們可以設計一個陷阱，讓那傢伙跳進去，然後讓他自己吐露實情。現在他還不知道我們已經發現這個孩子……或許能夠讓迪拉特教授幫我們的忙。」萬斯突然停下來低頭看著地板上的花紋，「啊，這是我們的機會。我們可以將所有的事實給教授一一列舉出來，讓他從中作個抉擇。這樣或許會有所突破，教授會幫助我們證實亞乃遜的罪行。」

「你以為教授會輕易相信我們的話嗎？」

「他不是暗示了我們一些資料嗎？等教授聽到可愛的瑪法朵姑娘的故事後，一定會提供我們一些重要的證據。」

馬克漢悲觀地說：「這實在不可靠。試試看倒也無妨。但是，當我們從這裡離開時，我一定要逮捕亞乃遜。其他的事我不管！我一定要抓住那個人。」

幾分鐘後迪拉特教授回來了，有人為他打開了玄關門。教授進來的時候似乎正在想我們這一些人到底來他家做什麼——他並不理會馬克漢向他打招呼。

「你們仔細想過我昨天所說的話了嗎？」

馬克漢恭敬地說：「我們不僅僅是想。上次我們從這裡告辭後，萬斯先生找出《覬覦王位》的劇本給我們看了。」

「哦！是這樣，」教授嘆息道，「這幾天，我總能想到這齣戲，我的腦袋裡似乎容不下其他的東西，老是縈繞著這齣戲……」教授十分不安地看著馬克漢說，「那麼，你們知道那是什麼意思嗎？」

這時萬斯回答：「感謝你教授，是你提供線索，我們才得以找到真相。現在正等著亞乃遜回來。不過，我們想跟你商量一下，你能否再助我們一臂之力。」

老教授有點猶豫不決：「我不希望自己成為你們揭露那孩子罪狀的道具。」教授說這句話時，口氣中帶著一種做父親的沈痛和悲哀，在經過一番思想掙扎之後，他的神情顯得很不安，眼睛裡充滿著痛恨的光芒，手狠狠地緊握拐杖，「我知道，現在不是談論我私人感情的時候。請放心！我會竭盡所能幫助你們！」

教授走進書房後站在另一側的架子前面，給自己斟了一杯葡萄酒，然後他一口氣將酒全喝光了；當他再次面對馬克漢時，他的眼神充滿歉意的憂傷。

「抱歉！我無法平靜，你知道我的心情多麼沮喪。」教授搬出一張棋桌，為我們擺上玻璃杯，「請原諒。」教授為每個杯子倒滿了葡萄酒，示意大家坐在一起。

我們各自拉來椅子坐下，經過這一連串的慘痛事件，我想，每一個人都會有痛飲一杯的想法。

大家都坐好後看著手中的葡萄酒，教授用紅腫的眼睛看著坐在他正前方的萬斯。

教授說：「我希望你告訴我所有的事情，不必隱瞞什麼。請相信我。」

萬斯從兜裡拿出一盒香煙。

「我想知道。昨天下午五點到六點間，亞乃遜在哪裡？」

「我並不知道。」教授聲音微弱，「下午，他在書房喝茶。不過，四點半左右就出去了。一直到晚餐前，我都沒有看見他。」

萬斯用同情的眼神看著教授說：「在這個房間的頂樓屋裡所藏的舊旅行箱中，我們發現了這個——主教用來打信件的打字機。」

看起來教授並不吃驚。

「能證明它是主教的東西嗎？」

「我想，這是毫無疑問的。就在昨天，一個名叫瑪蒂．摩法特的小女孩在公園的運動場上突然消失。而打字機上夾著一張紙，紙上面已打好了『可愛的瑪法朵姑娘坐在草坪上』的內容。」

迪拉特教授氣急敗壞地說：「又發生這種喪心病狂的事了嗎？若不是我拖延到昨天才告訴你們的話，後果將不堪設想。」

「沒有發生什麼事情，那個孩子沒有被他造成多大傷害！」萬斯連忙解釋道，「幸運的是，我們找到了那個孩子。現在她沒有生命危險了，請不要擔心。」

「啊！還好。」

「小孩子是藏在德拉卡家最上層走廊上的壁櫃裡，差點窒息而死。起初，我們還以為是藏在你的家裡，所以才會去搜頂樓的房間。」

然後就是死一樣的沈靜，隨後教授問：「那裡還有什麼東西嗎？」

「有德拉卡的筆記本。裡面是他最近正在準備的量子說研究報告。他死的那個晚上，這個筆記本被人從書房盜走了。而我們在頂樓發現打字機的時候，也找到了那個筆記本。」

「那個傢伙竟然會做出這麼卑鄙的事？」教授的口氣不是質問，而是難以置信，「現在，我的確相信你的結論。如果我昨晚不給你們暗示的話，如果我不那麼多疑的話，大概……」

萬斯安慰教授說：「現在一切都毫無疑問了！馬克漢打算等亞乃遜回來後，立刻逮捕他。但是，坦白說，現在我們根本沒有任何法律上有力的證據。從法律立場來看，到底能不能逮捕他呢？連馬克漢都心存疑問。現在，頂多只有根據小孩的指證，判他誘拐未遂。」

「是啊！你說得沒錯——那個小孩子知道是誰綁架她的。」老教授的眼裡充滿了痛苦，「不過，我們總能找到其他方法，總能找出一些證據，叫他自己俯首認罪吧！」

萬斯吸著煙，眼睛漫無目的地看著牆壁。不久，他語氣沈重地說：「現在，我們對亞乃遜的懷疑只是建立在有力的理論證據上。如果我們能讓他無法狡辯，或許他會選擇自殺當成逃避之路。恐怕這對所有的人來說是最人道的解決方法了。」

馬克漢正想提出異議時，萬斯繼續說：「自殺並非沒有辯護餘地。《聖經》上有許多英雄自殺的故事。拉烏士為了擺脫德枚利的桎梏，跳塔自殺的故事，還有誰比他更精神可嘉呢？像薩路、馬希多具魯，他們都死得轟轟烈烈。再如山姆索恩、伊斯卡利歐帖的猶大，他們的自殺，搏得後世無盡的讚美。歷史上，備受人們矚目的自殺案件層出不窮。像布魯達斯，烏茲卡的卡度、漢尼拔、魯庫烈、古類歐巴特拉、塞漢卡、尼祿為了不落在歐都和近衛隊的手裡而英勇自殺。在希臘以德摩斯替尼的自殺最為有名。偉大的哲學家亞里士多德，覺得自殺是一件反社會行為，只是在亞歷山大死後，他不再持異議……」

「就法律而言，這些都不能被認為是正常的行為啊！」馬克漢反駁說。

「啊！提到法律。法律上死刑犯有選擇自殺的權利。十八世紀末，法國國民議會所採用的法典上規定，自殺能將所有的刑罰都一筆勾銷。還有薩克遜法典，也清清楚楚地記載著自殺不受罰的實情。在古代貴族階級間認為自殺是符合神的旨意，他們採證認為個人有權結束自己的生命……馬克漢，法律是為了保護社會安寧。這種保護為什麼不能考慮用自殺的方式呢！只拘泥於符合法律手續，而不管現實社會已陷入恐懼，那麼，法律還有什麼效用呢？」

此時的馬克漢顯得很不解。他神色不安地在房裡走動，當他再度坐下來的時候，他目不轉睛地看著萬斯。似乎在說他難以作決定，看到萬斯堅定的眼神，馬克漢又開始神經質地用手指敲打著桌面。

檢察官失望地說：「總要想個完美無缺的辦法。自殺有違社會道德。但是就像你所說的那樣，有時候理論上並沒錯。」

我相當了解馬克漢，他作出這種讓步，內心一定經過了一番痛苦的掙扎。馬克漢擔負著除奸去惡、維護治安的職責。此刻，我可以體會到他的無力感和無可奈何。

老教授完全領會地點點頭。「是啊！世界上有很多可怕的祕密在不知不覺中就得以解決。有很多事情常常無須借助法律，就能展開正義的裁決。」

老教授還在說話時，門開了，亞乃遜走進來了。

剛進來，他就對我們微微點頭說：「你們又在開會啊！」說著拉出椅子坐下來，「我在想你們用什麼辦法圓滿地解決這件事呢！帕第自殺，問題能夠順利解決嗎？」

萬斯立刻望著亞乃遜的眼睛半開玩笑地說：「尊敬的亞乃遜先生，我們找到可愛的瑪法朵姑娘了呢！」

聽到這句話，亞乃遜似乎有點不屑一顧，嗤之以鼻地說：「到處都是謎團。你這樣說想讓我如何回答呢？我是不是該說『可愛的吹笛手傑克的大拇指現在怎麼啦？』還是去調查矮個子傑克的身體狀況如何呢？」

萬斯放柔自己的視線，平靜地說：「我們在德拉卡家的壁櫥裡發現了那個小女孩。」

亞乃遜的表情開始認真起來，他的眉頭擰在一起。可是，這種態度的轉變僅僅在一瞬間，很快他就恢復常態，用略帶嘲弄的語氣說：「你們是警察的話，那將會是無案不破的。這麼早你們就發現了可愛的瑪法朵姑娘，實在令人驚訝。真是偉大的行動啊！不過，橫豎你們都會發現的，只是早晚的事。那接下來，你們打算採取什麼行動呢？」

萬斯無視於他的質問，自顧自地說：「我們還找到打字機和那本德拉卡被盜走的紅色筆記本。」

這時亞乃遜的態度立刻警戒起來。

「不會是假的吧。」亞乃遜眼神狡黠地望著萬斯，「你們在哪裡發現這些物證的？」

「這樓上——頂樓房間。」萬斯向上指了指。

「啊哈！這是侵入民宅。」

「是這樣的。」

「不過，」亞乃遜不屑地說，「就算這些所謂的證據都擺在眼前，那也不能斷定這件事是哪個人做的。打字機不像衣服鞋子那樣合身而只屬於一個人。德拉卡的那本筆記本或許是被人偷來塞進頂樓房間的——尊敬的萬斯先生，單憑這些東西，你根本不能判定哪一個人有罪。我想你是知道這一點的。」

「是這樣的，我們還需要靠機會和運氣。不過，現在我們打算從主教殺人時，可能在場的人著手調查。」

「那些所謂的證據太沒有力度了。」亞乃遜聲嘶力竭地反擊，「從法律的角度說，那些東西對判定一個人是否有罪，完全起不到任何作用。」

「是的，或許我們可以查出凶嫌為什麼選擇『主教』當綽號的原因。你認為呢？」

亞乃遜立刻愁雲滿臉，作沈思狀：「是啊！或許有用。我也一直在想這個原因。」

「是嗎？你也在想這個原因嗎？」萬斯盯著亞乃遜說，「我還有一些沒有告訴你的證據呢。那麼，到底是誰將可愛的瑪法朵姑娘帶到德拉卡家的壁櫥裡並且關起來的呢？我們能知道那個人的樣子。」

「啊！病人康復了嗎？」

「是的！完全沒有問題。事實上，非常順利。因為，我們比主教估計的早二十四小時發現了她。我們捷足先登了。」

亞乃遜不再說話，神經質地搖晃著雙手，默不作聲。

過了一會兒，他問道：「那你們有沒有想過，所有的證據，都可能是在引導你們作出錯誤的判斷，浪費你們的時間……」

這時，萬斯沈穩地說：「先生，我可以向你保證，我知道誰是凶嫌。」

「你的說法，讓我更加恐慌。」此刻的亞乃遜似乎已經失去了自制力，他的語氣中滿是怨恨和挖苦，「如果你這樣繞來繞去，而最終箭頭指向我就是主教的話，那我絕對不承認……很明顯那一晚是主教把西洋棋子拿到德拉卡夫人家的，而當晚我一直跟蓓兒在一起，十二點半才回家。」

「是你自己對小姐講的十二點半吧！就我想像，當時是你看著自己的錶對小姐講幾點的。我想再問你一次，當時到底是幾點呢？」

「的的確確是十二點半！」

萬斯輕輕嘆了一口氣，然後用手指彈了一下煙灰。

「那麼，亞乃遜先生，你的化學水平如何呢？不需要過謙。」

「大概算是一流的吧！」亞乃遜微笑著說，「你們都知道，那是我專攻的學術科目啊。那又如何呢？」

「我們今天早上搜查頂樓房間的時候。在那個釘在牆壁上的架子上，不知道誰做過氰化實驗。化學家用的防毒面具跟其他用具都擺放在那裡。離近一點，還有一股濃厚撲鼻的巴旦杏味道。」

「看來我們家的頂樓真是座寶山啊！蘊藏著無數的寶藏，簡直像北歐神話中惡魔羅基的巢窟。」

「的確如你所說，」萬斯回答，「那裡是惡魔的巢窟。」

「就像近代福安達斯博士的實驗室……不過，你覺得他拿氰酸用來做什麼呢？」

「這就體現出凶嫌的細心之處，如果事發，他可以免受痛苦，直接從人生的舞台上消失。不可置疑，他把一切都考慮得很周詳到位。」

亞乃遜贊同地點了點頭說：「對凶嫌來講真是準備周全。在被迫走投無路的時候，自己解決，不必麻煩別人。嗯！真夠細心的！」當他們的話題談到這裡時，教授以一位老父親憐惜兒子的悲淒眼神望著他們，眼神裡的痛苦似乎在場的任何人都能夠體會得到。

聽到這些對白之後，教授似乎不堪忍受痛苦，他用雙手遮住眼睛，然後開口說話：「席加特！有很多偉大的人物都認可自殺——」教授說完這句話，就講不下去了。

亞乃遜帶著嘲弄似的微笑說：「連蜜蜂的腦袋都不會贊成自殺。依自由意志尼采提倡死的功德。」

萬斯接著補充說：「尼采之前，也有許多著名的前輩肯定了自殺的正面價值和意義。斯多噶學派的梭洛，他留下了許多擁護自由意志死亡的贊歌。還有像克席達斯、耶比庫帖上、馬魯卡斯、卡朵、康德、費希特、盧梭等人都曾為自殺提出辯論。對了，還有叔本華，他對英格蘭視自殺為罪惡的事情，提出嚴重抗議……不過，至今為止，這個問題仍然眾說紛紜，沒有定論。總之，這類問題屬於學院式的議論話題，各人所持的觀點不同。」

教授悲哀地點頭贊同：「誰都不知道在最黑暗的時刻，人的內心深處會發生什麼。」

馬克漢在這場爭論中越來越急躁不安，原來心存警戒的希茲，現在也開始放鬆自己的精神。我實在不了解萬斯在這場議論中的用意，這種辯論對事情的進展有什麼幫助呢？我看得出來，亞乃遜並沒有陷入圈套。但萬斯似乎也並不著急。他的表情讓人有種事情進展得很順利的感覺。不過我還是注意到在萬斯冷靜的背後，似乎極度緊張，這一點從他全身崩緊的肌肉中能夠看出來。這一連串可怕的事件，最後到底是個什麼樣的結局呢？

不管怎樣，結局終於來臨了。教授說完那句話，大夥兒陷入了一陣子沈默，最後亞乃遜開口問：「萬斯先生，我想，你已經知道主教是誰了，那你為什麼不直接講出來呢？幹嗎要兜這麼大的圈子呢？」

「不著急！」萬斯慢條斯理地說，「現在還有幾處漏洞，我還在想如何把這兩三個漏洞連接上——你知道，陪審團的意見總是有分歧，他們的著眼點不同……啊！姑且不管這些！這葡萄酒味道真棒！」

「葡萄酒……啊！原來如此。」亞乃遜望著其他人的玻璃杯，然後回頭用厭惡的眼光看著教授問，「我從什麼時候變成禁酒主義者了？」

教授被亞乃遜嚇了一跳，他稍微猶豫了一下，然後站起來。

「抱歉，席加特，是我的疏忽……不過，我記得以前你早上不喝酒的。」教授走到架子前，拿出另一個杯子，然後緩慢地往杯子裡倒葡萄酒，我注意到了他的手勢很奇怪，然後教授把杯子放在亞乃遜面前，並在其他的杯子裡斟滿酒。

當教授正要坐回原來的位子時，萬斯驚訝地大叫一聲。然後，他彎著腰，向前傾著身體，把手按在桌子上，注視著對面的壁爐。

「天啊！我剛剛為什麼沒有注意到它呢……你們看，多棒啊！」

這個出人意料的舉止，讓所有人都不約而同地朝著吸引萬斯的地方看過去。

「傑耶利尼的飾板！」萬斯幾乎喊起來，「完美的楓丹白露的妖精。它在十七世紀戰時，已經被破壞了，我只在巴黎羅浮宮看過這……」

這時的馬克漢滿臉通紅，憤怒不已。我雖然非常了解萬斯的個性，他對珍貴的古董偏愛達到了癡迷的程度。但是坦白地說，我實在無法解釋他這種行為。在這樣一個令人不敢相信的悲劇場合中，萬斯還有閒情雅致欣賞藝術品。

迪拉特教授也皺著眉頭，質問萬斯。

「不管你是多麼愛好藝術，但是你認為在這個節骨眼上談論藝術作品，妥當嗎？」教授語氣嚴厲地批評了萬斯。

萬斯臉紅耳赤地垂下頭來。他似乎是為了逃避大家責備的眼光，開始專心地把玩手中的玻璃杯。「我很抱歉。」

迪拉特教授大概覺得自己的話太過分了，為了掩飾這場尷尬，他解釋說：「那塊飾板，只不過是羅浮宮的複製品。」

這一瞬間的氣氛令所有人都很難堪，大家都不自覺地隨著萬斯拿起杯子靠近唇邊。

這時，萬斯瞥了一眼桌上的情景，突然站起來，徑直走到窗邊，然後背對室內佇立不動。我無法理解他這種離席的舉動，正當我驚異地注視萬斯時，幾乎就在同時，傳來玻璃杯摔碎的聲音，桌角狠狠地撞在我的腰眼上。

疼痛感使我立刻跳了起來，只見對面椅子上的人突然失去控制地倒在桌上。一時間，所有人都不知所措。

我們都被這個情景嚇呆了。馬克漢就像雕塑一樣一動不動地盯著桌面。希茲瞠目結舌，一言不發地緊抓椅背。

「究竟發生了什麼？」

亞乃遜驚叫起來，把大家從魂不守舍中喚醒。

馬克漢繞到桌邊，彎下腰來察看迪拉特教授，他已經死了。

「亞乃遜，快去叫醫生來！」馬克漢急迫地下達命令。

萬斯望瞭望窗外，腳步沈重地走回椅子邊。

然後，他長長地嘆了一口氣說：「不用去了，現在已經來不及了。教授做過氰化實驗，他早就準備避免痛苦，早點死去——主教事件到此為止。」

馬克漢茫然地望著萬斯。

「我從帕第死後開始，就已經知道一大半的真相了。」萬斯繼續向大家解釋說，「不過，直到昨晚，教授打算將所有的罪狀都推到亞乃遜身上時，我才完全確信我的判斷。」

「你說什麼？」亞乃遜從電話邊折回看著萬斯。

萬斯點頭說：「事情就是這樣。教授要陷害你。一開始，你就是他的犧牲品。教授暗示我們，你就是凶嫌。」

亞乃遜並沒有太驚訝，反而表現出一副早就知道這件事的樣子。

「教授很討厭我。」亞乃遜說，「他嫉妒我與蓓兒的關係。他的記憶力正在慢慢衰退——其實早在幾個月前我就知道。教授的新成果全是我幫忙完成的。我在學術界愈出名，就愈招致他的憤恨。當這些惡魔行為發生後，我曾懷疑他。但是，我做夢也想不到他恨不得讓我死。」

萬斯站起來向亞乃遜伸出手。

「一切的危險都已經結束了——很抱歉我先前對你的無禮行為。這是戰術問題。你明白嗎？在我們沒有任何真憑實據的情況下，我想讓對方自己低頭認輸。」

亞乃遜憂苦笑著說：「你不用抱歉。我知道只有你從來都沒有懷疑過我。所以我能夠體會到你對我的冷言冷語是你的策略。雖然我不知道你打算做什麼，但是，我只有竭盡所能照你的暗示配合你。但願我的演技不錯。」

「嗯，你演得非常好。」

「是這樣嗎？」亞乃遜疑惑地說，「教授既然已經認為你懷疑的對象是我，那他為什麼要喝氰酸自殺呢？這一點我實在不理解！」

「是的，這一點，恐怕永遠是一個謎了。現在沒有人能知道他的想法，」萬斯說，「或許他害怕那個小女孩會對他有不利的證言；也可能是他早就識破我們的伎倆；甚至有可能是突然悔悟不該陷害你……就像我們剛才聽到的教授自己所說的那樣，在最黑暗的時刻，誰都不知道在人的內心深處會發生什麼。」

亞乃遜思考了許久，然後用銳利的眼光注視著萬斯：「大概是這樣吧！不管怎麼說，一切就這樣結束吧……謝謝你！萬斯先生。」

救贖

四月二十六日

星期二

下午四時

一小時後馬克漢、萬斯和我三個人離開了迪拉特家。當時，我以為主教事件就此落幕了。至少，跟社會有關的這一層面，算是結束了。

不過，真是命運弄人，那些殘留其他意外的新事實，在某種意義上，是當天所發生的一切事實中，最駭人聽聞的。

希茲用完午餐後，在地方檢察院和我們見面。我們需要針對一些敏感性的、法律上的問題進行一番討論。

那天下午，萬斯針對所有事情作了一個全面的總結，他打算解釋一些曖昧不明的地方。

萬斯說：「亞乃遜已經向我們暗示了這一系列瘋狂犯罪的動機。教授知道自己在學術界的地位將被晚輩取代，同時他自身的精神和觀察力開始衰退，教授的那本有關原子構造的新著，就是靠亞乃遜的幫忙才完成的。對於這個養子，他心中有一股莫名的憎惡感，在他眼裡，亞乃遜就如同自己創造出來的一樣，而現在他自己創造出來的竟成長到能夠搶走自己的位子，破壞自己。由於同行相忌的關係，再加上原始性情感的嫉妒心，這一切令教授無法接受。我們知道，十幾年來教授一直過著孤獨的單身生活，沒有任何人陪伴，於是他將積鬱已久的感情全部寄託在蓓兒．迪拉特——那個女孩的身上，那個女孩成為教授生命的最大支柱。現在，他只能眼睜睜地看著亞乃遜從自己身邊奪走他的心肝寶貝，他的生命。於是教授的憎惡與憤恨與日俱增。」

馬克漢插話說：「動機很明確，但是這不足以說明他為什麼會犯罪。」

「動機是感情鬱積的導火線。教授一直在尋求打擊傷害亞乃遜的方法，後來他找到主教殺人的惡魔行徑。這些殺人事件正好可以讓教授受到壓抑的情感得以發泄。從心理學的角度講，這符合他強烈表現的心理需求。同時，教授想除掉亞乃遜，讓蓓兒只屬於自己。」

馬克漢接著問：「教授只要殺掉亞乃遜，所有讓他感情鬱積的事情不就解決了嗎？」

「請不要忽略整個事件的心理層面。在長期的壓抑下，教授的精神已經分裂了，他一直在尋求一個發泄點。而他對亞乃遜的憎惡，只是讓他早已壓抑的感情，更加瀕臨爆發。當他抑制不住他的衝動時，殺人不僅讓他壓抑的情感得到釋放，同時也讓他對亞乃遜的憤怒得以發泄。他認為亞乃遜將對他的所作所為贖罪。在他看來，復仇比殺人更富魅力，更能讓他獲得心理上的滿足——在這些看似簡單的殺人事件背後，藏著令人膽戰心驚的陰謀。

「在整個殘忍的計畫當中，教授忽略了一個最大的問題——是他引導我們走上將殺人事件進行心理分析的道路。所以一開始，我就斷定凶嫌是數學家。所以我調查所有可疑的數學家，在這些人中我相信亞乃遜是無辜的，因為只有他一直保持著心理平衡。也就是說，常年累月從事難解深遠的思想活動中，他的情緒經常能得到釋放。雖然他在口頭上表現出冷嘲熱諷的平常態度。一個充分發洩、冷嘲熱諷的人，他受壓抑的感情就會得到釋放，從而維持情緒上的平衡。所以，我認為一個愛諷刺、嘲弄別人的人，反而安全。因為他很少會表現出身體上的異常變化。相反，一個常常壓抑自己殘暴的天性，在外表上完全是一個禁慾主義者，那麼他隨時都有爆發危險的可能性。這就是當我知道亞乃遜不是主教殺人事件的主角時，我請他幫我們調查的原因。

「亞乃遜本人也曾懷疑那個男人就是教授。他助我們一臂之力，並和我們保持聯繫的原因就是他認為這樣做對蓓兒．迪拉特和當事人本身都有好處。」

「很有道理，」馬克漢同意道，「可是教授為什麼會採取這麼詭異的殺人計畫呢？」

「或許是他在無意中聽到亞乃遜提及愚弄羅賓、留神史柏林的箭的事吧！教授在那些談話中找到了如何對自己撫養長大的人發洩憎惡吧！因此，他等待機會。很快，他發現實施他犯罪計畫的時機了。一天早上，教授看到史柏林，而羅賓獨自留在射箭室。他立刻去和羅賓講話，趁羅賓不注意，敲打他的頭，然後用箭刺中他的心臟，隨後他擦乾血跡，又把布條藏起來，把死者屍體拖到射箭場，再把一封署名主教的信丟進郵筒裡。在他回到書房後不久，就被傳喚到這個辦公室來。但是發生了一件他意想不到的事情——教授說他在陽台的時間，派因正好在亞乃遜房裡，不過，這點沒有形成障礙。派因聽到教授說謊時，他只當做老人身體欠佳頭腦糊塗的緣故，他根本沒有懷疑這個老人就是殺人兇手。這一點，是教授犯罪成功的關鍵。」

「但是，」希茲說，「你判斷羅賓不是被弓箭射殺的。」

「是這樣的。我是從箭尾損壞的程度判斷的，箭頭是直接插入羅賓的身體裡的。因此，我的結論是室內那個男人先被擊昏，然後被他人殺害。因此，我判斷弓是從窗戶被丟到射箭場的——可是當時我並不知道凶嫌是教授。」

馬克漢疑惑地問：「那他的兇器是什麼呢？」

「我想，大概是他散步時用的手杖吧！我們都注意到了那根手杖的把柄是塊大金屬，用它來當兇器是最合適不過了。教授對自己的痛風症大做文章，博取人們的同情，同時萬一他的計畫有疏漏，自己還可以避嫌，這一點他做得天衣無縫。」

「那麼，史普力格呢？他的死，如何解釋呢？」

「殺死羅賓後，教授為了尋找下一個目標，他再次研究鵝媽媽的童謠。可能是在史普力格被殺前一天的晚上，也就是星期四，他到教授家拜訪，這一舉動引發教授的殺機。在案發當天早上，教授起個大早，換好衣服，準備作案。七點三十分，他等派因來叫門，然後回答派因他起床了，接著他出門到公園。或許他從亞乃遜口中得知史普力格每天早晨有散步的習慣，也可能是那個學生自己告訴他的。」

「那麼，坦索爾公式，是什麼意思呢？」

「教授在幾天前聽到亞乃遜將它交給史普力格。我想可能是為了引起我們的注意，所以把它放在屍體下面，讓大家聯想到亞乃遜。其實，那個公式巧妙地表現了兇手的心理衝動。坦索爾公式表現了空間的無限性——否定地球上沒有價值的人類生命。這一點和教授作案時的奇異想法相通，在一定程度上滿足了教授邪惡的趣味。我看到那個公式的一瞬間，就有種不祥的感覺。主教殺人是價值觀念的抽象化，而我立論的根據就是不承認各個價值間共通的數學家行為。」

說到這裡，萬斯停了一下，重新點燃一支香煙，在香煙的氤氳裡沈思片刻後，他繼續說：

「現在，讓我們談一下那天晚上走訪德拉卡家的經過。因為兇手聽到德拉卡夫人的叫聲，所以無奈之下只好採取手段。教授可能是擔心德拉卡夫人看見他把羅賓的屍體拖到射箭場的畫面，加上在史普力格被殺的那天早晨，德拉卡夫人正好在庭院裡看見了剛作案回來的教授，所以教授擔心德拉卡夫人把這兩件事情聯想起來，那樣就會產生對自己不利的證詞。因此，他決定伺機讓德拉卡夫人也永遠保持沈默。那天晚上，教授在蓓兒·迪拉特去看戲之前從她皮包裡偷走了鑰匙，然後在第二天早上再把它放回原處。因此他催促碧杜兒和派因早一些睡覺。在十點三十分的時候，德拉卡說他累了於是回家。教授在半夜裡不懷好意地到那裡拜訪。為了能夠在殺人的時候留下象徵性的名字作為偽證據，他帶上了黑衣主教。據我猜測大概是他以前聽到過德拉卡和帕第談論西洋棋的事情！而且，那棋子是亞乃遜的，因此我懷疑教授跟我們講的西洋棋議論的那一段話，其實是為了在黑色主教落在我們手中時，提醒我們注意亞乃遜的棋子這件事。」

「這麼說來，你認為當時教授就已經打算把帕第也捲進去嗎？」

「不！我並不這麼認為。亞乃遜分析了魯賓斯坦和帕第的比賽，使得主教是帕第的因果性敵人這一事實變得明顯時，教授才嚇了一大跳……因此，第二天的早上，我在講黑衣主教的事情時，帕第的反應就和你所猜得一模一樣。他是個可憐的人，我當時還不懷好意地嘲笑他輸給了魯賓斯坦……」

萬斯彎下了腰，滅掉香煙。

「我做了一件愚蠢的事，」萬斯十分後悔地說，「我應該對此道歉。」他沈重地將身子靠在椅背上，繼續說：「教授之所以會殺德拉卡是由於德拉卡夫人的緣故。德拉卡夫人把她突如其來的恐懼感告訴給了蓓兒·迪拉特。那天晚上在吃飯的時候，蓓兒在餐桌上把這些話說給大家聽。因此，教授的計畫在實施的時候並沒有遇到太多麻煩。飯後，教授跑到頂樓去弄好一封信，然後便引誘德拉卡一個人去散步，教授知道帕第一定不會跟亞乃遜一直在一起待著，當他在跑馬道見到了帕第的時候，他就知道家中一定只有亞乃遜自己。帕第走了之後，教授就殺死了德拉卡，把他推下了石牆。然後，他就立刻穿過了車道，回到了德拉卡的房間，從相同的路回到了家。全部過程只用了不到十分鐘。教授慢慢地走，走過了艾枚利刑警的身邊，回到自己家裡，在他的大衣口袋裡，還藏著德拉卡的筆記本……」

「那麼，你既然如此確定亞乃遜是無辜的，為什麼還那麼熱心地追查巷子裡面的鑰匙呢？在德拉卡死的那晚，帕第和迪拉特兩人都是從大門走的，只有亞乃遜走的是巷子。」

「我關心鑰匙並不是覺得亞乃遜是有罪的。因為如果鑰匙丟了的話，那這把鑰匙必然在想陷害亞乃遜的人身上。對亞乃遜來說，在帕第離開以後，如果他穿過小巷，越過了車道，來到小徑等候，一直等到教授離去，那麼他要攻擊德拉卡就是非常容易的事情……馬克漢，就像我們以前想的那樣，從一開始這就是被刻意營造出來的。實際上，當初我們分析德拉卡被殺的原因，也是這樣解釋的。」

「我實在搞不明白，」希茲嘆了一口氣說，「為什麼教授要殺死帕第？殺死了帕第，不僅讓亞乃遜的嫌疑被解脫，相反還會讓人覺得帕第就是兇手。」

「其實，從表面上看像是自殺事件是教授的異想天開。這真的很諷刺，他居然把我們每一個人都當傻子。在這件事的背後，其實隱藏著一個讓亞乃遜被毀滅的計畫。而且當我們認為案情已經水落石出之後，自然就會讓警戒的心理鬆弛下來，取消監視他們家的命令，這樣就能給教授帶來很大方便。教授大概是想設一個局把帕第騙進射箭室，大概早已經把窗戶閉緊，放下了窗簾，一切準備好之後，也許是讓帕第看雜誌，然後趁他不注意的時候用手槍射穿他的太陽穴，接著把槍放在帕第的手裡。回到書房後，再把西洋棋的棋子排好順序，讓人看起來以為帕第是在思考黑色主教的事情。「但是，這個令人匪夷所思的一幕並不是事情的重點，那個可愛的瑪法朵姑娘才是這件事情的核心。他把計畫好的種種罪名都推到亞乃遜一個人身上。瑪蒂．摩法特在葬禮的早上給駝背叔叔送花的時候，教授也在德拉卡家。他一定早就知道這個孩子的名字——德拉卡喜歡的這個小女孩經常到他家裡玩。在教授的內心裡已經執迷於要把殺人手法表現得像童謠一樣完美，所以他就很自然地把摩法特的名字和『小姑娘瑪法朵』聯繫在一起。而且，有可能是德拉卡或者是德拉卡夫人曾經在教授的面前稱呼過那個小孩為『可愛的瑪法朵』。所以教授大概是跟小女孩說要帶她去見駝背叔叔，因此小女孩才肯高興地跟他走。他們經過了跑馬道，穿過了公寓間的那條小路。雖然車道上有很多的小朋友，但是大概誰也沒有注意到他們。昨晚，當教授有意向我們暗示亞乃遜有很大的嫌疑時，他就早已計畫好把瑪法朵姑娘的那封信給我們看，好讓我們去尋找那個小孩的行蹤，然後估算好我們會在不久之後在德拉卡家發現她，而她已經因缺氧而窒息……實在是個頭腦敏銳，內心卻猶如惡魔的傢伙。」

「不過，教授自己是不是並沒有算到我們會搜他家頂樓？」

「不，他當然已經預計在內了，但他以為是明天，不是今天，所以沒關係。明天的時候，他一定會把架子裡的東西都收拾好，把打字機放在引人矚目的位置。然後，把那個筆記本藏起來。毫無疑問，教授的目的是想把德拉卡提出的量子說佔為己有。但我們的行動要比他估計的時間早了一天，所以他的整個計畫就被破壞了。」

馬克漢繃緊臉，抽起了煙，過了一會兒，他問：「昨天晚上你記起了易卜生戲劇上的亞乃遜主教的性格時，是不是已經確定了迪拉特就是兇手呢？……」

「是的──沒錯！因為，只有那樣我才能了解他的動機。直到那時我才領悟到了教授的最終目的其實是要陷害亞乃遜，這也是信中署名的目的。」

馬克漢說：「他等了好長一段時間才提醒我們要注意《覬覦王位》。」

「事實上，他本來打算讓我們自己發現那個名字，沒想到我們竟然比教授想得還要糊塗。因此他才忍不住把你叫去，把《覬覦王位》的蛇趕出洞，結果卻弄巧成拙。」

馬克漢停了幾分鐘沒有說話，似乎是在責怪似的，過了一會兒，他輕皺眉頭，接著問：「你昨晚既然已經知道了主教就是教授的事，為什麼不告訴我們兇手不是亞乃遜呢？你誤導了我們的想法……」

「但是馬克漢，我沒有別的方法。如果我直接說出來，你根本就不可能相信我，大概又會勸我到海外去旅行，對不對？其實，我們現在必須做的就是讓教授確信我們開始懷疑亞乃遜。如果不這樣，我們連發現突破口的關鍵機會都沒有了。這是一種策略。我知道你和希茲如果懷疑教授的話，一定會沉不住氣，到時候就壞事了。事實上，你們不知道這件事不是使情況變得更順利了嗎？這件事不是已經完滿地結束了嗎？」

我在三十分鐘以前就察覺到希茲心事重重，一直在用不安的眼神看著萬斯，看起來好像有什麼事情難以開口，想說出來，卻還在猶豫。這時，他終於深深吸上一口煙，掩飾著他的坐立不安，接著向萬斯提出了驚人的質問。

「我對於你昨晚隱瞞事實的事情沒有任何怨言。但有一件事情我必須跟你問清楚。當你從椅子上跳起來的時候，手指著暖爐架上面的飾板時，你為什麼偷換了亞乃遜和教授的杯子？」

萬斯絕望地嘆了一口氣，搖起了頭。

「警官！我還是沒能瞞過你那銳利的眼睛。」

馬克漢嚇了一跳，瞪著萬斯說：「你……你說什麼？」馬克漢近於失去理智地咆哮道：「你竟然偷換了玻璃杯？你竟然故意──」

「其實那是……」萬斯辯解道：「你不要生氣嘛！」然後扭頭轉向希茲，開玩笑地說，「你看哪，警官，你真是害慘我了！」

「現在不是說謊的時候。」馬克漢擺出一副不可饒恕的表情說，「我要你解釋到底是為什麼？」

萬斯只好攤牌。

「好！我說！其實我的計畫就和我跟你說的一樣，我要騙教授上我們的當，讓他以為我們在懷疑亞乃遜。就在今天早上，我故意向教授透露了一個信息，就是如果我們沒有證據逮捕亞乃遜的話，他的罪狀恐怕就很難成立了。我知道如果在這種情況下，教授一定會有所行動，他一定會絞盡腦汁想出些方法──因為教授他一而再再而三地殺人，唯一的目的就是要毀掉亞乃遜。我確信教授現在騎虎難下，一定會採取某些對策。但我不知道他想要用什麼方法，所以我只能小心地觀察他的行動……在他倒葡萄酒給我們喝的時候，我閃現出了一個靈感。我知道教授手裡有氰酸，所以我故意跟提出了自殺這個敏感的話題，我想把這個想法印在教授的心裡。結果教授真的中了我的圈套，他想要毒死亞乃遜，然後讓大家以為亞乃遜是畏罪自殺。當我看見教授走到架子前面的時候，我留意到他在給亞乃遜倒葡萄酒時，把一小瓶無色的液體倒了進去。最初我的想法是要阻止他殺人，分析葡萄酒的成分，接著搜教授的身體，我們一定可以找出那個小瓶子，證明葡萄酒裡有毒。只要有了這個確實的證據，再加上小孩對他的指認，我們或許就可以逮捕他。但是，當教授再次替我們斟滿了葡萄酒時，我突然改變了想法，我決定選擇一種最簡單的方法——」

「所以，你就故意轉移我們的注意力，偷偷調換了杯子。」

「是的，因為我相信，如果是自己替別人斟酒要人喝下，他自己也應該表現出很願意喝的樣子。」

「你覺得法律是你自己制定的嗎？」

「話不能這麼講，但我想不到其他比這樣更理想的辦法……讓我們看看那些絲毫沒有一點通融性的法律規章：如果你們能把一條響尾蛇抓到法庭的話，也必須得大費周章才能夠制裁牠。而我認為要對付迪拉特這樣的怪物，應該像對付毒蛇一樣，不需要任何理由，直接給牠致命一擊，以免留得牠時問長了，反而給自己帶來更多麻煩。事實上，我不會覺得良心有任何的不安。」

馬克漢實在難以掩飾自己胸中的憤慨之情，憤怒地叫道：「但這可是殺人啊！」

萬斯略帶一點沾沾自喜的語氣說：「是啊！毫無疑問，殺人是必然的。不過這實在很冒險……唉！如果一不留神的話，我搞不好會被逮捕的。」

迪拉特教授「自殺」事件過後，曾經轟動一時的主教殺人案件總算落幕了，帕第的嫌疑也自動被洗清。第二年，亞乃遜和蓓兒・迪拉特順利地舉行了婚禮，然後他們搬到挪威去居住。亞乃遜受聘於奧斯陸大學，為那裡的學生講授應用數學。又過了兩年，憑藉他在物理學方面的造詣，他獲得了諾貝爾物理學獎。原來在七十五街上的老舊的迪拉特家房屋已經被人拆毀，人們在原來的地方蓋起了現代式公寓。在那棟公寓的正面，有兩個巨大的圓形的、好像箭靶一樣的紅土製的素陶器浮雕。每當我經過那裡的時候，總要懷疑建築師是不是故意選擇了這種浮雕作為裝飾呢？

國家圖書館出版品預行編目資料

主教殺人事件／范・達因（S.S. Van Dine）／著　夜暗黑／譯 -- 修訂二版 -- 新北市：新潮社，2020.01
面；　公分 --（世界文學經典名作）
譯自：The bishop murder case
ISBN　978-986-316-756-3（平裝）

874.57　　108019194

主教殺人事件

范・達因／著
夜暗黑／譯

【策　劃】林郁
【出版人】翁天培
【企　劃】天蠍座文創
【出　版】新潮社文化事業有限公司
電話：(02) 8666-5711
傳真：(02) 8666-5833
E-mail：service@xcsbook.com.tw

【總經銷】創智文化有限公司
新北市土城區忠承路89號6F（永寧科技園區）
電話：(02) 2268-3489
傳真：(02) 2269-6560

印前作業　菩薩蠻、東豪印刷事業有限公司

修訂二版　2020年1月